潜心笃教 时闻花香

一个教师的教育札记

张晚艳◎著

中国社会科学出版社

图书在版编目(CIP)数据

潜心笃教　时闻花香：一个教师的教育札记／张晚艳著．—北京：中国社会科学出版社，2017.9

ISBN 978-7-5203-0970-7

Ⅰ.①潜…　Ⅱ.①张…　Ⅲ.①散文集—中国—当代　Ⅳ.①I267

中国版本图书馆CIP数据核字(2017)第220087号

出 版 人　赵剑英
选题策划　刘　艳
责任编辑　刘　艳
责任校对　陈　晨
责任印制　戴　宽

出　　版　中国社会科学出版社
社　　址　北京鼓楼西大街甲158号
邮　　编　100720
网　　址　http://www.csspw.cn
发 行 部　010-84083685
门 市 部　010-84029450
经　　销　新华书店及其他书店

印刷装订　北京君升印刷有限公司
版　　次　2017年9月第1版
印　　次　2017年9月第1次印刷

开　　本　710×1000　1/16
印　　张　33.75
插　　页　2
字　　数　311千字
定　　价　69.00元

目　　录

第一篇　紫荑香慢

第二篇 采桑子慢

第三篇 女冠子慢

目录

第四篇　绿鸾归令

（英伦访记）

目录

第五篇　绕地游慢

第六篇　烘春桃李

(班主任工作手记)

目录

第七篇 渔父家风

前　言

读 Shirley 张晚艳

Shirley 是张晚艳的英文名，学英语的通常都起个英文名，有些为了外国人叫起来方便，有些纯属赶风。我想 Shirley 属于前者。Shirley 是国家留学基金委英国里丁大学（University of Reading）西部英语教师项目 2012 年度学员，课程期间我们称她为 Shirley，习惯了，反而有时忘记了她还有个中文名。我把 Shirley 称为”Star Participant”（“明星学员”），原因有二，一是她学业成绩优秀，二是她的勤奋和文采在历届众多学员中独树一帜（很遗憾这里不能添加微信表情!）。

Shirley 来自贵州六盘水一所中学，我是里丁大学西部项目负责人兼专业辅导老师。Shirley 初到里丁大学时比较低调，在一个三十多人的班里并未引起我太多注意。大概过了一个来月，Shirley 周一要到当地学校实习，为了做到万无一失，她决定周日到教室把教案再演练几遍（天下认真的老师可能对这个都不陌生）。尽管 Shirley 已是国内资深优秀教师（否则也参加不了这个国家项目），但毕竟是第一次到英国的学校去讲课，用外语去教英语为母语的英国孩子，忐忑之心可想而知。但英国大学周末教室通常不开门，Shirley 因此提出周末能否为她单独开一下教室的门。面对这么勤奋的学员，我欣然同意。我们当时刚从 Bulmershe Court 校区搬往伦敦路（London Road）校区不久，我对新校区管理也还不熟，因为校园机关重重，开门一事充满了戏剧色彩！（这个在本书”我的这个星期天”一文中有详细描述。）从此以后，Shirley 进入了我的视野。

Shirley 在里丁大学留学三个月，学成回国后跟我一直保持联系，不时把她在留英留期间或回国后所写的一些见闻和感受通过邮件发给我。读 Shirley 的文章，我被她对周围人和事细心独到的观察和优美的文字所吸引，也在不知不觉中成了她的粉丝之一！这其中一个很重要的原因是她回国后能把自己在英国所学努力付诸教学实践，并用心总结，及时通过我与之后的学员分享经验。譬如，她指导学生做的 Flowers and Poems（“花与诗”）项目的教学过程和成果展示以及她的“未见康桥”一诗（都收录本书）。我曾让后期学员去猜诗作者是一位男学员还是女学员（结果如何读者可以发挥想象）：

……

康桥，

浅浅唤着你的乳名，

我想，
你是不是我正在走近的
那个温婉、静好的女子。

我想，Shirley良好的文学素养和情趣加上她在英国留学期间的深度观察和丰富体验，无疑会激发她一批批学生们学习英语和英国文化以及追求文学的热情，这在学员中无疑是非常独特的，是个非常有趣的个案。因此我曾萌发过对Shirley就海外培训对教师专业和个人发展所产生的影响进行追踪研究的念头，只是由于工作繁忙等原因，一直未能实施。但现在看来似乎已没有必要了，因为Shirley用本书相当一部分的篇幅详细记录和描述了她留英期间的经历，字里行间透出的是一位富有文学情怀的英语教师对英国文学和文化的期待、追寻、相遇时的激动和分别后的留恋与思念，这些都已成为Shirley日后慢慢咀嚼品味，取之不尽、用之不竭的精神思想源泉，似乎融入了她的血液和每个细胞！

几年前暑假，Shirley陪父亲和女儿冀泽重返里丁，据说帮父亲和女儿圆了一个梦。父亲在英国的历险记和女儿的独立蜕变也悉数在书中做了记录和描述。期间，我也有幸跟Shirley父亲和冀泽见过面，再读Shirley在本书中对爸爸、妈妈以及家人的动情描述，特别是爸爸对她的人格形成、事业和文学追求的莫大影响以及良好的家风家教，不禁令人感动和钦佩。这是个读书之家，是个富有文学、文艺浪漫细胞之家，从书中收录的冀泽的几首想象力像长了翅膀的小诗，不难看出这种基因在传承。

本书除了对英国异域生活和文化的切身体验和感悟外，还选入了 Shirley 对三十而立到四十不惑人生重要的十年历程的追溯，其中不乏一个追梦青年事业和爱情的曲折历程——“昨夜西风凋敝树，独上高楼，望尽天涯路”，以及“众里寻他千百度，蓦然回首，那人却在灯火阑珊处”的喜悦和心灵回归（“我静静地做这样一个女子”就是后者最好的写照）。正如书名《潜心笃教，时闻花香》所示，本书有关经历多以 Shirley 自己教师身份兼文学追梦为线索，自然离不开自己的学生，譬如“烘春桃李”一篇充满了师生情趣。

我与 Shirley 似乎也有较深的师生缘。读该书，感觉是扑面而来的文学气息，文风或细腻温约或清新简洁，它带我走进了作者丰富温婉的精神世界和读书追梦的心路历程。我在想，书中的 Shirley，会不会是从远古向我们缓缓走来的宋代女词人？

谢谢 Shirley 跟我们分享她丰富多彩的内心世界和追梦历程。祝愿她下一个十年更精彩！

英国里丁大学　李大国博士

2017 年 6 月 3 日

自　　序

作为一名英语教师，受父母的影响，从小热爱文学，热爱写作，梦想着有一天自己的文字能印成铅字，能有读者。为了梦想，虽然已接近知命之年，却从没放弃过追求；为了和女儿一起成长，我愿做一个积极进取的母亲；为了报答学生、同事的厚爱，我愿做一个勇于挑战的老师。因此，这本书承载了太多的厚望，更是我一生的夙愿。

《潜心笃教　时闻花香》是我长期写作的一个积累，收集了十多年来的散文百余篇，以词牌名根据内容分为七个部分：紫萸香慢、采桑子慢、女冠子慢、绿鸾归令、绕地游慢、烘春桃李、渔父家风。内容涵盖了生活、教育教学、留学旅行、家风家教等方面。或描述自己的人生轨迹和奋斗历程；或展现留学英国期间的观察所见与文化碰撞，以及在后来的教、学与中英文化交流中的滋补相长；或记录近三十年从事高中英语教学、三十年班主任工作的心得，如何用心走进学生的内心世界，用情体验学生的情感变化，用爱彰显教育个性的经验、感悟和教育心得。字里行间体现了作为教师这个职业的幸福感和对生活的热爱。

至于书的价值，它虽然不是一本学术性研究书籍，但它是一位教师充盈的内心和充实的人生写照。它既不是时下流行的“轻文学”，也不是心灵鸡汤，它是真故事、诚观点、实情怀。静心阅读，或许可以带给读者一些生活的真情，教学的启发，教育的共鸣，家风的传递。我希望，这样的文字能不负读者不负编者。

不是每一个作者都可以写出不朽的巨著，但是我们可以把身边的小事写出大爱。

最后，感谢我的父母、家人及李大国老师对我的支持和帮助；感谢李丽蓉同学为前期书稿的整理做了大量的工作。

张晓艳

2017 年 7 月 7 日

写于 48 岁生日

第一篇

紫萸香慢

我的这十年

2009－1－10　23：27

走进2009年的那一刻，我便是告别了人生的一段旅程，来到一段不同的人生方阵。如果，如果人生可以以十年为一程的话。

比起十岁顽童，十载狂赢，这一程，因为用心经营，回首，我拈然一笑。

十年，用职业的方程计算，我送走三届学生还余一年；用女儿的时间计算，从孕育她到她小学二年级；从丈夫的角度计算，拿我最美的时光与他牵手；用自己的方式计算，评职称，考研在读，调动工作，我相继完成。

这一个十年，和丈夫去黄龙九寨，这是他给我的一份丰厚的生日礼物，让我一生珍藏；带着女儿，一家三口去了北海，完成了对青年时代那一段流浪生涯的回访；陪婆婆回阔别的扬州，看见了瘦西湖，也看见婆婆的童年；为自己，两度丽江，演绎了三个女人的最浪漫时光；回了一次久别的故乡，同学会把我的乡愁再次挥霍得荡气回肠。

这一个十年，经历了多次别离：痛别疼爱我们女儿的爷爷；送走美丽、慈爱的九十岁高龄的我的外婆；眼睁睁看着我的挚友经历相继失去儿子、丈夫的痛；以及先后别过舅舅、伯伯、表兄，还有同学。我看见脆弱，也从脆弱中拾起坚韧，坚韧地去爱，去爱身边的朋友亲人。

这一个十年，有些遗憾是我的别样收获！那一年，出国考试全省取前三名，我名在“孙山”，结果出国的不是“孙山”，就这样，出国与我失之交臂；入围“全市十大杰出青年”评选，阴差阳错，我没能突出重围；评选“全省优秀班主任”，也因自身的欠缺，与之擦肩而过。也感谢这些失败啊，因为有过这些沧桑与风尘仆仆，让我今天还在坚守，坚守一份踏实的平实，却也在这三尺讲台一路轻歌一路舞啊！

这十年，遭调电话、手机、电脑的零距离沟通，我还保守着鸿雁传书式的千里问候；看身边人从婚姻中进进出出，我只坐看云卷云舒；不愿沐浴婚姻中的一米阳光，我学会珍惜手里可以把握的幸福；从诗情画意走进油盐酱醋，不弃骨子里的浪漫情愫；从浮躁趋于宁静，仍持有温度。

这一个十年，我淡淡地成熟起来。学会真诚，但不愚昧；学会勤恳，但不乏味；学会宽容，但不卑微；学会担当，但不负累；学会简单，但不颓废。

今天，站在这里，站在这里我可以转身，转身看我的这十年，这十年远远地向过去延伸，又近近地收敛在我眼底，伸手已不可及，却还有热度。

一年两年太浅，五年太短，二十年太长。十年，十年刚刚好，足够用来回味，又不会太浪费。也许，在体验又一程的奋斗之后，如果来得及，还可以赶在华发未生之前：回眸！

“中年是一道下午茶，
扑蝶的旧梦不在，
剩下的是看山的岁月。”

——董桥

四十岁的温软

2009－7－7　21：59

今天是我的生日。

清晨，7点不到起来，洗头冲凉，明爽的一天从这里开始，我四字头的岁月整装出发。

四十个生日中，在外过的时候不多，这一次在师大的宾馆里写着毕业论文过。

内心是充满的，在学习中过一个生日，这样的经历，在今后的人生中该是不多的吧。

就青年时候而言，四十对于年龄来说，是难以接受的，是遥远的，远到仅属于父母的年代。当它一步步走近，我才知道，四十岁，不仅仅意味着白发的可能生长，不仅仅是喝“静心口服液”，其实，四十岁是很女人的。

四十岁，可以用温软来说明女人吧。

第一个“温”字来自父母。尽管，父母老了，但是他们的爱与关怀，我一直温暖地沐浴着，像血液，暖暖地流淌，回旋，无论在外面怎样地谈笑风生，或者泪流满面，在情绪的最高点或最低处，我的心投靠的最是他们。无论何时想起，心很温暖。

第二个“温”字来自丈夫。他一直是父母之外，最疼爱我的那一个。他的爱始终温厚，从二十岁到四十岁，温度恒定。只是，太年轻时不懂，捉迷藏一样地从他身边绕开，想邂逅轰轰烈烈的爱情。他只是温而不火地笑，仿佛，他有胜的把握，任我北海、武汉周旋。最后，当我蓦然回首时，他恰是灯火阑珊处等候我的那个人。因此，这一生，我最大的庆幸就是没有错过他，没有错过我的幸福。而且，他始终保持温度。我们的日子温热着过。

四十岁的女人心最软。

四十岁的女人，因为走过婚姻里的浮躁、初做母亲时的惘然、创业时的艰辛，经历了做女人的全过程。从孩子那里，学会点点滴滴地付出，学会照顾成长，学会顶戴父母的恩，知道用孩子的目光，用母亲的视角看世界，看见一切可以美好、可以珍惜的东西，可以看见未来。此刻的女人，从工作中体会收获，从收获中明白价值。这些，都是女人用岁月换来的，换来最软的女人心。

这个时候的女人，还软在那几个最贴心的闺中密友处。她们是随了青春一起走来的，在丈夫以外的最贴心处，出现在随意时和最需要时。有时一条短信，有时逛逛街，有时吃顿饭，有时是电话狂聊，或者是一个约会，四十岁女人的约会是属于女友的，在某个周末的某个咖啡吧闲坐，没有二十岁的狂热，三十岁的奔放，保持着一种理性的嘻哈，从那些关于女人的话题中，找到女人的定义，找到女人的美好，找到女人的笑与乐。这时候的女人，慢慢坐着，慢慢说，说着老公孩子不懂的话题，说着对父母同事不能说的牢骚，说着女人最弱的角落，也说女人最软的那份情结。

在女人的一生，这样的时刻，这样的圈子是必需的，是不可或缺的，是曼丽的，也是最女人的。

我的三个死党，和我的姐姐妹妹啊！因为你们的陪伴，我的女人生涯多姿如此！

四十岁的女人，如果以读书养心，心，则可以沉得下去，也凝得起来，心更软在读书处。

四十岁的女人，摒弃了那份骄横，那份脆弱，少了一些奔波、一些抱怨，多了一点柔曼、一点坚韧、一点担当、一点平实；有浅浅的幽，浅浅的雅，浅浅的留香弱弱袭来。

女人四十最温软。

致所有关心和爱护我的人们，你们的祝福我都收到，快乐也收到，这个生日因你们而骄傲。

一路寻去，探索生命的归宿

2008－1－25　23：55

在班主任工作中，我一直尝试用文学作品来对学生进行德育教育和精神引领，效果还好。但感觉手里的书已不够，于是在网上向朋友昆庸求助。朋友是福州师大中文系的教授，对中国古代文学和文化经典颇有研究，所以请他推荐一些这方面的中国经典书籍。

朋友问我曾用过什么书，我列了几本。或许是我提及的书过于清浅，抑或是我对“经典”的理解有偏差。结果，竟招来朋友劈头盖脸的一顿数落，连辩解的时间和机会都不曾给：

“这就是你所说的经典？”

“简直……”

“我很老实地说，看到你说的书目，我有天旋地转的感觉。”

“我觉得，一个老师，首先自己要学习。否则是没有资格给学生任何指导意见的。”

（“再说下去，我连老师都没得做了。”）

“因为是朋友，所以我直言不讳。当然没有资格做。但你可以当学长，带领大家一起来学。”

“如果你不能把正确的文化和精神价值传达给学生，还是不要做老师的好。”

“庸医杀人只一个，无知的老师害人可是网状扩散的，贯穿终身的。”

“有一位老师说过一个故事：一庸医治死人，死后落入十八层地狱。他不服：我又不是故意的。他在那里跳脚。底下有人喊：楼上的，轻点！”

“庸医问：下面怎么还有人？不是只有十八层吗？你是做什么的？比我还惨？”

“下面答：我是教书的。”

……

我相信，当时我的脸色一定难看，想必是红一阵，白一阵吧！初听此言，我，先是尴尬，然后愤怒，最后汗颜！他直言不讳，这是我的尴尬；他的话否定了我的所有，这是愤怒；这些，让我感到由内而外的寒，背脊发凉，一身冷汗，这是汗颜。这样的抨击简直有蔑视之嫌！我几次都想“转身”离去，是真的想逃啊！但，我不知是什么让自己忍住了愤怒和离去，然后还一点点冷静下来，继续与朋友聊，最后接受他给的经典书目。

实话说，我是觉得委屈的！无论是自身的学习，或是对学生的教育，我想，我始终是勤勉的、向上的。对此，我从未怀疑过自己，身边的人也从未对此产生置疑。甚至，长期以来，我是在他们的赞誉声中一路走来。没有人会对我大声说：“你没有资格做老师！”

然而，在那阵寒栗之后，我也开始试着审视自己。

这，让我想起前段时间写的一份材料。因为觉得这类东西如八股文，千篇一律，我不愿意。于是，我按照自己的思路写了。当我交给领导时，他这样说：“写得很好，像散文。但不是我要的。”我心里是不服的。转身我回家找父亲。唯有父亲可以理解我，他一定会支持我的！因为，长期以来，父亲一直是我的第一读者。不料，父亲看完材料，一言不发，只是叫我吃饭，对材料的事只字不提，边吃边和我聊些闲话。我哪儿有心思啊！下午5点要交稿，十万火急啊！我心急如焚，他老人家还稳如泰山。

无奈，我强忍住我的焦灼，勉强吃完午饭。这时，父亲才说，“你平静些了吗？”“材料我看了。问题不在材料上，而在你的身上。你的心过于浮躁。而且，你正在丧失你个性中踏实的那一面。材料就是材料，它需要的是平实，而不是别出心裁。”父亲缓缓说来，却一语破的，回顾这段时期的心路历程，确实如此，我无言以对。接过材料，我对父亲说，“我懂了，我马上回去返工”。在转身的一刹那，我的眼是含着泪的。后来，我把自己关在家，花了 5 个小时一气呵成把材料重新写完。

父亲批评的是我的心态，这样的心态决定了我的浮躁，而这些浮躁又渗透到我的工作与学习中，以一种深刻的、不自觉的自满表现出来。这样的自满，是满足于自己所做的，和即将要去做的。父亲是一针见血啊！在我人生的路上，父亲，是始终提醒我的那个人。

如此看来，藏在浮躁背后的还远远不止自满吧！

就朋友而言，其学之深、人之厚，我是望尘莫及的。有人如此痛骂，愤怒之后，再痛定思痛，回味之余方觉是幸事啊！身边赞美和鼓励我之人常有，而如此骂我、敲打我之人不常有！有朋友如他，珍惜！

这样，回头再看朋友的话，我慢慢走进去思考：

我不禁也自问“我可以把正确的文化和精神价值传达给学生吗？”如果答案是不肯定的，那么，我可以做老师吗？难道，我是真的不能理直气壮回答自己了吗！

从这里，我又思考自己的生命状态。

学习，其实没有走进我生命的每个角落；就读书而言，对我一直只是一种需要和爱好。从来没有把它作为对真理追求的过程。一直以为，真理，我与它无关。经典，也有读。以为年轻时读过就是读了，能积淀下来的少之又少！把经典当作是生命的学问，则更没有深入到这个层面啊！

工作，也没有生成我的一种生命状态。我固然热爱教育，但现在的热爱程度，对于我并没有生成一种信仰，一种生命的希望所在。

学习、工作，于我而言，只停留在一个浅的层面，始终无法超越自身的局限，缺乏一种厚重感，甚至，常常游离在一种边缘状态。

这，是我的不平整啊！

“己欲立而立人，己欲达而达人。”无论作为老师，或就自身而言，如果，在未来，始终把自己当学长一般，与学生一起，终其一生地学习，在对经典的学习中建构自我的文化心灵，当心灵一旦拥有真实的东西，就可自然地活出经典的生命，这生命便不再局限于自己，而是在经典的过程成长起来。生命在成长，当大人格表现出来时，就不再局限于自我和这个生命，而能成为更广阔的存在，这时，周边的人也会受到影响，又何况学生呢！

如果，心灵，可以达到这样的深度；生命，可以走到这样的广度。如此，生命最深层的灵性层面被开发、被唤醒；那么，在这样的生命里，人生才可以担当，才能够欣赏啊！这样，一路寻去，可以让生命找到归属！

朋友下线了，留给我的思考却始终在线！

爸 爸

2008－4－3 22：27

对父亲，有人叫“爸”，有人称“爹”。我叫“爸爸”，从小习惯了，至今不改，觉着亲近。

年轻时的爸爸，为他的香猪事业忙碌着。那时，每逢阳光灿烂的日子，爸爸就带着我们姊妹把那些挂在家里的香猪头颅拿出来翻晒，同时为爸爸记录着每个头颅的尺寸。其实，童年的我们只是在享受与爸爸在一起的快乐，全然不知，那些数字对爸爸的意义。后来，爸爸硬是把香猪从县里做到全国，成了香猪事业的奠基人之一。

那时，爸爸常年在外。记忆中，最盼的——是爸爸出差回来；最爱的——是翻爸爸出差的旅行包，因为可以找到令人惊喜的礼物。在那样的年代，它意味着外面整个的世界啊！如今还清晰地记得爸爸带回的两个掌中戏玩具：一个是“解放军叔叔”；另一个是“老奶奶”。这对“母子”演绎了我们对军人无限的遐想，给我们的童年平添几多笑颜和小伙伴的艳羡啊！如今的玩具中，很少有孩子喜欢它了。还有爸爸带回来的奶酪，把它夹在妈妈做的馒头里，别提有多洋气了！说实话，那味儿我们无论如何是难以喜欢的，但是，那是一种气息，一种文化的象征啊！让我们至今想起来都满是欢乐。

把爸爸的包翻个底儿朝天后，我们姐妹就围坐在爸爸膝前，听爸爸讲外面的世界，爸爸风尘仆仆的笑脸写满了奥秘，三个穿着碎花布衣服的小女孩，托着下巴，听得如痴如醉，妈妈在一边忙着晚饭。那时没有电视，但是这样的童年留给我们的记忆像血液一样，始终流淌着，温热不息。

其实，爸爸在家的时间是可数的，但每年除夕的头一夜爸爸一定会赶到家。因为爸爸要为我们赶制过年的新衣。除夕之夜，爸爸把从外面买回的花布，自己用报纸画图裁剪，然后妈妈就用手工一针一线地缝。每每这时，我们都会翘首以盼地守着，即使再困，也要爸爸几经劝说才肯依依不舍地睡去。大年初一睁开眼就会看见崭新的新衣整齐地叠放在床头。那个年代，对一年仅有两次（另一次是“六一”儿童节）添新衣的期待是现在的独生子女永远体会不到的！何况，这样的新衣是爸爸妈妈的智慧啊！那时还小，不知时尚。其实，爸爸早已把外面的时尚裁剪在我们的新衣里。因为，穿着爸爸妈妈做的新衣，我们姊妹走在县城的街上，惹来的回头率足以见证。只是我们从来不知，为了这三套过年的新衣，爸爸妈妈忙到天明啊！

在爸爸忙碌的工作中，我们分享了好多乐趣。大凡假期，若是外出，爸爸分别把我们轮流带去。对于被大山封锁的县城，有过坐火车或轮船的经历，那简直就是莫大的骄傲啊！如若是下乡，爸爸也带上我们姊妹，在稻田里，乐哈哈地看着我们奔跑、嬉戏；或追逐在繁茂的原始森林中，给我们讲各种植物的名称，制作各种植物标本。那时，爸爸于我就似一部百科全书！后来，我把那些或叶或花贴在精美的本子上，配上喜欢的诗或散文，成了我少女时光的一种雅趣，这些在岁月中散发着花草树叶香味的本子，现在一直留着，每翻阅一次，就把童年重温了一遍。

爸爸是学理科的，但是，爸爸的文学修养相当厚重，并且一点点地渗透到我的生命里。只要是爸爸在家的日子，他就会带我们去看电影，其中多半是由外国名著改编的，然后引导我读原著。这样的熏陶，在我的生命里打上了深深的烙印。记忆中至今抹不去电影《简·爱》里的这个镜头：简·爱决定离开桑恩费尔德山庄和罗切斯特，独自一人走在茫茫的旷野——天灰蒙蒙的，站在天地间，简·爱不舍又勇敢回头的那个画面在我记忆中永远定格。那时的我仅有十三岁，而事实证明，简·爱给后来的我带来了深远的影响……

爸爸丰厚的藏书，尤其是古典名著与诗词，让我的童年和少年充实了许多。如若是爸爸不在家的日子，大多时候我是一个人淹没在这些书中；若是一知半解，就待爸爸归来时一并解疑释惑。当然，也不排除有囫囵吞枣的时候。我对文学的那点悟性也是这样读出来的。这算是秉承爸爸的吧。

爸爸从外面带回的点滴和细节给我们留下了无穷的想象，在我的心里播下了种。那时，我的愿望就是要飞出那个禁锢我的县城。后来，为了我们，爸爸确实带着一家人离开了，离开了爸爸事业达到巅峰的那个县城，爸爸当时放弃的，至今就他个人而言都是难以估算的。唯一可以宽慰爸爸的是，我们姊妹都如爸爸期望的那样成长了。

坦率地说，在姊妹中，爸爸的宠爱是偏着我的，对我的信任也是达到极致的。第一次体验是在初三毕业，爸爸鼓励我带上妹妹，两人背着书包和简单的行李，几经转车先行到达当时完全陌生的这个城市上学，而爸爸和妈妈是在一个月后才携家整体搬迁而来。因为爸爸，从小我就喜欢旅游。高一，爸爸让我和老师一起到贵阳春游。在 80 年代，这绝对是了不起的。最有成就感的还是 1987 年高考结束，爸爸说服妈妈，支持我和一个个头比我还矮小的女同学顾洁，两人去昆明玩了一个星期，凭着爸爸给的 70 元钱（当时那是一个月的工资啊!），在当时并不富裕的生活里，这样的宠爱是要有远见的。

爸爸对我的放纵，让我一发不可收拾。后来，在几年的大学生活中，每逢假期，爸爸都无条件地宠着我，让我有了背着行囊独行天涯的经历：北京，广州，北海，黄山，庐山，三峡……这样的游历丰富着我的人生啊！

在不断游走的经历中，我很依恋爸爸。无论走到哪里，遇到困难，我不假思索地找爸爸，只要听到爸爸叫我的名儿，我便踏实许多。无论是生活、工作、情感；有忧，有悦、有苦、有怨，我都会一股脑儿地倾诉，爸爸总是平静地听我说，然后不紧不慢地为我分解。至今，我写完一篇好文，或是论文，习惯性地，爸爸始终是我的第一读者。在与爸爸的探讨过程中，我的灵感会像长了翅膀一样飞扬。如此默契，让我们父女俩快乐着。

不仅如此，在我生命的历程中，爸爸更是始终提醒我的那个人。记得在生完女儿休产假期间，爸爸来家。看到我在家松散慵懒自己却浑然不觉的模样，爸爸和我谈了很久：第一，要我开始锻炼，找回自信（这使我至今坚持着，不敢松懈）；第二，要我不放弃看书学习。如若不是爸爸当时的提醒，也许，我至今还只是一个拖沓的母亲吧。爸爸提醒着我的骄傲、自满、颓废，或是停滞，叫我始终不敢懒惰和歇息。爸爸的理解、支持、鼓励，还有尖锐和果敢，是我战胜困难的源泉，使我一次又一次地跌倒了站起来……

如今，爸爸七十岁了，退休也有十年了。即便是退休了，爸爸却一如年轻时的忙碌。

爸爸坚持写毛笔字，那些写过字的宣纸，堆起来比我高出许多。爸爸写得一手好字，曾经我还寄了一幅爸爸的字给韩国朋友。学生时代，每个假期爸爸一定要我们练习毛笔字。后来曾参加市里一次“三八”能手的比赛，我其他的项目成绩都平平，唯有书法在所有女子中突显。此时才懂感激爸爸的用心啊！

如今，爸爸在学画画，这一直是爸爸年轻时的爱好，因为工作，搁到退休才得以拓展。爸爸学得极认真，专门拜了老师。他们常一起爬山写生，带上小酒和花生米。回来时还带回些根雕或者石头，然后足够他摆弄好几天。

爸爸还爱上打网球。这是爸爸退休后才学的，却学得极有兴致。观碟子，看体育频道，学得一点不马虎。每天早上七点准时带上球拍出门，春秋冬夏，风雪无阻。偶尔，爸爸还参加市里的老年网球比赛，获奖了是意外，没获奖一样开心，爸爸淡然处之。

现在，爸爸学电脑。爸爸学得很勤恳，除了基本操作，让爸爸头痛的是打字，因为眼睛不好，很吃力。后来姐姐建议爸爸用手写板。如今，爸爸可以在网上订机票、和我们聊 QQ。每年，爸爸还带着妈妈去旅游。这样，爸爸可以在电脑上整理他厚厚的旅游日记啦！爸爸有一个心愿：去西藏。

如今，透过岁月，看爸爸熟悉的背影和白发，我会在脑海中翻阅对爸爸的定义。时而，爸爸是导师；时而，爸爸是良友；时而，爸爸又是读者或知音；爸爸塑造了我性格中很

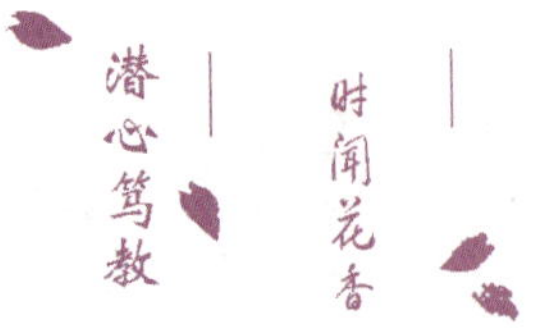

多美好的细节，让我可以稳健地走在人生路上。

无论我走多远，爸爸，您是始终目送我的那个人！无论过去、现在或未来，您是我人生路上永远的丰碑啊！

妈　　妈

2008－5－9　23：34

妈妈是沈家二小姐，年轻时，体弱貌美，歌喉婉转，口琴吹得悠扬。

妈妈的美，姐姐比我早一步，秉承了；妈妈的歌喉，妹妹灵巧些，也给了她。唯有我，留下遗憾，让我在她俩面前难免自卑好多年。

在童年的记忆中，夏日蝉鸣的初夜，妈妈，您带着我们，坐在家门口乘凉，您时而吹着口琴，时而唱着《一道道水来，一道道山》，姐姐、妹妹和着，我笑着，听着。那歌声，一直飘啊飘啊，飘到山的对面，第二天总会有人问起"昨晚是你妈妈在歌唱吧？"那歌声，一直飘过我的童年，飘到很远很远的远方，伴您度过了所有幸福的日子！

妈妈，您是个细致的人。您的细致，轻轻柔柔地写在您的生活中、工作中……

在学生时代，您是为数不多的拥有白球鞋的人，您把那鞋啊，"打点"到极致：先洗过，然后用当时的卫生纸贴在上面，晾干，不可以暴晒，否则会泛黄；待干后，再用白色粉笔慢慢涂抹，这样，您让您的球鞋始终白着。后来，有了皮鞋，您又把您的皮鞋擦得光亮照人，您擦鞋大概有五道程序，每天外出回来，一定要擦净才收起。而且，您的皮鞋从来不用别人擦。即使现在有擦鞋店，您仍然坚持自己擦。您有一双皮鞋，是三十多年前，爸爸出差到哈尔滨买回来的，当时那份时尚自是不必说。然而，您至今还穿着它，保护得出奇地好，每年翻出来穿，从鞋上，体会不出岁月的痕迹，时尚如昨！其实，那鞋，会有您对爸爸几十年不变的深情啊！

由于爸爸常出差，您一个人带着我们姊妹，每天晚上，您把我们忙完睡下，然后才开始打扫卫生、备课，到深夜。

然而，正是这样的深夜，您却以您的坚强拯救了我们姊妹三个和一家人的幸福。

那是我记忆中有些模糊却终生不忘的夜晚啊！当时，爸爸在外地考察，我们像平日一样熟睡了，您在深夜里备着课。大约凌晨一点，您看见外面的天很亮，红彤彤的。当您打开门看，是街对面的房子起火了！火已烧及我们屋顶。这时，您赶紧叫熟睡的我们。可是，哪里叫得醒啊！您把这个拉起来，另一个又躺下，就这样，三个孩子在不断重复。我想象不出您当时的焦急，我更不知您最后是怎样把我们三个弄醒并穿好衣服的，这时火已烧到窗户。我不记得我们是怎样逃出来的。家，除了母女四人，烧得精光；家，也因为您，保全了。那场火灾，当爸爸听说失火地点在我家对面，而且有一家烧死三口人时，爸爸以为一定是我们。几经辗转才打听到出事那家不姓张，爸爸于第三天赶回。那是县里有史以来最大的一场火灾，烧去大半个县城，那被火光映红的天空，在我记忆中抹也抹不去，想起来还打颤啊！是柔弱的妈妈，您用您的冷静、坚毅创造了奇迹。

小时候，家里最怕来客人。因为，您不会做很多菜。但是，在那个年代，生活虽困难，您却认认真真做好每一餐饭，从来没有让我们凑合吃过一顿哪怕是面条。每天早上，您六点起床做好早点，然后再叫醒酣梦中的我们，吃完才去上学。这样的习惯，您一坚持就是几十年啊！即使是现在，偶尔我们回家住，您依然早起，把早餐做好，热腾腾地暖着我们的清晨。这情景，无论何时想起心里都是热乎乎的，温软而感动。现在，我们都幸福地把您做的面条称为“妈妈味”。

如今，我照着您那样，每天早早起来，为女儿做好早点；照着您的样，为女儿做好每一餐饭；照着您的样，我，也不会做很多菜……

妈妈是小学老师。记得小学时，我读着您教的同一个年级，却始终不肯读您教的班，就这样，小学五年，我始终在您的课堂之外。后来，我才知道，这点固执竟是我一生的遗憾啊！因为，直至您退休，我也没有聆听过您一堂语文课。

只是，我小时候的游戏，多是把身边的伙伴集中起来，我扮演着您，一个老师的模样。

长大后，站上讲台，我终于成了您。

在事业上，您自始至终给我树着榜样，您用自己为我做着表率：爱教育，爱学生；您从未伤害过任何一个学生，用您的善良感动着每个学生的心灵。在四十多年的教育生涯中，没有听说过、更没见过您对学生发脾气。您用您的慈祥和厚爱感染着每一个学生。您的学生，多少年后，无论走到哪里，都一直惦记着您。在2003年夏天，您应邀出席了您教的第一届学生举办的40年同学会，当您走下火车，阔别几十年、天南海北的师生见面的那一幕，让您和您的学生感动好多年。

多年来，您一直坚持着一个习惯：每年春节，您都买些礼物放在家，大凡来家拜访的学生，无论年纪大小，走时您都要送些小礼物，男女生各不同，有袜子，有“谭木匠”梳子……物品本身不是特别贵，却传递着温暖和关爱，还有您的细致。

妈妈，您以您人格的魅力博得学生的爱戴。就这点而言，您永远让我怀着希望……

退休后，一直有很多学校聘您去上课。好多人不理解，劝您休息，因为您身体始终不太好。只是，我始终支持您去上课，因为他们不懂您从内心散发出来的对教育的热爱。对您而言，工作着就是快乐着。更因为，您瘦弱的身体有一半是教育事业支撑着的啊！

这，我却始终做不好啊！尽管我是您女儿，一样是人民的教师，但是和您比起来，我有惭愧啊！因为，我对教育事业犹豫过、放弃过。

那是在北海大开发的90年代初，被时代大潮冲击着的我选择了南下。当时，您没有反对，只是帮我收拾了简单而必备的行囊，临行时您只说了一句“不行就回家，别硬撑着！”在后来几个月流浪的日子，我是从您每周的信中一点点读懂您的叮咛、您的温情，慢慢体会您的多少担心、多少爱啊！

打工的日子很苦，有年轻为伍，我不曾害怕过。后来发生的一件事却让我痛切，彻底醒悟。那是一个休息日，我独自走在北海大道，一个伊朗人向我打听路，无论我怎么描述，他还是摇头，我就带着他去，还帮他买到他喜欢的中国纪念品。分手时他一定要给我几百美元作为答谢。我拒绝了，他耸耸肩，问“Why”（为什么），我当时真的是无比骄傲地回答“Because I'm a teacher.”（因为我是教师），伊朗人当然不懂这句话的分量。

然而，当我回公司与同事、老板说起这事，他们笑得前仰后合——因为我的行为；顿时，我感到害怕……因为他们的笑。我突然明白，在这里，我，只是一架挣钱的机器。我的人格，我的美德，这里不需要！我与这里格格不入啊！这样的迷惘让我痛着，我给您和爸爸打了电话。您在电话的那端只说了一句话："回来吧，学生需要你！"就为这句话，一星期后，我踏上归途，义无反顾。

后来，我才懂，妈妈，您是多么不愿意我放弃您热爱的事业啊！但是，您没有说出口，而是让我去闯，去体会，去感悟。您的爱就是这样深沉，这么含蓄。从此，我再也没有过改行的念头，无论面对多么丰厚的诱惑。这份坚定让我追随着您的脚步一直走下去……

长大后，我渐渐明白，妈妈，您把您的刚毅、善良和对教育事业的执着追求毫无保留地给了我，这与姐姐的美、妹妹的艺术灵气一样，是属于我的骄傲啊！如此丰厚，该不会让姐姐、妹妹也心生羡慕吧！

妈妈，您用自己的一生告诉我们姐妹：女人一定要独立，在思想上和事业上。独立思考；独立于那份属于自己的事业的快感中！这样，女人便可以美到很远很远……

妈妈，您有一种宽厚、宁静的美。这是大家闺秀与知识女性在您身上的完美结合。您性情温和，对我们的教育也严中有善。在家做女儿时，您从来不让我们在外留宿；不让我们懒惰；不让我们贪图金钱；后来做了媳妇，您要我们孝敬公婆，要勤劳有礼，要体贴持家；如果我给婆婆买了什么，告诉您，您会比自己得了还开心；如果与丈夫生气，您批评的一定是我。更重要的是，您与爸爸的互敬互爱、相濡以沫，给我们姐妹在家庭生活中树立了永远的信心。

惭愧地说，我是在长大后，或者说，为人妻、为人母后，才慢慢用心解读妈妈您的爱。因为有您的教育，让我顺利地做老师，做媳妇，做妻子，做母亲。这，让我作为女人，一路歌唱着……

唯有身为女儿，我，可曾为您做过什么呢？

妈妈，我好想拥抱您！

伦敦的春天等你来

2012－2－9　02：10

在女人中，我是属于愚笨的那一个。

平衡力差，方向感弱，反应力慢；不会织毛衣，不会打麻将，不会网上购物；歌唱不好，酒喝不了，车开不了……就连打字也慢得不得了。

妈妈常遗憾：三姊妹中就你的天资弱些，是因为小时奶水不够吃米糊长大的缘故吧，妈妈总这样说。

上中学时，我的同班同学都是那一年最优秀的。在课堂上，我常常连说话的机会和勇气都没有，老师们几乎都记不住我的名字，那一段记忆是我人生中相当黯淡的岁月。后来，我的同学都去了清华、北大……我默默地去了师专，读一个我连家门都不用迈出的学校，这一直是我的痛。

但是，那三年师专，我读得丰裕又饱满，足够快乐，我用我的热情和努力，认真学习每门功课、认真过好每一天。我是早上起得最早去晨读的那一个；是上课笔记做得最工整的那一个；是晚自习上得最自觉的那一个，但绝不是抱怨学校不够理想的那一个，虽然偶尔心里还有遗憾和不甘。同时，我也是爬山爬得最远的，是周末舞跳得最勤的，录像看得最多的……那时，我不是学业成绩最棒的，只是其中最认真的。

工作三年后再考华中师大读本科。

在华师的日子是我过得最艰难的。刚进校，面对各省优秀的同学，面对他们敏捷的思维、流利的口语（那时的我在师专三年甚至没有与外国人说过一句英语），我刻苦又吃力地学着：每天早上6：30准时到校园里收听VOA，每个周四的晚上坚持去英语角，每个晚上在教室上自习（纯属自愿）。但是，每个周末、国庆或是寒暑假，我游走在湖北或其他地方：荆州、武当山、庐山、黄山、北京……那时的我，不是班上优秀的，却始终是学得最认真的。毕业时，我的认真给老师们留下了深刻印象。

在贵师大读研期间，我的同学也是来自全国的优秀骨干教师，课堂内外他们始终谈笑风生，我只是听得最仔细，记得最全面的那一个，后来，因为我的仔细和认真，在众多科目中，有四门成绩我拿了全班最高分，我的开题报告也被导师作为范本在后来的教学中使用。原本在职读书，学到的知识是有限的，但是我是认真在学校读过每一段学习时光，让那三年的每个假期学得超乎想象。

回想求学的这一路，我走得坚实、真切。

在拿到硕士学位证书后，我问自己：下一站，你会去哪里？

考博或者出国，这必定是我的下一个选择。

为了是否还继续考博的问题，我曾不止一次与师大我的导师马书红商讨，她这样说：考博意味着从事理论和研究，你是否更喜欢研究工作？最重要的是，你首先要了解自己的需要、追求、理想和优势，然后找到一个理想的平台释放自己所有的能量，发挥你的潜力，让他人受益，让自我实现，惠人惠己。

虽然，马老师没有给出最后的答案，但是，我想我的内心是清晰的。

去年，在同学毛春红的帮助下，我报考了“国家留学基金委西部地区人才培养项目”，在整整九个月里，我经历很多，付出很多，也收获很多，最终等来国家留学基金委的一纸通知：赴英国雷丁大学留学三个月。

终于，我的求学之路得以延伸，延伸到伦敦，一个至今还散发着拜伦、雪莱浪漫主义诗句的地方，一个徐志摩曾经挥手别过康桥的地方，一个带点温情、带点沉潜的地方：六分往昔人物的清养，四分深刻文化的陶铸。

2012 年，我把春天放在伦敦。

伦敦，等我。

拨一卷青书

——英伦访书记

2013－4－7　01：22

书对我的青睐由来已久。再把这点素缘续到英国，也算是一点情钟，一缕旧香。

原本告诫自己，在英国不买书，这个决心是下了的。一是贵，英国书贵是有名的；二是重，回国行李重量有限制。

在雷丁求学初期，我是真的只读书不买书，这也是为什么我的中午一直泡在学校图书馆不敢懒惰，而且还游离在雷丁大学主校区图书馆与雷丁市的市图书馆。原以为这样，我就可以了一段只读书不买书的心结。

我忍了很久，直到去牛津大学。

在去牛津前的晚上，我在网上查了牛津的介绍，其中一个吸引我之处就有它的百年老书店：布莱克韦尔书店（Blackwell's）。

我原本就是一个教条的人，在牛津大学城，拿着昨晚做的功课，将日记本上的每一个景点、每一个细节逐一走到，最后按照我的笔记，从皇家麦尔大道（Royal Mile）到卡斯希尔路，穿过劳恩马卡特路，再经海尔街，最后来到布莱克韦尔书店。

布莱克韦尔书店建于1897年，源于“Blackwell先生的小书店”是自学成才的Benjamin Henry Blackwell创办的，当时只有12平方英尺，如今藏书25万册。从外面看书店蓝色双开门略显破旧，油漆也已斑驳，走进书店，里面不大，只有三间小屋，与国内众多书城相比，布莱克韦尔书店的店面只能用狭窄形容。书不多，人也稀疏，远远不是我的想象，颇有失望。浏览了一遍，没有找到我想看的书。于是我向店员询问，她给我指了一条通道，直通地下。这一走下去我被震撼了，地下书店有三层，围成方形模样，中间是个天井，里面幽深宽敞，有各种矮小的沙发或书桌，书架错落有致，站在上面俯瞰，一个书的深渊，四壁是书，灯光+书香+历史，那百年的辉煌都散发在书页里，每掂一本就是一段历史、一个故事，空气里弥漫着字影墨香，吸一口，酣畅！

原来，这就是Blackwell's的魅力所在，百年历史的积淀，布莱克韦尔书店早已波澜不惊，无须华丽的外衣，她厚重的人文底蕴和深刻的内涵只有在你真正走进她的内心时才惊艳你的双眼。

我是不想离开了，扎进牛津最古老的书店，此生我再无第二次啊！我没有犹豫，买了培根的 *The New Organon* 和皮

亚杰的 *The Language and Thought of the Child*，还有一本 *Life's Little Detours*。诚然，书价比我想象的贵，但若是不买，我深知那懊悔将比书价更贵。我不敢留下这样的遗憾。

此刻，牛津才真正是了牛津。书店是我想要的书店。可以在此徜徉，纯粹是书对我的偏爱。

从牛津出来，我关于买书的禁锢算是彻底打破了，而且，一发不可收拾。

第二次买书经历是在剑桥大学城。

在与全班一起游完整个大学城，我因不记路错走进一个小巷，在那里邂逅一个旧书店——The Haunted Bookshop，这是最古老的旧书店，藏书 5 万册，有 50 多种珍稀、绝版书籍。书店不大，够古旧，够沉香，稍微蓬乱，堆砌得高高的书、老版画、地图从地板一直到天花板，我一来就沉浸了。蹲在地上贪婪地看，每一本都精致得让我惊叫，我在里面淘到了 *Poems by Byron*，*Shelley's Poetical Works*，*Poetical Works of Wordsworth*，*Dreams Days*，这时已经接近我们旅游大巴离开剑桥的时间，本来就是迷路进去的，出来就更不知归处，幸好导游及时赶来把我领走。

其实，我倒愿意这样迷失在剑桥。

2012 年 3 月 31 日在苏格兰温莎的伊顿公学，我奇迹般地遇见了出国前我在网上看到的一家著名旧书店 Eton Antique Bookshop（伊顿古书店），当时邂逅如遇故知，我兴奋到近乎夸张。店主是个瘦小老头儿，戴着眼镜，动作语速不疾不缓，气宇与书店里书的珍贵相得益彰。在书店，我看到了英国当时最大最厚最古老的词典，我用双手都难以托起，还有一套最早的《莎士比亚全集》，那些书的古旧，远远不是我能估量。兜里的英镑让我在旧书店只够买一本 *Robert Bridges' Poetical Works*。

4月9日在莎翁故居 Stratford Upon Avon，我买了 *Shakespeare's Sonnets*，这样完全满足了青年时代我对莎士比亚诗歌的眷爱。记得在80年代我有幸得了一本英文版《莎士比亚诗歌集》，珍贵与爱不释手自是不必说。后来与笔友交换书读，于是我的诗集去了福州至今未归，朋友的《宋六十名家词》也一直住在我的书柜。想来昆庸兄的心境与我一样：那书就在那里吧，存着一段往事。

还好，在艾汶河畔莎士比亚的故乡，我重拾他的诗集，这是件多美妙的事啊！想来也是为了却我的那份眷恋吧。

在英国，这只是些零碎的购书经历，最后在海伊小镇，我才算真正走进一座书的殿堂，在此，与书的情愫融入我的生命，永久收藏。

海伊小镇（Hay-on-Wye）是朋友陈峰在我出国前推荐的，说是个神奇的地方——世界上最大的二手书市场。海伊（Hay-on-Wye）地处威尔士偏乡僻壤，Hay 意为 field，Wye 是流淌在小镇一条河的名字，所以小镇的名字意思是“瓦伊河上的地方”。海伊是个中世纪的古老小镇，在 1962 年一个名叫布斯（Richard Booth）的本地大学生毕业后在这里开了第一家旧书店。1977 年 4 月 1 日愚人节这天，布斯突然宣布小镇要“独立”，脱离英国。这耸人听闻的消息一出，小镇从此名扬四方，后来发展成为“天下旧书之都”。

其实，那时我并不相信自己可以到得了这个小镇。

到雷丁两个多月一直打听这个小镇，遗憾的是很多英国人都不知道。在网上查，路途遥远；在雷丁火车站打听，那里不通火车，无奈我决定放弃。一天在教室里与新疆的陈燕聊天我提及此事，没想到她很有兴趣，于是回去后她与房东（也是我们的老师）Carol 说起，Carol 很支持，整晚为我们查询路线。

刚好星期一及星期二是英国公共假日 Bank Holiday，我们可以有两天休息。于是我和陈燕决定前往。2012 年 5 月 7 日，上午 8 点，Carol 开车载着陈燕到 Co-operative 接我，把我们送到火车站。

我们从雷丁乘火车到 Hereford，再从 Hereford 转车，到 Pidcot Parkway 下火车转乘 1 个多小时公交车到达小镇。

小镇真静，街道不宽，错落有致：又斜又长的狭巷、诺曼底和詹姆士时代的遗址废堡，酒吧野趣古色峨然，低矮的石头建筑平稳沉实，灰白的墙上爬满藤蔓，有小花开在屋前、窗台、路旁，瓦伊河绕着小镇，两岸绿树葱茏，藤缠着树，树守着河，河唱着歌，歌从我身旁缓缓流过，远处草场青翠，为河铺上一条绿毯，很春天。踏进小镇，书的滋味扑面而来，书出现在小镇几乎每个细节：墙上、橱窗里、门廊上、椅子上、露天处，应有尽有，以你想象得到和想象不到的姿态，伫立。走在小镇，分不清是走在镇上还是穿梭在书屋间，小镇的安详全浸润在与书有关的表情里。尽管一路都有来自各国的觅书爱好者，但是，每个来者都如架上静躺的一本旧书，只沉淀不声张。因此，海伊一直宁静，无论谁在来来往往。

站在街的那头我不禁想起一个人，想起在他笔下带我走过的那些英伦旧书店。于是，我转身：董桥，你在吗？

小镇只有1300多人，却有39家旧书店，书店的书加起来长达17公里，陈列了100多万册图书。虽说是旧书店，书的分类却相当精细专业，严格按照分类和作者姓氏排列。主题有文学、电影、音像、诗歌、地图、绘画、建筑、摄影、儿童读物……书屋规模、形式、主题、大小各不相同：大的如Booth，是海伊图书市场的发源地，藏书40多万册，俨然一座大型图书馆；最小而简单的莫过于在厚重的石墙上凹进去一米见宽，斜斜地靠着几十本书，标着价，你可以把钱留下把书带回家。书屋再小还是书屋，是网络时代一座风雨长亭，凝望疲敝的人文古道，难舍黄昏的万卷斜阳。小镇的安详全浸在书里，没有商业的脂粉味，只有书的淡滋味。

因此，我更偏爱称它们“书屋”，而不是书店。它没有书店的冰凉与冷漠，与其说是书的市场，不如说是书的对话与徜徉。它多一分温情与优雅，哪怕是讲故事、讲历史，也风雅、也细致。

我们走进的第一家书屋是 Mostly Maps，以地图为主题，里面收藏了满满一屋与地图有关的书与图，从世界各地地图到英国最古老的地图再到海伊小镇的第一张地图。临走，店主分别送我们两张海伊小镇书屋分布图，39 个书屋分别用 39 个数字标出。他教我们一路走，一路画，每走进一家书屋就用笔轻轻圈掉一个名字，这个细节让我很是欢喜。于是，39 家书屋，在离开时我圈过了 22 家。第二天我重走海伊两个最大的书屋：Hay Cinema Bookshop（藏书 10 万册）和 Richard Booth's Bookshop（藏书 40 万册），在里面一直沉浸，买了 *The Little Princess*, *Essays by Francis Bacon*, *Monet's Years at Giverny*、*Texts and Pretexts* 及女儿的很多儿童读物。最爱的还是 1978 年日本出版的《莫奈睡莲画集》(*Monet's Years at Giverny*)。

大凡买的书，我都请卖书人在书后签上姓名、店名与购书时间，且他们都有一个共同的习惯：用铅笔签名。我理解为是对旧书的一种爱戴与尊重。

我喜欢海伊的书屋：古旧、朴素。书是里面最奢华的装饰，书味浓郁：有主题，有生命，个个鲜活，宁静地散落在小镇的街道、小巷、拐角处，每一个橱窗就是一格风景，是书屋的眼睛或心灵，清澈敞亮。

每进一家，我的欢愉就增加一层，多出一份古朴，生出一份安好。在这里，我不是顾客、路人甲；我是读者、是心灵的对话者，若不是在这里，我尚不知道白纸黑字可以用生命的形态来演绎，可以这样静静地流淌，没有喧嚣，却是内心澎湃。

在这里，书让海伊有了滋味，空气和呼吸都有了滋味，连路过的风也见书味。那路边开着的花，河里流过的水，不过是书里的字流落人间罢了，成了开花的文，流动的字，汇聚在小镇若一本老书，让你优雅从容地边走边阅读。

在海伊，我行走在书里，行走快乐。

在英国，我与书的邂逅最浪漫在海伊，而最缠绵是在雷丁大学图书馆的阅览室。

说起那个阅览室，我太熟悉了，三个月的中午时光都是在这里静读完成的。在这里我完成了很多书的阅读。

A Bus Called Heaven 是其中最奇妙的一本。

这是一本彩绘本儿童读物，起初我只是拿来随意翻阅，当我把书全部读完，书中的内容吸引了我。故事情节很简单：一个名叫 Stella 的小女孩通过自己的努力把一个名叫“天堂”的公共汽车从废旧变为大家生活的天堂，后来这个名叫“天堂”的公共汽车被市政公司拖走，她又用自己的力量和智慧拯救了公共汽车，让它再次成为 Stella 和人们生活的天堂。

我读了两遍，很喜欢书中一个简单的理念："天堂"原来就是一个简单的地方，是人们用自己的双手描绘、建造的一个可以玩耍、放松、约会、遛狗、蜗牛做窝的地方。这原本是一本宗教教育的读物，可是，故事里我读到的只是创造生活的一种美好。原来，这就是"天堂"，这就是宗教。这与我理解的宗教完全不同，没有说教、没有故弄玄虚，甚至连"上帝"或者"神"这些字眼都没有提到。这让我对英国中小学的宗教教育产生了浓厚的兴趣，以至后来去 Chilten Edge School 实习，应我的要求听了一节精彩的宗教课，那节课让我很感动也很受启发。

因为这本书、那堂课及对教材的大量阅读，我认识了宗教可以是门课程是门学科，在这里通过认识不同宗教信仰的存在，帮助学生促进精神、道德与文化的发展，促进学生对人类生命价值的丰富与多样性有更深入的看法；这让学生更能面对生命意义及终极目标等问题，引导他们找到终身受用的道德规范；让他们学习应付问题的不同策略，建立积极进取的人生观，也学会如何面对未来成年生活的机会、责任与经验。

然而，这一点在我们的教育中还是禁忌。

因为对这本书的感悟，加之那节课的感受，我决定将 *A Bus Called Heaven* 整本书抄下来（共 40 页），因为在英国有严格的知识产权保护，不允许复印书。这是我自读书以来，第一次完整抄下的唯一一本书。再后来，我读书的热情打动了我的老师、馆长 Karen，她目睹了我三个月的阅读历程。最后临要离开雷丁，在她的帮助下，我在英国最大的书店 Waterstone’s 通过预订成功买到了这本书。

后来，因为这本书，也因为我的读书，我和 Karen 成了忘年交。

最后，还有一本不能不提的书：*Teaching English to Learners*，其珍贵与价值不亚于别的，编者是雷丁大学的教授：David，Isabelle 和 Li Daguo。其内容涵盖了我们第一天的课程介绍、School Placement 及最后的 Action Plans，共有 600 多页。其实，它是我在雷丁大学三个月学习期间老师上课用的讲义。这些讲义，学员们大多在离开英国时因为行李超重都不得不忍痛留下。而我无论如何也不舍得，最终，我把这堆 A4 纸打印的厚厚讲义背在背上，过关斩将把它们从希思罗国际机场、北京国际机场一直背到家，然后给它们加上封面装订成册。这在 CSC（国家留学基金委）20 多期学员几百人中，唯有 Shirley 了。如今，它是我在教学中把雷丁大学的教学理念付诸实践的一本不可或缺的教参书。无论何时翻开，页面上还鲜活着我学习的脚注，老师的诠释，同学的合作，有我聆听的声音，有墨未干的痕迹，这些都添了书的温润、书的沉潜、书的亲切。我庆幸啊！

那些书，除了讲义，我最后全部以高昂的邮资寄回国了，加上购书费接近上千英镑。如今，这些书于我格外珍贵，不在书价，不在古旧，也不在路途遥远，只在于它们让我的阅读在回国后的日子可以一直延续，读着读着，文字的曼妙溢出书外。

在海伊小镇买的 *Texts and Pretexts* [《正题与借口》作者是 Aldous Huxley（阿道斯·赫胥黎）]，在回来的阅读中，我才细细研究这本书，1949 年出版，曾隶属于利物浦公共图书馆的 Wavertree Library。扉页上贴有一张标注着“击铜鼓”字样的黑白藏书票，藏书票上端印有“SEAGROATT”，下端写着“EX-LIBRIS”，左侧还有藏书票设计者的印章（遗憾我没能认出这两个汉字）。这张藏书票的来历我一直没有查到，巧的是这本英文旧书上贴着一张很中国的版画、标注的也是中文。尤其可贵的是，书上盖有 1977 年 4 月 1 日海伊小镇独立日的纪念章：INDEPENDENT HAY APRIL 1st 1977，书的珍贵可见一斑。

这真正印证了那句话：在海伊你总会有意想不到的收获。

在剑桥的 The Haunted Bookshop 书店买的 *Shelley's Poetical Works*，扉页上也贴有一精致的藏书票，上面印着：

> Think clear, feel deep, bear fruit well.
>
> —Presented to Margaret Caswell Ⅵ From Piage

这句话出自英国近代诗人、教育家、评论家 Matthew Arnold（马修·阿诺德）的诗*Progress*。上面有1934年 Piage 送给玛格丽特·卡斯威尔六世作为生日礼物的签名。

在这家书店买的另一本书：《威廉·华兹华斯诗集》（*Poetical Works of Wordsworth*），1836 年出版，墨绿的封面，中间有呈圆形烫金的出版社 WARD，LOCK&CO. LIMITED 的标志，书的三个侧面亦是烫金，装帧精美，保存完好。

轻轻翻到第 152 页，重读华兹华斯 1804 年写的诗*Daffodils*：

I wandered lonely as a cloud
That floats on high o'er vales and hills,
When all at once I saw a crowd,
A host, of golden daffodils;
Beside the lake, beneath the trees,
Fluttering and dancing in the breeze.

在苏格兰的蓝色湖区，坡上开满静静的黄水仙，我，或者华兹华斯，独自走向春天，漫步如轻云一片……即便是今天吟咏，内心的华美，一如 200 多年前厄尔斯沃特（Ullswater）湖畔的某一天。

如今，电子狂风都吹斜了书店的老房子，荧屏上扫出一页页的电子书我没试过，但是那冰冷冷，没有纸感，没有纸香，没有纸声的阅读，扫得出大学问扫不出小情趣。关于书香不书香的情怀我倔强到底。

——董桥

毫不掩饰地说，在读那些英文旧书的过程中，我渐渐读出惊喜，读出余味，这些也只有旧书才可以。

在英国的地铁里、火车上、阳光下、咖啡吧看着英国人优雅从容地阅读，不由得心生欢喜，大英帝国没了，“大英书国”还在啊！最是在英国，才可以看见这静心的阅读。我渐渐喜欢上这样的阅读，喜欢那些书的装帧：书厚、书小、书轻、书满。在我买书的历程中，其实，一半的书只大如盈掌，我是做了准备的，在以后的日子，随身的包里除了别的还有一本书的位置，让阅读可以随遇而安，让阅读有点英国范儿，让阅读悄然走过来，不用只在英国。蓦然间，包里的英文书读完一本换一本，我做到了：用零碎的时间、零碎的地点、零碎的心情，阅读。

在这卷青书里，我的英伦访记渐渐舒展，渐渐沉寂。那抹记忆，纵然有一天消磨尽了，还有一卷青书，轻轻用手一拨，还散发得出旧日清香，疑是春天迟来的故人。

捧一书在手，逢一段善知识；

拨一卷青书，缕一道旧风景。

HAY-ON-WYE BOOKSELLERS
ANTIQUARIAN & SECONDHAND
HAY-ON-WYE BOOKSELLERS
ALL SUBJECTS BOUGHT AND SOLD
01497 820875

海伊小镇留影

与莎士比亚的那场邂逅

2013－11－24　01：33

其实，终我的一生，我都不会想到，有一天，我会在英国与莎士比亚有一段不得不说的经历。

如果说在中国“不到长城非好汉”。那么，在英国恐怕只有看了莎士比亚的戏剧方能算是真正到了英国吧。

因此，在英期间，去莎士比亚环球剧场看一场他的戏剧就是我的夙愿了。为了这个愿望，我一直找寻。最后，我没有享受到他的戏剧，却在2012年4月22日聆听了一场莎士比亚十四行诗全球朗诵会。

其实，于我而言，莎士比亚的十四行诗（Sonnet）我更熟悉些。高中读卞之琳译本。后来在华中师范大学读书期间，有一位叫曾庆强的老师教英国文学，尤其擅长莎士比亚十四行诗，他的赏析深情、他的朗诵投入，更甚者，他长得极像莎士比亚，据说他留英期间为此曾被当地电视台请去做过一期节目，当然主要因他对莎士比亚诗歌有深入研究。其实，当时他并不教我，于是我和好友袁凤琴每周三、周五下午专门去旁听他的课，我们坚持了两年。我读的莎士比亚英文诗部分来自他的解读，这远远超越了对他戏剧的自己阅读。

因此，莎士比亚于我而言最是十四行诗。

莎士比亚环球剧场（Globe Theatre）矗立于泰晤士河南岸、伦敦圣保罗教堂对面。最初的环球剧场于1599年由威廉·莎士比亚所在宫内大臣剧团建造，1613年6月29日毁于火灾。1614年环球剧场重建，并于1642年关闭。1997年，一座现代仿造的环球剧场落成，命名为“莎士比亚环球剧场”。莎士比亚环球剧场是英国戏剧艺术的中心。17世纪时莎士比亚大多数作品都在环球剧场演出。环球剧场主要由环球剧场、环球教育、环球展览三个结构组成。其中环球剧场是一个由国际艺人组成的专业剧团；环球教育则是与不同年龄的学生共同研究莎士比亚的剧作手稿及舞台表演；环球展览是专为莎士比亚及其同时代剧作家而设立的涵盖面最广、最完整的一个展览。

环球剧场外形追寻莎士比亚时代的草屋顶和木结构，上层走廊的屋顶是由茅草覆盖的。剧场内部是圆形的，剧场也是开放式舞台，剧院高13.7米，中央为一个无顶的空间，周围是三层有屋顶的楼廊，剧场内部，有一个高出地面1米多的平台，突出地伸向中心地带，这就是表演平台。观众可围绕站在舞台的三边，或坐在楼廊里观看演出；座位总数为1380个，在舞台下方，有一个区域称为pit或yard（庭院）。那时观众只要花一个便士，就可以站着看演出。庭院采取自然光线代替舞台灯，舞台布景相当简单无额外装饰，与观众席之间没有屏障，充分让观众与戏剧融合为一。

那天与张琛、黄敏来到这里，坐在剧场第一层木质低矮的凳子上，凳子被岁月磨得光亮平滑，长长的木凳排成四排圆弧形，由半身高的木栏隔成不同的小间，那种古旧与舞台的简洁相得益彰；我们从第一层后面穿过一个简陋狭窄的木门，沿着通道上楼，二楼是包厢，也是贵宾室。坐在二楼的包厢里，墙上是精美的中世纪宫廷油画，里面有三张木椅，另外有三张比木椅更高的木凳，一个更衣台，坐上高高的木凳，把身板挺得很直，想象着17世纪英国贵族或王室女子手拿娇小的望远镜看着戏……据说贵宾室里的客人坐在那里不是为了看戏而是为了被看。我坐在这里，不是为了被看，只为遥想一段与莎士比亚相关的细节。

说起这场“十四行诗周日朗诵会（Sonnet Sunday）”是以“地球环球节（Globle to Globe Festival）”为主题，为纪念莎士比亚环球剧场140周年举办的纪念活动，也是世界上有史以来最盛大的一次莎士比亚庆典，诗朗诵是其中的庆典之一。我们有幸赶上。

这场朗诵会包括所有莎士比亚的154首十四行诗，由31名演员使用25种语言，包括罗马尼亚语、瑞典语、佛兰芒语、匈牙利语、盖尔语、波斯语、冰岛语、保加利亚语、阿

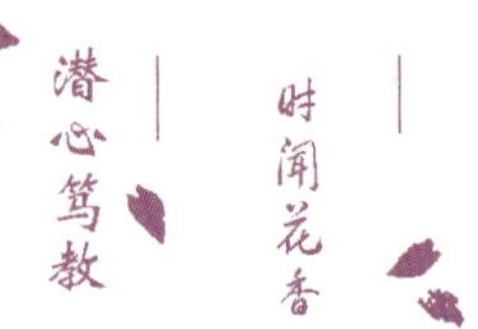

拉伯语和拉脱维亚语等，持续近6个小时。朗诵阵容极大，有极具吸引力的时尚 Compered 演员和 Globe 教育从业者伍迪·穆雷；还有在伦敦西区的明星：欧文·阿瑟（Owen Arthur）。同时有精湛的吉他、手鼓现场舒缓伴奏。

真正听，我从楼上下来，站在看台与舞台之间的露天场，离舞台很近、离朗诵很近，默默地做一个纯粹的莎士比亚时代“站票观众”，犹如那个时代花上一个便士站在院子里看戏的平民。其实，和我站着聆听的有百余位来自世界各地的莎士比亚爱好者。

这是一个特别明媚的下午，阳光从剧场的茅草屋顶投向舞台，暖融、通透，过滤成一束束光投向诵者，他们都是朴素的衣着，未经任何修饰，手持诗集，他们所有的装饰就是最真实的诗歌表达和最真情的原声，他们没用话筒，这也是我没想到和敬佩的。他们史诗般的表达，激情和本真完全超越了语言障碍。尽管，我听不懂他们朗诵时的语言，我与诵者之间却涌动着心的灵动和激情，体味着诗歌在诵着的音律美。此时此地，我感受的是一个没有国界、不分肤色、一个世界的莎士比亚，我们完全跨越了语言、时空。我、诵者、诗歌还有莎士比亚完全相通、相融。

这个下午，我与莎士比亚诗情邂逅。

每次，主持人在台上问：在座的有没有来自某某国家的朋友？下一首是用某某语朗诵。于是总会有三五人自豪地举起手。每每这时我便心生一个期待：一定会有一首是用中文朗诵。听了一个多小时，我断定自己是要失望了。可是，那一刻，我的内心生出一个特别大胆的冲动：我该上去用我们铿锵的中文朗诵一首 *sonnet*，说是爱国也好，是不甘也罢，于我这是必需的。这个想法让我一时憋得面红耳赤，我把手心捏到出汗，因为内心的挣扎。终于，我没有上去，不是没有勇气，是在审视自己时发现：无论过去我是怎样地读，如今我已不能完整地背出一首译成中文的莎翁十四行诗。这才是我的悲哀！关于莎士比亚，在我这里沉淀的只剩一个情结，与诗歌无关啊！

所幸，当主持人深情地问：在座拥有两本或者两本以上莎士比亚十四行诗集的朋友请举手。这时我举了手，在数百名观众里举手的寥寥无几，这也算代表了一次中国人，多少弥补了没有中文朗诵在我心底的那抹遗憾。

说起那本莎士比亚的十四行诗集，还有另一场邂逅，在莎士比亚故居。

那是 4 月 9 日我们从牛津大学出来继续前行，便是莎士比亚故居，这是一个叫斯特拉特福的小镇，人口 23676 人，因地处埃文河畔（Avon），又名“埃文河畔斯特拉特福（Stratford upon Avon）”。斯特拉特福是个风景迤逦的小镇，从小镇步行到莎士比亚故居所在的那条小道——亨利街，很容易就能看到那栋古色古香的莎翁故居。故居由两部分组成，一部分是现代化媒体的展厅，展示莎翁的生平历程以及流芳百世的不朽作品；另一部分就是他出生与成长的居所，一座带花园的平民住宅。那是一座两层木架构小楼，房屋框架、斜坡瓦顶、泥土原色的外墙、凸出墙外的窗户和门廊使这座16世纪的老房在周围的建筑群中十分显眼，非常英国。正是在这座普通的木屋里，莎士比亚创作出一部部文学巨著。

1564年4月23日，莎士比亚出生在这座楼上。他的童年和青少年时代都是在这里度过的。14岁时，家道中落，他只得中断学业，外出谋生。18岁时，他与比他大8岁的当地姑娘安妮结婚。几年后，莎士比亚步行来到伦敦，开始了他作为演员、剧作家和诗人的生涯。1592年，他以自己的剧本《爱的徒劳》《错误的喜剧》《亨利六世》等开始驰名伦敦。30岁到35岁是莎士比亚创作的鼎盛时期。他一生共写了154首十四行诗、37部剧本。功成名就的莎士比亚曾是伦敦“环球”“天鹅”“玫瑰”“幸福”等几家大剧院的股东。莎士比亚48岁后搁笔，从伦敦回到斯特拉特福镇，并在这里安度晚年。楼里以独特的视野、保持原样的物件展示着这位世界上最伟大的诗人和剧作家的生活细节和所处的时代。从一楼沿着木制的时光楼道，前行，脚步踏在楼梯的木板上发出“嗒嗒”的响声，就像是一种历史的回音。以这样独具特色和令人震撼的方式，再现莎士比亚的一生。

在这里，我买了我人生中的第二本英文版《莎士比亚十四行诗集》（*Shakespeare's Sonnets*，在 80 年代我有幸得了第一本英文版《莎士比亚诗歌集》），因为是在他的故居购得，仿佛与他和他的 sonnet 更多一层亲近，格外喜爱。

记得在中学时读过一本书，其中有说到莎士比亚的墓碑后面刻有一句话，说是他本人在去世前写的，但内容是什么我完全没有印象了。来到他的故居，几十年前读到的这个小小细节竟会突然从我的记忆中冒出，冥冥中指引我此行多了一个追寻：去亲自看一眼那块墓碑，那句话。

沿着迤逦的 Avon 河一直南行，走过大片的绿地，河水清幽、蜿蜒，两岸杨柳依依，因为春日小雨与风的抚弄，柳翠翠地绿着，白的天鹅依偎在春天里，让埃文河的妩媚就这样流淌，一路吟诵着莎士比亚的十四行诗：

The little Love-god lying once asleep
Laid by his side his heart-inflaming brand,
Whilst many nymphs that vow'd chaste life to keep
Came tripping by; but in her maiden hand
The fairest votary took up that fire
Which many legions of true hearts had warm'd;
And so the general of hot desire
Was sleeping by a virgin hand disarm'd.
This brand she quenched in a cool well by,

Which from Love's fire took heat perpetual,
Growing a bath and healthful remedy
For men diseased; but I, my mistress' thrall,
Came there for cure, and this by that I prove,
Love's fire heats water, water cools not love.

沿着埃文河，我左脚走在春天的十四行诗里，右脚浸润在浓浓历史和文化氛围的细雨里，簌雨湿青柳，悲感之意全无，欢喜之意满溢。一步一回头，回眸一次，我便把这流淌在莎翁故居埃文河畔才有的情怀收藏一次。纵然，我带不走埃文河的雅静与悠然，我愿收藏这抹记忆，把对他十四行诗的那点钟爱撒入河中，在这河里一直吟诵。纵然，我不能掬一勺饮，但是我可以低吟，在这河畔，看河水往前倒流三百年。

我就这样，固执地踏寻，寻他的 sonnet，寻我模糊记忆里的莎翁碑石，想象中那块墓碑是这样的：在幽静的教堂后院一块绿绿的草地中，一个简单的墓冢，一个十字架和不高的墓碑，墓碑因雨水和岁月的洗刷十分古旧，包括墓碑后的字也显模糊，没有尘嚣，唯有教堂不老的钟声一直祈祷。

来到莎士比亚墓地圣三一教堂（Holy Trinity Church），进了院子，黄敏和张琛陪我径直走到教堂后院：草地在，墓与碑不在。颇是失望，迂回走进圣三一教堂。

这里古朴、沉潜、凝重，教堂的一对钟塔和窗子凸显它的哥特式建筑风格。莎士比亚于1564年4月26日受洗于圣三一教堂。1616年，由于生病离开了人世，于1616年4月25日葬在这美丽的15世纪由托马斯Balsall院长修建的学院教堂。此处有莎士比亚之墓及记载他的出生与死亡资料的教区记录簿副本。

站在教堂里，我仍不愿相信这就是莎士比亚的墓地。我仍在固执，企图在教堂里重新找到一条通往外面的路，一条通往莎士比亚的路。没有。无奈，我只好求助于教堂工作人员，一个和蔼、高个子年迈的英国老人。我把自己脑海里的印象描述给他，他耐心温和地听完，说：这就是你要找的莎士比亚墓地，那个黑底白字的牌子就是他墓碑上的字。

我回到墓前，在英国教堂典型的镶嵌了《圣经》故事的花窗玻璃（Stained Glass Window）下，仔细再读墓碑上他亲自撰写的碑文，上面的石板碑文被严重侵蚀。反复读那行字，是古英语，我不懂，此时，我的内心几近哭泣，默站在那里却不是凭吊：

"GOODFRIEND FOR JESUS SAKE FORBEARE
TO DIGG THE DUST ENCLOASED HEARE!
BLESEBE YE MAN YT SPARES THES STONES,
AND CURSTBE HE YT MOVES MY BONES."
朋友，看在耶稣的分上，

请勿挖掘此处的墓葬。
容得此碑者，受到祝福，
移我骸骨者，遭到诅咒。

出来时，那个慈眉善目的老人再次问我：你找到了吗？我怏怏地说找到了，并把照片给他看，他欣慰地笑着说："That's it"（就是它）。他又问，你懂吗？我笑着摇头。这时，他走到一旁的架子上拿出一本复印并用透明薄膜装订好的资料（后来我才知道那本资料正是圣三一教堂收藏的教区记录簿副本复印件），翻开，找到那句墓志铭的原文，弯下腰用他磁性低沉的英语给我一字一字译成现代英语。待他译完，我灵机一动，掏出随身的日记本，他默契地接过我的本子，戴上眼镜一字一字工整地把那句文字写在我的日记本上。

那一瞬间，我内心的激动、感激一拥而上，心跳加快，两手紧握。此时，我唯一能做的就是用最饱满的热情和音量感谢他。只是，他远远不知他的善举对我意味着什么。于我而言，我感觉自己是在用心灵更靠近莎士比亚了，那位老人就犹如莎士比亚本人对我的垂青，完美地完成了一个来自东方女子对他的敬仰与追随，那短短的几分钟充满神圣与敬仰，就在他写的时候，仿佛他与莎士比亚融为一体，在我小小日记本上轻轻来过，留下我一生最珍贵的纪念，留下我终生不能忘的痕迹。我找到的何止墓碑上的那一行字啊！我得到了莎士比亚给我的一份惠赐，我带走了，一生珍藏。

稍坐片刻，我特别礼拜了在这里得到的偏爱与祥和，以及他慈眉的帮助。造访此地，不仅仅是凝视那行墓志铭，而是过去几个世纪这里祈祷声的一直回响！你一定会找到自己的心灵，带领你感受它的祈祷和赞美气氛。

接过日记本，我的心格外热，我的眼里是泪。我一路追寻的莎翁，在你的故乡，我找到了答案。

这样的邂逅，唯有 Shirley。

因为有了这两次不同寻常的经历，我想这样说：在英国，曾经邂逅莎士比亚。

没有看莎士比亚戏剧，英国，我曾经来过。

莎士比亚环球剧场（2012 年 4 月 23 日）

第二篇
采桑子慢

遭遇孤独

2007－8－17　22：22

遭遇孤独，有人说与爱情有关。

如果，孤独与爱情有关。是的，爱，可以爱到孤独。如果把太多的赌注抵押给爱情，在爱情不堪重负时，就是孤独时；抑或，在爱情与理想之间牵不到彼此的手时，便是孤独时。

遭遇孤独……

如果，心，看远一点，再远一点；心，饱满一点，再饱满一点；让心灵流动起来，精神在未来相遇；然后，做一个学习的贵族吧。那么，孤独一把，就是奢侈。

其实，我说孤独，是心底的一股暗流，你不知道它什么时候会涌出。试着去静默与聆听吧。

让我做你的天使吧！

2007－10－24　12：57

让我做你的天使吧！在静默的夜，陪你走一段心灵中竹林的路，不必牵手，让我们分享一种文字间的回眸浅笑。

让我做你的天使吧！你的生活，我的天空，彼此轻轻呵护着。淡淡的夜，在网络的这一面，我只是淡淡守望，如果你来过，我愿做你刹那间的天使。

让我做你的天使吧！在你的疲惫之后，也许不能给你天使的拥抱，但我可以给你天使的翅膀，你，与天空一起飞翔。

如果，你也邂逅一星的喜，一月的笑，一雨的真，泛善其间，那就是我。

让我做你的天使吧！

感谢活着

2008 -5 -17　01：33

2008 年 5 月 12 日 14 时 28 分，历史永远记住了这一刻。四川汶川在这一刻停止。

那一刻，我也遭遇了。当时，我正坐在书桌旁，隐约感觉自己身体微微发抖，是一种控制不住的抖。因为恰好近期身体有不适，以为是身体有变严重的迹象，心里发慌。于是，我停下手里的事，安静下来观察，看见双手、双腿都在抖。我试着把手放在桌上，想找个支点，以为这样可以稳定下来。但是，不行！抖得更厉害。这时，我抬头，看见书桌在晃，再看，窗帘在晃，头上的灯在晃。仿佛整个书房都在晃。我感到一丝恐惧，对正在厨房的先生大叫："你快来啊！怎么这个房子在晃啊？"他急忙过来，也感觉蹊跷。这时，先生疾步走到窗户旁，看见楼下，上班的员工都聚集在院子里，人很多。他告诉我：地震了！2—3 分钟后，一切恢复正常。

直到这时，我才把刚才的一切与地震联系起来。我看了看时间，是 14 时 34 分。我以为，这就是地震，心想：还好，一切都过去了。

走在上班路上，我给父母打电话，他们也感觉到了地震，无恙；我再联系姐姐妹妹，她们没有震感，一副愕然；还有同学、朋友，都好。路上，有人在说关于地震。

走进校园，一切正常，课在继续，似乎什么也没有发生。办公室里，我问起刚才发生的一切，同事们都不知道。这时，学校通知班主任随时做好准备疏散学生。又过十多分钟，接上级通知，下午的课不上。女儿的学校也传来停课的消息。

我开始全方位感知这次地震。

四川省汶川县发生 7.8 级地震！

我开始焦急地问候四川的同学、朋友。成都的同学，我问："地震吓着你了吗？"她说，"忙着安排学生，就没怎么感觉了"，这话，几乎让我哽咽。广元的朋友，却始终联系不上。我有些不敢想象……陆续地，我也感受着同学、朋友温热的问候。

接着，电视里，聚源中学、北川中学：看见那伸出来呼救的小手，看见用手刨开瓦砾寻找孩子的母亲，看见散落在瓦砾中的课本、文具，看见我看不见的瓦砾下的孩子们……我的泪，顺着脸颊流，以一个老师、一个母亲的名义。

我的心，就这样与新闻一点点走进四川，走近汶川。每个画面，看一次，心就悲痛一次，痛切一次；这样的毁灭，这样的惊心，这样的惨烈……

手机里，不断有朋友发来这样的短信——孩子，快抓紧妈妈的手：

孩子，快抓紧妈妈的手，
去天堂的路太黑了，
妈妈怕你碰了头。
……
妈妈别担忧，
天堂的路有些挤，
有很多同学相守。
……
让妈妈陪你走，
妈妈怕天堂的路太黑，
我看不见你的手。
……
自从倒塌的墙，
把阳光夺走，
我再也看不见你柔情的眸。
……
妈妈，你别哭，
泪光照亮不了我们的路，

让我们自己慢慢地走。

……

妈妈，

我会记住你和爸爸的模样，

记住我们的约定，

来生还要一起走。

……

用伤痛，我一字字地念完每个音节。一次次地，我看见废墟里那些散落的书包、课本……流着血啊！

忍不住，站在自己的讲台，我会想象着那些孩子们上课的最后一幕，一样的笑脸，一样的目光，不一样的是，在瞬间，他们戛然而止！

后来，组织学生捐款。那些家庭贫寒的学生，捐出了自己一个星期的生活费；女儿捐出了过年的压岁钱；我也借捐款表述着自己的心。

然而，无论怎么做，也无法压制埋在瓦砾下的凄寒；无论怎么做，也控制不了涌动在心底的沉重；无论怎么做，我们的努力唤不回他们的课堂……

在此，我，别无所能，唯有转达我的学生们，还有你们：活着真好！

感谢活着！

关于奶粉

2008－9－26　01：01

在奶粉里，孩子们吃到了三聚氰胺。全国一片哗然！

得知这个消息，我也慌了！女儿是吃三鹿奶粉长大的。记得，女儿断奶时面临奶粉的选择，那时国外正流行疯牛病，于是我坚信：咱们自己的奶粉最安全！经过慎重考虑决定从此就吃“三鹿”，这一吃就是七年多啊！

女儿会有事吗？尽管没有发现所说的症状，但是，那是化工原料，我怎么可以不担心哪！我也带女儿去了妇幼保健院，整个大厅被焦急的母亲与孩子塞得满满的，门上贴的告示告诉我，今日挂号已满，需要检查的请明天再来。可是对女儿健康的那份担心怎么可以等呢！我找到咨询的医生，她看到背着书包的女儿，笑着宽慰我，说女儿一定没事，主要是三岁以下的儿童。我将信将疑地离开医院，心中并无喜悦。

我不知，未来会怎样？今天是奶粉不可以吃，明天呢？我们及我们的孩子还有美好的明天吗？

当地震来临的时候，母亲护着孩子，坚定地说：孩子，别怕！因为，那是天灾，我们可以坚强！可是，现在，身为母亲，我们害怕了。因为，这是人为，与坚强无关！这无异于向孩子投毒啊！

其实，“三鹿”伤害的不仅仅是孩子，而是一个民族的感情和对未来的信任啊！我们还可以去告诉他们，去爱吧！孩子，爱一切美好的东西。可是，在我们自己心灵的深处，还摸得到善与美吗？

甚至，我们都不知道该指责谁！

那么，首先学会尊重吧，尊重孩子，尊重生命。

阿　　树

2009 - 4 - 7　23：22

一月，我又收到阿树寄来的包裹，打开包裹，海风从北海扑面而来。

阿树，我的朋友。

认识阿树要从 1993 年说起。

在北海的历史上，这应该是浓墨重彩的一年吧。在开发沿海的浪潮中，北海成了一个热点。刚大学毕业不久的我也挤在这股热浪里，独自背着行囊，踏上寻梦的流浪。

到北海的第二天，顾不上找工作，海对我的诱惑，使我一路朝着银滩寻去。在银滩的海边，走走停停，我漫步赏海。因为有爱照相的毛病，踏着海，我因为没有相机而心里发慌，想狂照！一路上都有很多拍照的人来兜售生意，因为是一个人，有强烈的戒备心，我假装不照，没敢理睬他们。这些人中，阿树是其中之一。

阿树，三十岁左右，黑黑的脸有些圆，典型广西人的长相，她笑起来整个面部都看得见。她戴着海边才有的那种竹编草帽，上身穿白色衬衣，裤腿挽得高高的，手里拿着相机，用她广式的普通话，“小妹妹，你一个人啊？在海边玩要注意安全，今天浪大，不要走得太深啦”，她的话让我感到很安全，她的笑让我感到很亲切。

由此，我试着答她的话。后来，我终于忍不住告诉她，我要拍两个胶卷的照片！这两个胶卷在当时的年代是吓人的，阿树因此也给了我在当时绝对的低价。于是，我们边照边聊，阿树可以准确地理解我的表达，抓住我兴奋的每个瞬间，每个片段都与海亲密接触。72 张照片在我没来得及完全体会之前就结束了，我不能再照了。

这时，阿树也停下手里的活，不再兜售，只是一路跟我说北海、银滩，还有白虎头，我信任地跟着她，一直走到很远很远的海，欣赏着只有当地人才看得见的银滩的海。阿树跟我说着关于海的故事，满足了我对海所有的好奇与幻想。我知道阿树住这里的白虎头村，有两个女儿，以照相为生。阿树知道我是独自到北海闯荡的女大学生。

临走，阿树叫我下次去银滩一定要再找她。

第二次见到阿树，也是在银滩，那是三个月后。我决定离开北海，于是去告别银滩，告别海。阿树还在那里照相，顶着烈日。见到我，阿树真的很亲热，如老朋友，让忍着离愁别绪的我感觉很亲、很暖。知道我要离开北海，阿树放下手里的生意，坚持带我到她家。她说，一定要让我知道她家，这样，下次如果还来北海，我就可以找到她。阿树领着我，沿着银滩一直北走，在离开人群越来越远的沙滩上，我再次认识银滩，走进银滩，走近阿树。

阿树领着我走进白虎头，一个小渔村，到处晒着鱼，散发着海的味道。第一次，我这么近距离地看晒干的海，海边的生活，我不停地问这问那，那好奇，不亚于第一次见海的洋溢。

阿树家在路旁，是木结构平房。进门是厨房，中间摆放着饭桌，上面有几碗盛好的稀饭，一碟小菜，一盘煎鱼。进去是客厅，简简单单的几张椅子，没有多余的家具。阿树的两个女儿：春梅，小学二年级；春娜，9 月上一年级。见到我，两个小姑娘有些认生。阿树的老公姓张，她让我叫他二哥。二哥不高，很瘦，也很黑，留着浓密的小胡子。见到我，他也热情，知道我是来告别的，他没有更多的话，转身往海边去。阿树说，他抓鱼去了。

就这样，我如贵宾，受到阿树一家的款待，二哥打了鱼、捉沙虫、抓海耗子。这一顿饭，老实说，是我在北海几个月来吃得最奢侈的一顿。两个女孩也慢慢和我亲近，她们用所有的热忱给了我最高礼遇，几乎倾其所有，我可以感觉得到。

我走了，带走他们一家宽厚的心，还有阿树的地址，从此离开北海。

以后的日子，翻着阿树为我拍的精彩照片，想着那一段青春的精彩岁月，我一直记着阿树，一直保持着与她的联系。

阿树写信说她不照相了，在村委会上班。两个女儿都在上学。二哥在一家鞭炮厂上班……我们的信就这样通着，每个春节，我给阿树寄明信片，也告诉她我的生活。我的家人、后来的先生，他们都熟知我有个朋友叫阿树。

因为疏忽，我一度失去与阿树的联系。

十年后，就是 2003 年，我第三次见到阿树，还是在银滩。

这次不同：我和先生带着刚满三岁的女儿去看海，去看阿树也是我此行的心愿。

凭着当年的那点印象，我找到白虎头村，找到阿树家，她不在。我找到村委会。当我走进办公室，阿树竟然一眼认出我来，我俩当即拥抱，她的惊喜、我的欣喜感染了在座所有的同事。阿树介绍我是贵州妹子，所有的人一下子都来与我握手，原来，阿树常与他们说我，她办公桌的玻璃板下还压着我几年前寄的明信片。

阿树坚持要我们住她家。阿树腾出最好的一间房。因此，我们的北海之旅就从阿树家开始了。

我们住在海边的阿树家，细细体味着海的朴素，从朴素中看海的起起落落：凌晨 4 点，阿树一家和我们步行到天尽头迎接海里日出；傍晚，我们坐在海边数日落，等海上明月升；起风的时候，我们站在沙滩上，沙如轻纱薄雾一样从脚下向远方柔曼地过去。关于银滩的每一个细节、每一个景致，阿树都带我们经历了。

阿树用最自然、最真情接待我们，用“盛情”两个字是盛不下的啊！那一年，春梅读高一，春娜上初二。三岁的女儿与两个姐姐在海里的笑醉斜了夕阳。

慢慢地，阿树告诉我，春梅因为出色，前年代表学校到日本交流，春娜性格开朗，像她。二哥爱上六合彩，爱喝酒。家里所有开销全靠她在村委会的薪水。在村里，因为是两个女儿，她会受很多委屈，有时还来自二哥。说着这些，阿树都是笑的，还好，女儿都很优秀，这一点就足够支撑我，阿树如是说。我说不出很多安慰她的话，只是在临走前给她女儿买了些书，尤其是关于英语的。细心的先生悄悄买了些米、油留下。

那一年离开北海，阿树知道我们一家热爱海鲜，从此每年临近春节，我一定收到她寄来的包裹，每每打开，都有海风扑面，咸咸的味道，还有阿树朗朗的笑。我也试过给她寄些我们的特产，但是，阿树她们不适应，后来我换成别的方式。

这些年，因为有手机，我与阿树的书信少了，只坚持每年的贺卡。记得那次给她电话，阿树在那头轻描淡写地说二哥赌六合彩输了很多，他喝酒，打女儿。为了女儿，阿树一直很苦地撑着家，她始终勤勉地工作，因为心中有想望：要让两个女儿上大学。那一年，春梅读高三。春梅性格中有忧郁，这是阿树不放心的，我保持着与春梅的联系，用我的经历和经验引导她，仿佛这是我可以为阿树做的最好的了。其实，说着这些，阿树在那头都是笑着的，阿树朗朗的笑，让我望见海，望见那朴素的海。

春梅呢，考上了广西最好的大学，是白虎头村的第一个大学生，阿树没有来得及喜悦，因为她还要让春娜上大学，村里人不理解。春娜真的也到大学去了，她们都像阿树期望的那样成长了。为了两个女儿读书，阿树一直住着我第一次去过的房子，村里人都盖起了大房子，但阿树没有。

可是，二哥也没有喜悦。女儿骄人的成绩不能给他慰藉，相反，春节时，他的粗暴让春梅几度昏厥，送医院急救，春梅比从前更忧郁，到了令阿树揪心的地步，曾经一个学期她只用 500 元生活费。我几乎是含泪地给春梅寄去一些。

我只是浅浅地给阿树一些支持，却赢得阿树每年对我的惦记。那些海鲜，有阿树自己买的，有朋友送她的，那是阿树自己舍不得吃、一点点晒的，每次打开包裹，除了感动，我还有愧啊！

屈指数来，与阿树相识十六年，我心里始终保持她的笑，那是来自海的宽宽的笑，或许有些许咸，她的笑，伴她走过她自己，走过她的生活，也走过对女儿的支撑。每次，她都把那些难说得很淡，却笑得很浓；也许，阿树只是渔村的一个普通人，她让我看见的是一片海，那么那么蓝！

太阳的味道

2009－3－19　23：33

你知道太阳的味道吗？那是一种太阳下呼吸不到的味道。

记忆中，第一次闻到太阳的味道，那是在童年。

我的童年，在都柳江畔。

那时，没有自来水，我们饮井水，洗衣、洗被在河边。在很阳光的周末，妈妈挑着被子，我们紧跟其后，去河边洗。妈妈洗被子有讲究：先用肥皂把被子打过一遍，然后用洗衣板轻揉，再泡上一个时辰，在家把这些工作完成，最后才去河边。

在河边，妈妈把还带有淡淡肥皂水的被子晾晒在泛白的鹅卵石上，被子上明显地凸着鹅卵石的印。这时，我们往被子上每隔一段时间洒一次水，使它一边晒着太阳一边保持湿润，若是不小心某一块凸着鹅卵石的地方没洒上水，待干后就会泛黄，因此，被子是否可以很白，这是关键。我们姊妹最乐意做的也是此项工作，晃晃悠悠地抬着盛满江水的盆，光着脚丫，踩在那些一样光着的鹅卵石上。太阳下，我们把一盆盆水洒满江边的鹅卵石。然后看着被子神奇地一点点变白，再白，到最白。

在太阳渐行渐远时，妈妈双脚浸没在河里，让流动的河水冲洗着雪白的被里，被子没在濯清的水里，像一条白练，由着水波流淌，延伸，甚是好看。最后，把被子重新晾在那些鹅卵石上慢慢干去。

整个过程，用妈妈的话说，叫“漂被子”。漂白了被子，也漂白了我们的童年，与都柳江水一起清唱。

我们的童年就这样流淌在江里，找寻着各种颜色的石头，或者赛着打水漂，或者干脆站在齐膝的河里静静地等那些鱼围过来，趴在脚背上，等待那种软软的、痒痒的感觉。那时的都柳江，宽得很深，很迷人，让我看不见对岸，河的那一头，对我而言，一直很神秘。

晚上，妈妈静静地缝被子，我们在旁守候，待妈妈缝完，我们就捅到上面撒欢。这时，妈妈让我们趴在被子上闻，我们使劲饱吸一口气，一股干燥的、明亮的、清晰的味道，从鼻直入心房，然后停留在心，温暖地弥漫。妈妈说，“这是太阳的味道”。那是一种吸进去后贴近心灵的味道。

从此，我知道了太阳的味道，我也记住了妈妈教的这样收集太阳的味道的方法。只是，都柳江边漂被子的记忆如今都是奢侈了。后来，我试过很多别的办法，都不如从被子里来得充分、透彻、持久。

后来，远离了童年，也远离了童年时漂被子的那条江，我只好晒被子，晒在窗外。在离家去武汉上学的日子，在每个季节有太阳的清晨，我一定记得晒被子。在想家的夜晚，我躺在被子里呼吸着太阳的味道，那是最贴近妈妈的一种温暖。那些青春浅浅的忧伤就这样暖了。

如今，我住顶楼。可是我依然有晒被子的习惯。在有太阳照过来的清晨，在窗台上铺上报纸，再把被子搭在宽敞的窗台，从清晨到午后。晚上，躺在柔柔的晒过的被子里，我又闻到了太阳的味道。

因为晒被子，我固执着不安防护栏，让阳台的窗户空旷着，让我的被子在那里还可以自由呼吸。因为，我喜欢太阳的味道。

一天清晨，我把被子晾在阳台的窗，匆忙中不小心让女儿的小被子从 7 楼飞扬直下。我吓出一身冷汗，一是庆幸飞下去的不是自己，二是担心被子，不是被谁家的雨篷拦在半空，就是直挺挺地躺在地上瘫如泥吧！我牵着女儿飞奔下楼，楼下的情景让我和女儿笑得前仰后合：被子挂在楼下唯一的那棵树上，安然无恙，远远望像开花的树，树也无恙，我放心了。与女儿手手相牵，上班的上班，上学的上学。中午回来时把被子领回家。

晚上，女儿躲在她的被子里，探出头来说，“妈妈，好香啊！”我问她：“香什么？”女儿说：“太阳的味道！”我笑了。

太阳的味道，妈妈教给我，我又教给了女儿。

太阳的味道，不是橘子、巧克力的味道，更不是紫外线的味道。是来自太阳的味道，是从太阳里提炼出来的一种对生活的热爱的味道，是一种经过沉淀的用心才可以呼吸到的味道，是可以让内心敞亮的味道，是温软的味道，是唯太阳才可以有的味道，是不可复制的味道。

无论走到哪里，只要有太阳的地方，就可以收集得到，闻得到，感受得到。这是一种明亮，一种勤勉，一种向上的味道。

这就是太阳的味道，你闻到了吗？

柚　子　花

2009－8－28　03：09

二十多年过去了，我再没见过柚子花。

柚子花，洁白的瓣，浅黄的蕊，花小而厚；不开时花蕾长而椭圆，饱满，开尽时四个花瓣背起手，托着如缨的蕊，甚是特别。花开时有淡淡香，不甜不腻，没有栀子花香的浓郁，也没有茉莉香的娇羞和声誉。柚子花开在山上，一株株高大的树，远远开，星星点点，在青绿的叶中透出浅浅白，有香远远来，似山涧最朴素的纤纤少女，不羞涩，不造作，这样的姿态是栀子和茉莉不可比拟的。

那时候，我家屋后的山上，栽了满满一坡的柚子树。春天，那些浅白的柚子花开满山坡，清早的树下，铺满一地的柚子花，像星星长在地里，有朵朵开的，花半开的，或是花蕾的，与树上的一起，花香弥漫山坡，清清的，不用去嗅，只是呼吸，呼吸中就有柚子花开，有浅浅香行走的味道。

那山，也是我们的乐园：在开满花的柚子树林躲猫猫、爬树、掏鸟窝；拔半大的萝卜、摘刚抽出的菜薹、挖“地拱牛”解馋，这山，满足着我们。这些趣味啊，是现在孩子用所有的玩具、动画片和游戏加在一起也换不来的。

晚上，玩累了，躺在床上，惺忪若睡中又闻柚子花的味道，翻开枕头，果然是它。原来，是妈妈不知什么时候捡来散放在我们的枕头下。于是，探起头对妈妈说，“妈妈，好香！”回头看见妈妈对我浅浅笑，像柚子花，淡淡开，弱弱香。

那个年代，除了花露水是没有见过香水的，而我们的生活却因妈妈的温心变得小资起来，让我们的夜香着，梦也含香，一直持续着整个柚子花期。那时，柚子花开过一季，我的世界就香过一季。

过了开花的季节，我们会在山坡的地上捡到青青绿的柚子果，拇指般大小，圆圆的，然后五颗一组玩一种叫“捡子”的游戏。平日都是用妈妈做的“布子”：彩色布头，里面装满沙，缝成拇指大的方形。这时，因为新奇，改用柚子果，三姊妹蹲在屋前的水泥地上，人手一套，热烈竞技。其实，它哪有妈妈做的“布子”好用啊！当第一颗仍在空中时，本该团在一起的另外四颗子早跑向四面八方，一个小小手掌是无论如何也不能在瞬间把它们全体抓回的。可是，我们玩的就是这点刺激和那滚向西面八方的童年啊！

柚子树远远不只是开花，这更是栀子和茉莉望尘莫及的。

柚子果在中秋前就结结实实、沉甸甸地挂在树上，枝垂得很低。树是属于对面山的合作社，当然也不属于我们。平时，只是偶尔捡回落在地上的柚子，那个酸劲儿，大凡是想起就足以止渴啊！而对树上长得最大、最甜的那些柚子，我们只好守望。

当然，不仅仅是守望，在中秋的夜。

我们那里有中秋偷果的习俗，中秋偷果不算窃，是一种游戏和喜悦。当月亮挂上柚子树梢时，满坡的孩子早早约好躲在树下，找准那些守望多时的大又甜的柚子。姐姐、妹妹灵活些，负责爬树、摘果，我在树下捡。月光越明，我们偷的兴致越浓。当对面看树阿姨的吆喝一声高过一声时，情急之下，我把一个个柚子顺山滚下，柚子不偏不倚，个个在我家后院的墙跟停下。一片山，只听见吆喝声、滚柚子声，孩子的尖叫声，泉水从山上流出的声音，还有月光从夜流淌出来的声音。

1984 年，离开那个县城，那座房，那片山，那一坡柚子林，一走就是 20 多年。20 多年啊，那柚子花开着的味道，在记忆里抹也抹不掉，日渐清晰、向往。

如今，见过很多花，越发地艳丽，就是再没见过柚子花；闻过很多香水，不断的昂贵，就是再没闻到过柚子花开的味道。一天，在香奈儿“邂逅”一款香水中隐约让我念起柚子花，当我闭目再嗅，有一种奢华吸入，我知道，它不是我的柚子花的味道，那种朴素的花的味道，从大山深厚的根基里慢慢长出来的味道，那种回头时看不见的味道。

走过那么多春天，经过那么多高山名川，寻遍花鸟市场的每一次花期，至今没有再见过柚子花，没有遇见柚子花开着的味道。我不要那么奢侈的一坡，哪怕只是一朵，小小的一朵。

我丢了我的柚子花，不知谁曾遇见？

小丫头与三笑的故事

2010－10－13　01：21

你叫我“三笑”，那是2008年底的事吧！

第一次收到你的短信，你要我开心，记得要笑，一定要笑、二（而）且必须笑、还要一笑三（赛）过一笑，记得“三笑”哦。我当时就被你孩子气的祝福逗乐了，我笑了，从那以后，你一直叫我“三笑”，我没有异议。只是无论我怎么追问，你就是不告诉我你的名，只说是我的学生。后来，知道你是女孩，我暂且就叫你“小丫头”吧。

就这样，我不时地收到你的信息，在我最弱的时候。

在寒假，你这样写道：“三笑，是不是又因为一些事情意见不能统一而心烦了？不要去在意别人的话，课不补就不补了，你也趁机休息嘛！”那时，我在为同事不能理解我补课的安排而有些沮丧。可是，你怎么知道？我想不明白。

2009年的冬很暖，可是也善变。“三笑，你说这天气咋又变冷了，你要多穿点衣服，别感冒哦……（北风那个吹，雪花那个飘……）我唱得好吗？”我被你的歌声温暖着。

春天，你站在我身后，这样写“三笑，木棉花开了，在繁忙中抽点儿时间拿上你的相机去拍几张照片吧！不是只有樱花才美，木棉花也有她的味道，要记得生活的美好”。我被你说得有些羞愧，因为，我是真的不知道，在我每天路过的春天，木棉也在绽放，我差点儿错过，如果不是你。

你仿佛知道我的所有。

因为教高三，常常忙得顾不上给女儿做饭，在爱人也忙的时候，我常和女儿在楼下吃炖鸡饭。一天，我们俩刚进餐馆，你就到了，“三笑，我知道炖鸡饭这家餐馆都成你家食堂了，可是你要记得，无论多忙，尽量给小豆豆（女儿的网名）在家做饭吃，你知道吗？世上最可口的饭菜是妈妈做的哦！”我当时很是羞愧，到处张望，想看看你藏在哪里，怎么会知道我常在这里解决午饭呢？

每次加班改卷到深夜，这时，你也会来到我身边，“三笑，还在改卷啊？如果真的太累，你就休息一下，喝点水，伸个懒腰再继续。你辛苦了！敬礼！路上小心哦，外面风大，把你的披肩围好哦”。每次我改卷，无论多晚，你仿佛都看得见我办公室的灯光，听得见我从你楼下走过的脚步，听得到我轻声唤学校门卫开门的声音。“像是听到你的皮鞋声，你改好了？”发短信的时间是午夜一点，我刚走过女生寝室，到门卫。这些细节，让我感觉你很奇妙，也很美好。

这学期，因为课太多，我一向很自信自己的嗓子，这下也不敢怠慢了，于是改戴小蜜蜂扩音器上课，这个细节也被你关注到了，“三笑，你这几天还好吧？我怎么发现你现在上课都用小喇叭，嗓子不舒服？你多喝点水，尽量不要喝咖啡和酒，刺激性大。不过，你应该不会轻易喝酒的吧！你好像对它过敏。我给你讲个故事吧：从前，有个老师，她一天为了学生的事很忧愁，就想效仿古人喝酒解愁，但她居然对酒精过敏，喝酒不成只好想个办法排解烦恼，那就笑吧。久而久之，不仅可以打败烦恼，而且，她在学生那儿留下了深刻的印象，用‘笑’感染了她的学生。因此，过敏没让她成为一代宗师，却让她成为独一无二的英语达人——‘张三笑’。好了，只是逗你笑笑而已，记得保护好你的嗓子，我还等着你唱歌给我听嘞”。这个故事，我想我是不忘的。而你，成为我手机里最贴心的小丫头。

那天下午，我与学生李×在办公室聊到7：30，当李×离开，你的短信就到了。“三笑，咋还没走嘞？在给学生做思想工作？知道了很多关于你的故事，让我感慨很深，也了解不一样的你。你又让我决定要坚持下去，即使成功的机会很小。你不是说过，就算明天考试，今天学习都不晚嘛，何况我还有60多天！你的话总是让我有继续走下去的力量。我要用你的精神来打垮我的惰性！”你不知道，读到这条信息，我马上断定，你就是我谈话的李×，可是，你马上回我“张三笑，你是猪啊！怎么这么笨，我是个小女生咯”。我这才想起，你说过。但是，你短信的内容就是我与李×的谈话啊！而且，我与李×说了很多我生活中失败的经历，说我的中学时代，那时我不是最聪明的，但我一定是最努力的。这些，你怎么清清楚楚，一如你就在场一样，我惊讶得瞠目结舌，只是你没看见。

玉树地震了，在哀悼日那天上午，我忘了这个细节，不知怎的，那天穿了鲜色上衣，到校后遇到校长，校长毫不客气地命令我“下午换身衣服!”我愣了一下，反应过来后赶紧点头。可是，这事你也知道了，“听说你今天犯错了，谁叫你这么笨呢！真的只是个意外，只要心诚就行了，不要再为形式上的不完美而耿耿于怀好吗？我说过的你要学着释怀，错误也一样啊!”我不为上午犯的错纠结，而为你的问候释怀。

那天上午，因为女儿那一记响亮的耳光，我略显不快，这个很小的细节还是被你捕捉到了，“三笑，你有点不高兴，尽管你也笑，但不一样。是不是什么事让你烦恼？但是，我们三笑永远都是最坚强和最棒的那个，所以，你要学着释怀。也许你无法向我倾诉你的无奈，但你要知道，你一直都不是一个人，我们一直都在一起”。这样的问候，我在心里无数次重温。

那天，我刚踏进办公室，你的短信随之也进来了，“猪，不会把你的窗户打开透透气啊？太阳出来了”，我傻笑着忙把窗户打开，踮着脚，希望可以认出我的“小丫头”，可是，外面有灿烂的阳光和很多打球的学生，我真不知哪一个是你啊！

这是“五一”长假的最后一天中午，我在陪女儿半期考复习，收到你的短信，说你给我准备了一份礼物，放在教学楼闲置的五楼顶，要我晚上上自习前去取，我答应了。那时是中午两点。可是，到了下午5：30，又接到你的信：“糟了，有一对学生一直在五楼聊个不停，他们应该不会动我给你的东西吧！”我当时吓了一跳，不是为那两个学生，而是惊讶于你竟然一直在那里痴痴地守到现在！我叫你赶紧回去，别再守了，我会早点去取的。可是你这样回我，“算了，都一个多小时了他们应该快下来了吧！你不用担心！我是边看书边去看看，我又不属猪！”

我拗不过你，最后赶快往学校赶，因为我不希望你为此还要等。当我到达五楼时，你肯定不在我的视线里，只看见一个黑色塑料袋。我打开一看，喜得差点儿没叫出来，是一对金鱼，在水里漫游，细看，你把水草、鱼食、网筛……凡是养鱼涉及的道具准备得一应俱全。当然，还有一封信。里面有你采集的一棵绿色的小草，带着未开的穗，有你专门为我和小鱼写的七条注意事项。你说两条小鱼叫“大豆”和“小豆”。

我把那两条小鱼放在办公室，每天看见它们就看见了快乐。

你把我空间里的每一篇文章都读透，并记得每个细节，每个相关的人物。你熟知我的家人和每个朋友。一天中午，你告诉我：三笑，告诉你，我今天在街上遇到外公外婆了，真的！你把我吓死了，我不相信，因为你不可能认识他们，你说“真的，我肯定就是他们！你笨啊！我看过你空间里的照片啊！”于是，我马上给父母打电话，而他们的确是在那个时间出现在那个地点。可是，要在生活中把照片里的人认出来，这不是件容易的事啊！

好久以后，你问我“我今天听新闻说政府要强行拆除白虎头村，还闹出了人命，我就想到你的阿树啦，你要不要打个电话问问她的情况如何？”你把我身边的每个人都牵挂到了。

在整个高三的日子里，你的短信就是我生活的一部分。虽然你自己才是高三真正的“受害者”。可是，准确地说，是你陪我度过了这艰难忙碌的一年。我们始终交流着，可是我仍然不知你。

虽然，我没有再追问你的名，但是，我把我教的两个班学生做了地毯式排查，经过筛选，留下几个“可疑”的人选，可是，我是真的笨，如你常说的“笨三笑”，就是无法确定哪一个是你，直到一天清早收到你的短信，“今早起来偶然发现玉兰花在偷偷开，不知此时的三笑是否也一样笑靥如花？或许花落之时我们已经别离，但请三笑一定记得我们奋斗时花儿曾经开过！”我当时就急了，我害怕真的等你离开学校，我还不知道你啊！于是我急急地回你的信，等我把最后一个字发出去时，眼看就要迟到了，我只好一阵疾跑，到教室门口正好铃声停下，我装作若无其事地走进教室，这时，你又说话了“笨三笑，你不用这么急着回我的，看到你一边走，一边不停地发短信，打了上课铃呼啦呼啦地跑去上早读。你不要多想了，上课去吧，丫头不闹了”（这条是下课后才读到的）。

“哎呀，我可爱的三笑，不要用付出的多少来衡量你我之间的感情，你的精神就已给我的人生写下了浓重的一笔。”你这样安慰我，可是我不可以原谅自己的愚笨！我把你的笔迹请各任课老师辨认；你说你耳朵痛，我上课时几乎观察了所有学生的耳朵；你说高考前很紧张，你给妈妈打了电话，于是我在和学生谈话时最后总要附上一句“最近给妈妈打过电话吗”她们都笑着摇头。我曾以为你是刘、王、赵、张、黄……可是，你只是你，是离我最近的我却看不见的丫头！

为了知道你，我想尽办法；可是，有一个最简单最直接的我始终不用：打电话！这也是你我之间的默契，我要用自己的力量找到你！

你给我的惊喜是我一生都享用不完的！

我的生日，你从我的空间分别下载了三张照片，为我的一家三口专门从北京定做了三个茶杯，分别叫“胖叔叔爱家”“三笑 Oil”“可爱豆豆”；在教师节，你知道我喜欢旅游，专门买了一本书，上面用树叶拼写着你的祝福，可是为了那几个字，你试过各种不同的叶子；为了同学们偶尔对我的一两句评价，你会与他们争个面红耳赤；为了可以在网上读到我的日志，你要做好多努力才换来同学短暂的承诺，允许你用他们的手机上网阅读；读到《当悲伤来临的时候》，你很担心，“我虽然已经成年了，但对于大人们的事我是真不能了解也无法去体会，我不能像你的那些朋友去安慰你，和你一起在咖啡馆听你说着你的烦恼，给你人生的独到见解。但看到你难过，我也会难过。你不高兴我也会不高兴的啦！三笑现在好点了吗，这已经是悲伤的第几天了？丫头等着三笑阳光般的微笑哦！你不高兴的时候可不可以让我给你专属我的勇气，虽然在你眼里我可能是个什么都不懂的小屁孩，但我的力量可是大大的哦！三笑，oil（这是很久以前学生写作文时表达‘加油’用的词，成了我和我的学生之间的一个笑点）……”

为了追随我的足迹，在高考完的当晚，你给我发来短信：三笑，我和一个同学踏上了去丽江的火车，我要去感受你在丽江的感受，还有，我要去樱花屋，不过你放心，我们不喝酒。

你不知道，你做的一切远远超出我的想象。你对我的了解和解读，从某种意义上讲已经胜过“胖叔叔”。我和你的短信几乎像一种纯的恋爱啊！在这样的年龄、这样的时代，有一个人这样热爱着我的每个文字、每个表情、每个举止，以及每个与我相关的信息，而这个人不是我的爱人，是我的学生，一个我谋面却不知名的丫头！

你在给我的第一封邮件中写道：“不知什么时候三笑的一切也似乎都和我有了关系，我看到三笑笑了，我会把它认为那是我的功劳，然后自己偷偷地高兴上好久好久，三笑给我回的短信一直存着不舍得删去。知道为什么吗，那是因为在我学不进去的时候，想放弃的时候我就会把它们拿出来回味，然后再想象你对着我说‘丫头，oil！’我就会有了新的动力。就这样我每天让自己高兴地生活着，你——我亲爱的三笑，你对我是如此的重要。喜欢看你笑，听你撒娇地叫我丫头！就像家人一样的温暖。”

小丫头毕业了，还在为她的大学梦奋斗，坚定地奋斗着；关于小丫头和三笑的故事还在继续……

后记：在小丫头临毕业的前两天我真的用自己的力量知道了她的名，她是隔壁班一个我在两年前教过的女孩李丽蓉，也就是说，我只教过她一年，在那一年里，我曾无数次叫错她的名。当我知道她时，感动和内疚纠结着，那晚，当我给我的那66个孩子讲关于“小丫头与三笑”的故事时，哭了。

关于这个故事，只能向你说

2010－10－26　22：43：01

读研期间，在师大要查阅大量文献，每天在中国期刊网上一待就是九至十个小时。一天，在信息栏的作者名里我看到了三个字，这个名字骤然间停在我眼里，其实就是凝固！我闭上双眼，记忆一下子涌出，把我拉回十四年前。

那是桂子山最美的季节，九月的桂花开遍整个秋天，香溢校园。在工作三年后，我考上华师读本。在那个阳光的星期六午后，坐在开得最盛的那棵桂树下，浸润在桂香中，有说不出的安心和松弛。树下读书，字也含香。我专心地读，忽然听到身后有声音，我注意听是上下拉拉链的声音，我没有回头，装作没听见，似乎在继续我的学习。过了一会儿，身后的声音停了。我以为，身后的人走了。正要松口气，你走到我面前，轻声问，“可以坐这儿吗？”我红着脸只是点头，这时我看见你身上深蓝的运动装，手还在来回拉着上衣拉链，想必是掩饰什么吧！

你试探着与我聊，开始是说我的专业、我的学习。后来说你自己：你是数学系的，教过三年书，和我一样。不同的是，你在这里读着研究生。谈话并不热烈，清清的，可以感觉，你不善谈，但是还默契。这时，我注意到你略带河南口音的普通话，略显严谨的脸偶尔有笑，还有，你的眼很深邃。

就这样，数学系的你与英语系的我，说着与数学英语无关的话题。从哲学说到佛学，从诗说到尼采，我笑着借用尼采的话说，“在女人身边，请别忘了带鞭子哦”，你笑了，我也笑了。这样的午后过得真快，临走，你记下了我的名和寝室号。这样的认识就这样发生了，不知，那棵桂花树，它看见了吗？

那天晚上，我从教室自习回来，寝室的同学交给我一本书，尼采的《快乐的科学》。说是一个男生来过，留下这本书给你就走了，书是从窗户递进来的。那时，男生不可以进女生寝室，我恰好住一楼的窗边。我轻轻翻开书，上面留有你的名，看得出，名字是新添的，扉页上有你写的一首诗《谁敢相信》：

神圣的乞讨
会嘲笑庸俗的满足
虽居殿堂
头脑空空

永不会掩住永恒的痛苦
和那副
十足的可怜相。
再粗野的人性也胜似
虚伪的掬容
因前者总是人性的，而后者
定被上帝踢进地狱。

之前，有看过陈鼓应的《悲剧哲学家尼采》、尼采的《瞧，这个人》《查拉图斯特拉如是说》，没有读到这本。我躺在床上，静静地读，听同学开着关于你的玩笑，面对她们好奇的追问，我只是有一句没一句地答。我先走进你的诗，然后走进尼采的文，那晚，我把书读完了。

第二个星期六傍晚，你来到我的窗前，轻轻叫我的名，坐在窗边的我应声而出，一如有约，又约在不约中。我们一路走一路聊，仿佛已经熟悉。不知不觉走到隔壁的工业大学，我们坐在树下，隔着月光，聊着我们的过去，那一段不一样的教书经历。待到女生寝室快要关门时，你把我送回。

从此，每个周六傍晚后的时光都属于你和我，只是你不必去窗下叫我的名。你会站在 4 号楼边上的林荫道上，我都准时到，然后，我对你淡淡笑，你说："来了，走吧。"我们依然去那所大学的那棵树下。那棵树啊，聆听了多少我们的谈话。

秋天的那座城市，月高云畅，我们坐到不愿离去，却又每每按时归；如遇下过雨，我们站着说；深秋渐凉时，你会脱下外衣为我垫在地上；起风时，你坐在风口；我们的相知都在细节上，我们的相处简单到纯洁的地步。记得一个夜晚，是因为有风吧，你离我近些，聊到途中，你突然说：你的头发真香！我说：真的吗？那是我们离得最近的一次吧，也是我们说过的最亲密的话吧。那一夜，我的月好明啊！我心里有一种美，你至今都不知吧！

这样的坚持一直到十二月，星期六成为我的期待，在预定的时间前，我会洗过我的短发，轻轻修饰，穿上喜欢的衣裙，弱弱地期待，又不想被室友取笑，依然抱着书假装读，然后不早不晚地去见你。现在回忆起来，我们的相见，除去第一次是在灿烂的午后，余下来的日子都是从黄昏到夜晚，从学校到邻校。

如果，如果不是那个起风的夜，那个临冬的夜，一切会怎样？

那是最后一次约会，在老地方，与平日一样，都说在开心处。只是面临即将到来的期末考试，我因刚进校，学业有压力，加之，不服输的我不愿落后于身边优秀的各省的同学，这些种种使我显得有些心事重，记不起来是哪句话，你让我生起气来，我赌气说：那我走好啦。你固执地说：你走嘛！我站起来真走了，我以为、我也期待，你不是真让我一个人独自走，可是，在身后我就是没有听到你追来的脚步，哪怕是我的名都没有唤啊！我不知你的固执如此，更不了解你的刚烈如此啊！

那一夜，风好大！叫我永远记住了那个城市的夜与风。风把地上的落叶刮起，仿佛在我脚下穿梭，我看不见路，只见叶；看不见亮，只见夜。那一夜，好冷！我不知，你是还在树下，或是走在我的身后。但我知道，我始终没回头，我也不哭。只是，这一段路，平日与你走好短，那一夜我独自走，好长啊！我走过那个年龄我所有的痛，我想我是逃回寝室的吧！我一定没有料到，这一走，便是走出你的视线！

后来的周六，我固执地坐在窗边，无论我怎样等待，就是没有等来你的呼唤。我咀嚼着属于自己的那一份痛，孤独到没有任何人知道，只是每夜坚持把日记写到累。我不知你的鞭子是否带过，但是，它真真切切打在我这里叫受伤。我不信，那些温存、那些美好、那些默契都不曾打扰过你吗？那些夜，那些月，那些叶，都不曾装饰过你的夜吗？我真的很想知道！

后来，下雪了！那天是元旦，下着一场漫天的大雪，我和同学袁凤琴去足球场赏雪，路过研究生楼，隔着雪，我看见你站在那里，不知你有没有认出我，因为，隔着雪。我鼓足勇气过去，说了“新年好！”说完转身离开，一如那一夜，同样没有等到你追来的脚步。同学袁很奇怪，问：你们认识？我只点头，是不敢回答，因为怕眼泪掉下来。后来，泪在日记里流成河。

屈指数来，与你相识不过三月，我不知这三个月会在我生命里从此挥之不去啊！我从不向任何人提起过我的痛，除了日记知道。

第二年夏，从时间来计算，你早我一年，该是毕业的季节，所以，我固执地托日记为我祈祷，祈祷在你离校前有见面的时候。其实，我知道，你在东区，我在西区，偌大的校园，如果不是刻意，这样的相遇概率几乎为零。不知是日记看见我太多的心思，抑或是偶然，我是真等到了奇迹！那是在图书馆的复印室，我去印当学期写的论文，你竟然在里面。我没有让你看见我的惊喜，只是淡淡地说：你在啊！你有明显的意外，说是准备毕业论文，又说些别的话。后来，我问了你毕业的去向，你说没定。印完我先走，出门前，你说，晚上等我。那晚，是到华师除周末外第一次我没有去自习，坐在窗边我的床前，静静地等，固执地等，等到失望。可是，这一等，竟是无期啊！

从此，华师一别竟是天涯。毕业后，那本书至今搁在我的书架，从来不曾翻过。因为书页里夹满记忆，唯恐翻开了会散落一地，无法拾起。

没想到的是，时隔十四年，面对你的名，一种情绪被莫名地牵出，等待收拾，轻轻端详间，一席弱弱的潮水，从指尖浸漫至眼。这些细节，你永远不知！

我点击你，从作者信息中，我找到每一个契合点，我告诉自己，是你，真的是你！看得出，你已经在你的领域飞得很高，走得很远。

今天，路过你的名，倘若有柔情袭来，软语温存，我愿意现在就选择走开，让记忆在水中沉睡一生，在梦里幽居一世。

可是，关于这个故事，我只能向你说。

第三篇

女冠子慢

生命的驿站

2007－8－23　20：34

20 多年了，习惯在图书馆看书。人生中的每一次大考都从这里经过：高考，本科入学考试，研究生考试。我的人生在这里曾多次停留。

图书馆位于钟山大街中间最繁华的地段，黄土坡的建筑，大都翻新或者重建了，钟山大街的改造让人们都习以为常了，而图书馆以不变的风格默视身边的翻云覆雨，在这里找到最宁静的一段空间。像腼腆的少女，地处繁华，却身居闺中。光线不太好的阅览室里，沉重宽敞的桌子，透着岁月的气息；掉了漆的报架，沧桑如昨。

常来这里的是一些在校的学生，少数的中年人，还有退休的老人。学生以学习为生活，常来是常事；老人学习已是习惯，常来是往事；唯有还静下来学习的中年人，让人感动。即使为了生活，回来学习，毕竟他们最难能可贵。肩负着那么多琐碎、那么多重荷，能把自己置身于一张简单的桌椅之间，舍弃家中触手可及的惬意，宁愿守着图书馆的清淡，这便是人生的一种境界啊！

我不如从前常来。一是遇到重大考试，另外就是寒暑假，或者偶尔的周末。这里的读者我渐渐陌生了，高考的学生一拨一拨地从这里到大学去了；曾经熟悉的读者也渐渐远去；工作人员熟悉了又陌生；借书证也换了一代又一代。默坐在这里，一切还是那么熟悉，那么静，文字，空气，呼吸。心灵弥漫着书的味道。

每逢放假，人们旅游去了，休闲去了。想得起这里的人少了。尽管少了，淡了，但仍有一股子坚持和韧性，也是这一点点的坚持与韧性陪伴图书馆守着这份清高吧。

在图书馆与岁月的交融中，沉淀着一种不变的情结。

图书馆，一个生命中不可不来的驿站。

沉　醉

2007－8－31　21：26

在师大第一阶段的学习结束了，带着沉甸甸的行囊，我归来。

曾经很多人问起，怎么还读书？是啊，职称评了，工作调了。我也问自己！答案是模糊的，说是充电，其实都很勉强。带着一颗不确定的心，又走进课堂，在告别十多年之后。

第一天，走进师大附中陈建华校长的讲座，让我对教师职业有了新的定位。曾经一度以为，作为老师，自己在教予学生很多，有知识，有做人。然而，事实上，是老师这个职业在教会我善良与关爱，教我宽容与公正，教我敬业与正道。我，不只是在三尺讲台上教书，更是在这三尺讲台上生活。也正是这个职业，充实着我的人格魅力和内心灵魂的敞亮。这些，却是我以前没有自觉的。在这里，我被唤醒了，震惊了。其实，一路走来，是教师这个职业铸就我今天的自信，是这些中学生赋予我今天的从容。原来，教书是如此美妙！

然后，我来到田良臣博士的教育心理学课堂。随着学习的一天天深入，对教育心理学理论开始有所感悟。当我真正浸没在老师的学问中时，体会着沐浴在学问中的快乐，沐浴在老师语言背后那种深沉的学养，老师那种追求学问永无止境的感召力。这时，我重新审视自己，为何再读书，对自己的未来，对以后的从教生涯将何去何从。一些意识开始浮出水面，由模糊渐渐明朗，从盲目慢慢走向目标。我学会懂得，在热爱生活，热爱学生的同时，我还需要有一种对学问的沉醉。好一个“沉醉”！因为，首先必须把自己沉浸于学问之中，然后乐在其中，方可醉在其中。

学习中，我几乎是每个毛孔都走进了学习现场，体验着学习，同时也体验着更新专业知识的痛。说是“痛”毫不夸张。那是在自以为驾轻就熟的东西面前，一切重新遭遇挑战。站在崭新的专业立场，我感觉自己被冲击着，一次又一次地被刷新着，一遍又一遍地被颠覆着。这不能不说是一种痛，痛得酣畅，痛得淋漓。痛着，并快乐着，也沉醉着……

我想，我开始了一种期待，对自己的期待，对未来的期待。这种期待远远超越学位本身，应该是一种研究的素养，一种学习的信念，将学习进行到底的生命状态，始终享受对职业、对学问的沉醉感吧。如果，未来，能沉醉在这样的生命状态之中，还有什么比这更值得欣慰和期待的呢！我的心坚定了。

载着这样的行囊，我归来。

祝　　福

2008-2-3　00：24

春节又踏雪而来，每每这时，就会想起朋友，还有我的老师，记得要祝福他们。

如今的祝福，简单快捷。在手机上，拇指轻轻按两个键，一串祝福便可到达要去的地方；在网上，祝福在瞬间就可完成。

然而，这些都不是我要给的！今天，是否还有人记得写信或写明信片来传递祝福？在网络与信息的时代，信与明信片渐渐被淡忘，尘封在记忆的背后，不再被提起。

我却独爱这样的方式：想着朋友的模样或性情，选好不同的卡片，慢慢构思心仪的语句，写份草稿，再小心地誊上，然后软软地读一遍，满意地合上，粘上胶水，写上地址。这个完整的过程，看似烦琐，于我而言，却是一个温热的过程。每个动作，都倾注着牵念，相信朋友在打开读的时候，文字里还透着热度吧。

其实，我依然固执地选择这样的方式，只是想让祝福走得更远；因为，这样的祝福，它散发着墨的味道；因为，这样的祝福，它经历了山水的阻隔；因为，这样的祝福，它仅属于你；还因为，这样的祝福，是你用双手开启的。我不知朋友是不是也可以这样体验。

的确，我是始终坚持着这个固执。从学生时代，到青春岁月，再到风雨年华，信和明信片一直串起我的记忆，厚厚的，收藏在柜子里，珍藏在生命中。与同学，诉说了多少风花雪月；与笔友，书写过多少春夏秋冬；与朋友，释放了太多的喜怒哀乐；与老师，承接过多少谆谆教诲；与父母，聆听了多少爱与叮咛。这样的丰厚，是短信无论如何也不能承载的啊！

只是，惭愧得很，我的坚持如今也只剩一年一度的明信片；信，写得最长的保持了大约二十年。如今，都断了。其实我是写的，没有回罢了，后来我也就没有坚持。在我的内心，始终念想着写信的心悦、收信的期待、读信的回味。这样的趣味，以后的人们还可以体会吗？我是有担心的。于是，我便带着刚上学的女儿，与我一起写今年的祝福。诚然，这样的过程她还体验不到什么，但是，她的参与对我而言已是欣慰，我是真的想传递点什么给她。是种情结吧。

也许，是过于念旧；或许，是太固执。我，依然坚持着这份坚持。

年　味　儿

2008－2－23　00：32

都说，年是越来越淡了，味儿也渐渐没了。

我的年，过得是平常些。

每逢过年，除了给父母孩子，我也会给自己买好一两样年礼，或是新衣，或是小物件，都是自己心仪的，不要很贵，但可以平添年的意味，像孩子，也找找过年的心情。这样的规矩是从开始工作就给自己定下的。今年，不同的是，在网上为自己买了不少书。这是第一次买书作为年礼给自己。虽然，书，还在途中，但心早已溢着书味儿，那种迫不及待的心情是别样的年礼无法替代的。这样的年礼，比衣物带来的年味儿更值得去回味。

虽说是成人了，但是，每年父母、婆婆都还会同样给我发压岁钱。今年年三十，婆婆照旧给了。和丈夫结婚这么多年，每次婆婆给的红包里都有两张钱，而且，每次一定是一张崭新的，一张明显旧了很多。起初几年，我没留意；后来我才注意到这个细节。今年年三十，我特意向婆婆讨教，原来，确有说法。婆婆说，旧的这张代表是财神爷送的，祝我们财源滚滚；新的这张代表新年，祝我们新年新气象。听完，我一下子觉得心里好暖。

从前，对父母拜年的祝福语常脱口而出“祝爸爸妈妈身体健康”，而今，这话却是说得充满敬意，不说是字正腔圆，却更有分量、更虔诚啊！每次，接过红包的瞬间，宛如回到孩童时代，那份喜悦丝毫未减。其实，到了这样的年龄，更看重这份压岁钱，就因为它压岁啊！小时候，是天天盼着长大，对压岁是不具概念的。如今，是多么希望那些岁月真可以就这么压着啊。不知是讨个吉利，还是心里真默许着压岁的心愿，每年的压岁钱我都是工工整整地收着，舍不得花。于我而言，它是祝福，与钱无关哪！对过年而言，这小小的红包承载着浓浓的年味儿啊！

我概念里的年就是如此：憨吃、酣睡，然后做些平日里想做又没去做的事；或者，读喜欢的书；或写些小文；或一家三口逛逛街；或陪父母聊些家常；或与朋友唱唱歌或坐咖啡吧。有点颓而不废的味道。

轻轻地，年，走了，似乎在不经意间。回头来看，个中滋味，浅中有味，平常中是情。这味儿，还得自己用心来品啊！

阅读青春

2008－6－20　00：15

今夜，找资料，无意间，拿起那个本子，一本诗集。

其实，与其说是本子，不如说是书。因为它印刷考究，配有精美图片，每页都留有足够的空间镶嵌我的岁月和青春。当我把每一页写满，它就正好成一本集子。它一直搁在书架的醒目处，但不知何故，自从把它码在架上，我就未曾动过。

轻翻第一页，有清秀的几行字映入我的眼帘：

毕业后的第一天；
二十一岁的第一天，
巧极。
七月七，果真是巧妙的日子。

一九九〇年

落款是我的两个大学同学兼今日闺中密友：尹巍、毛春红。写在我的生日。

柔柔往下翻，在这里，看见我的第一张稿费汇款单，上面写着我的名字、汇款金额，只是，没有兑现。我懂，我的用意，至今不悔；看见好多投稿存根：歌词大赛；广告词征集……还有一些草稿。

我从头读来，《季节的心情》《偶然的雨季》《哭泣的雨季》《秋雾》《雪恋》《寂寞》《夜》《追赶太阳》《探寻》《窗外》《凡草》《长大》《致新郎》《写作》《我不是太阳》《赠小伙远行》《完整的世界》《青春的浅薄》……

我读得满心欢喜，又饱含泪水！那些诗文今天看来是显稚嫩，但毕竟承载了青春的年轮，尘封的记忆……犹如清纯的溪水，从心头潺潺流过，那是青春、是热血、是我经历的每一个细节，是我不能回头的日子啊！每读过一首，笔下的一物一景，一皱眉一轻笑，我还清晰记得，历历在目。

青年的我，有些许轻狂，更有着浓烈的羞涩。这些诗或文，除了默默地投向编辑部外，就不曾示人。至今，它们大多都不曾有过读者！透过这些文字，还依稀看见年轻时轻愁的外衣；透过这些文字，仿佛还能摸得到呼吸、闻得到温度和汪盈的情感。我依然深爱着啊……

那些日子，这样熟悉，是不曾离开过吗？可是，上面的日期提醒我，那明明白白是在上个世纪啊！

这时，我忍不住感谢今天的时代，思想是开放的，文字也是开放的。我的文，默默地搁在 QQ 空间里，有着相识或不相识的，从容路过。留下脚印、微笑或是浅浅回眸。这样，我已感谢万分，因为你们的点击，一切变得触手可及。因为你们的阅读，才令文字变得长久。

今夜，当我又翻开这本集子，一如重新点击青春，经过这片青青草地，流连不知归去。今岁的我，脱去青春的外衣，不再“为赋新词强说愁”，确是一分坦然与素静：阅读青春！读着这些文字，足以骄傲我的年华，点染我青春的光泽。

欣慰，原来，青春不曾背我堂堂去啊！

附上当年的诗文：

长　大

从前，一个女孩，
悄悄告诉妈妈，
她好想长大，
妈妈只是笑笑
没有说话。

一天，女孩
真的长大，
明白世界比想象的大，
妈妈感到惊讶，

她不再是个娃娃。

后来，她悟出了，
隐藏在妈妈
微笑中没有说出的话，
是妈妈用无数个年华，
浇灌的一朵淡雅的花。

深深、浅浅地在天涯，
她理解了妈妈的回答，
回首间更眷恋来时的家。

（写于 1991 年 8 月）

凡　草

我真的很想，想向时间请个假，只是做一天山间的凡草。

想它静静的纯青，不懂尘世；绿绿地迎风沐雨，不知山外潇潇。

如果，给我一天假，我定要做山间的凡草。赠我一分闲淡，借我一丝美丽心情，远离工作的无奈，拒绝情感的辛劳，不要任何打扰。

如果，如果能够做一天山间的一株小草，那么，再灿烂的一生，也会因此显得黯淡；再平凡的一生，也由此变得辉煌。

我愿，用一生的时间在佛前祈祷，只是做一天山间的凡草。

（写于 1991 年 10 月）

寂 寞

小学的时候，
从老师那里，
知道有样东西叫寂寞，
想象中那滋味一定像苹果。

在中学，
读过琼瑶的小说，
知道孤独常伴着寂寞，
于是悄悄把它编成一支喜爱的歌。

上了大学，
潇洒地在日记里，
勾勒从身边经过的点点寂寞，
用它写成诗寄到北国。

告别浅薄，挤进生活，
谈笑间，
习惯用不在乎掩饰寂寞，
唯笑添了一枕困惑。

读书的日子

2008－7－16　11：26

又是师大读书的日子。

我独自先到学校，把自己简单安顿之后，便一头扎进图书馆，立马把自己转换了角色，从此以一个学生的状态出没。

手里有几篇论文要完成，我在图书馆里大海捞针一样徜徉，开始是盲目的，只好先把相关的书捧在手边，囫囵吞枣地啃，其实已是心急如焚，有想逃的感觉。在图书馆泡了一整天，带回沉甸甸的书，夜不能寐。

第二天，背着抹不去的沉重，我又来图书馆。在寻书的时候，与一本叫《高校教师柔性管理研究》的书擦肩而过，脑海里闪过一丝悸动，是因为“柔性管理”四个字。于是我即刻退回取下这本书，一看便不能罢手。大致翻阅一遍后，书中的理论与我思想中的某个点发生了碰撞，这时我的思路开始浮出水面。于是，我又埋进学校数字图书馆，在中国期刊全文数据库中疯狂搜寻“柔性管理”四个字，在大量的相关论文中，我找到了自己的方向，我一下子变得明朗起来。于是，我在屏幕上坚定地打出“高中班主任工作中的柔性管理”。此刻，那份轻松与愉悦几乎让我瘫在座椅上。

接下来的日子，我从早上8点开始走进数字图书馆，坐在电脑前，就这么与文字不离不弃，12点到食堂吃午饭，备上鸡蛋、牛奶、面包（这是晚餐），半小时后返回继续写。如此地投入，让自己一路写到晚上10点，十个小时就这样在手指与键盘之间敲过，我浑然不觉，连饥饿都不曾打扰我。我一边写，一边查，一边改，思绪渐写渐清晰，人亦渐写渐饱满。

写完这一篇的初稿，我决定把它放一放之后再修改。于是，我又投入下一个目标。有了第一篇的基础，我仿佛豁然开朗，不再急躁。

我的读书生涯就在这样的状态下展开，日子过得很简洁，也很单纯。除了吃饭（常常只顾得上两餐）、睡觉（连午睡也省了）全是写、写、写。其实，这样的日子，没有疲惫，没有困乏，没有倦怠，没有苦，没有累，我的大脑里除了文字就不曾有别的。我喜欢：没有杂念，没有负担，因为所有的一切只会让我更加充实，更加厚重，那样的感觉不是工作可以给的。

如果说，去年的我是在不断刷新自己的话，那么今年的我就是不断粘贴与保存的过程。

知　　秋

2008－8－12　15：15

最近这些天的学习是住在导师马书红老师家，方便许多。只是给她带来打扰，心有不忍。

导师家住在师大相宝山下。如果说，师大是在闹市区中取了一段静，那么导师家则在静中借得一段幽。这是一个独门小院，四周是成荫的树，院内还有一株参天的梧桐，自上而下把两层的小楼揽在怀中。前几日，因为写论文，每天很早就到田家炳大楼，回去已是黑夜，没有闲暇来赏小院。

今早等导师审初稿，早晨起来，我独自来小院。推门，有太阳从浓密的树叶散落院内，映着绿色。地上铺着浅浅的一层梧桐叶，那是风过时留下的；看见落叶，看见秋。

突然想起来扫扫落叶。于是拿来扫帚，我开始轻轻地扫，仿佛怕惊动楼上读论文的导师。

无论我怎么轻或是小心，落叶总有沙沙的声音。随着扫帚的落下，沙沙声就响起，开始我慢是为了不惊动导师，渐渐地，我慢是为了配合此起彼伏的树叶的节奏。我的心也有沙沙声滑过。仔细看，叶已是秋的叶，黄里溢着秋的成熟。抬头看，树上摇曳着的仍然是夏的绿荫！

“一叶知秋”啊！这一院薄薄的落叶传来秋的声音，我该是较早知秋的那一个吧。我扫得很慢，与其说是在扫，不如说是在与叶、与秋对话。有言无语，又言在不言中。这些叶也仿佛知我，每一次扫帚落下，就有沙沙声响起，我们默契地读着彼此。我禁不住浅浅笑了，叶也有笑吧，那沙沙的音不就是吗？头顶着夏日的绿荫，手里打扫着秋的发丝，我站在夏秋之间，曼妙啊！

于秋，有过各样感受，却是第一次这样体验，更何况在此时、此地、此景。从前的秋，于我，多半是浓墨重彩；今日的秋，在于声情并茂，别样心情。原来，秋，有声啊！

这时，导师下来看见，笑着谢我。可是，她哪里知道，我从中获得的远远多于此。

一种旁人不懂的快乐

2009－2－4　02：25

我不知，从读英语专业的那一天起，我与收音机就必然相随。

读大学期间，每天早晚，必听VOA，就如读书、吃饭一样，不可间断。那时，听收音机是学习。

后来，上班了，从家到学校有25分钟的路程，于是，每天早上这一程的时光，收音机与我同路。最初，街上车不多，听着VOA，我边走边复述；渐渐车多了，我戴上耳机，还是边走边听边复述。这时，听收音机是工作。

现今，上班的路途短了，收音机并没有因此退出我的生活。每天早上6点起床，第一件事是打开收音机，还是听VOA，学英语专业20多年，这几乎成为专业习惯。这时，听收音机是习惯。

回想起来，其实，从小也是收音机唱响我的童年。那时还没有电视，或者有也极少，我家有一个唱机兼收音机，饭后的傍晚，我们姊妹坐在屋前的院子里，围坐在那神奇的会说话的机器前，里面会准时传出清脆的声音“小喇叭开始广播，嗒嘀嗒，嗒嘀嗒，嗒嘀嗒嗒嗒”，随着音乐，我们的童年也拉开了序幕。

工作后，在家做女儿的那段日子，我又买了一台收音机。说是一台一点不夸张，因为它确实很高很大，是今天的袖珍收音机无法相比的。从那里面，我知道很多词，“上班族”“休闲”“心动不如行动”，今天看来这些都不算什么了，但是在当时，它们还不曾被人使用，确实让我欣喜不已。那一段少女时光，也是和收音机一起度过的。那台机子，我至今收藏。

今天的收音机，架起我与学生之间的桥梁，让我与他们走得更近。课堂上，因为我熟知一些歌手或者歌曲，常让我的学生惊讶不已，从而相信我与他们之间有话可说。就音乐而言，缩小了我与他们之间的距离。

只是，如今，年轻人都听 MP3、MP4 去了，不知有多少还在听收音机的？记得有一次去我们学校的图书馆借书，看见管理员老师在听收音机，我就顺便与她聊起收音机的事，她得知我也喜欢，很是兴奋。原来，她也是收音机的不变听众。她给我说起很多新型收音机：可以定时自动开关机的，可以使用交流电源的；还说起她与收音机的故事。因为收音机，我们一下子亲近很多。说实话，我很少可以遇到这样的收音机听众，想必她也是吧！

其实，在家，我有两个收音机。一个是短波的，专听英语。因为 VOA 的频段不好找，我使用专门的收音机，这样，每天早上，我只需打开就可直接收听，免去找台的费时，方便许多；另一个是调频的，听新闻与音乐，一样，只要打开就可以直接收听我要的电台：中国之声，音乐之声。

收音机，每天与我相伴至少 3 小时以上。早到起床后的洗漱、早点，然后做午饭、晚饭，晚到洗衣、打扫卫生，有时甚至是读书时间，直至睡前的准备，收音机都响在耳畔，而且，在家，我走到哪里，它必定跟到哪里。

也许，我的厨艺不是很好，但是做饭时间我是快乐的，有音乐流淌，不知饭菜里有没有音乐的味道；那些家务，我都是听着收音机里的音乐完成的，看不见苦与怨，就算有累，我一定都是保持着笑的；偶有精神自奋时，或纷繁自扰时，我也随音乐舞之蹈之，这时，我可以自娱。

就这样，我习惯了听收音机的日子。

几乎可以说，我的时间里，看电视远不如听收音机多。这些年，与电视愈疏愈远。这里有职业的缘故，每周有两三个晚自习，是看不全一部连续剧的。如果说还有些别的原因的话，余下的就该是种情结了，在我这里，较之电视，与收音机走得近些，所经的日子久，谈论起来终究亲了一层，因此，与它能走得最好，一生只是喜欢。

有一种体验在于个人独享，有些快乐暗自生长，旁人也许不懂。

慢慢做女人

2009-3-9　00：41

女人——《现代汉语词典》解释为：女性的成年人；英语把女人叫 woman，《牛津现代高级英汉词典》释为 adult female human being（成年的女性）。这样读来，似乎没有多大分别。但是，再进一步查《英文字惯用法词典》，是这样解释“女人”的：“对于一个成年男子应该叫什么是毫无疑问的，他叫男人；当一个男孩在成为男人时，他总是在提高他的地位。但是，对于女孩，成为女人，从传统意义上讲不是获得，而是损失，损失她所珍视的青春。”

从字典来看，其实，无论是汉语或英语，它们都没有告诉成年（指人发育到已经成熟的年龄——《现代汉语词典》）是何时。只有凭着感性去认知。

但是，可以读出，“女人”这个词，仿佛影射一种注定的淡淡悲情，是因为青春吧。其实，那是因为她总站在青春的背后，看见的一直是少女。

女人，如果站在前面，那该是一件多么骄傲的事啊！

女人，清点了抽屉里的寂寞，也不让翅膀在天空中哀伤；也许没有丝丝如剪的青绿，却是最沉静最墨绿；也许没有扶手椅上一场浅红色的轻梦，却也情怀如水。

女人，如果忧伤，那是内敛的精魂；如果豪放，那是外放的风骨；如果柔曼，那是清贵的沧桑；如果典丽，那是岁月的滋养。

女人之心，在于情怀，在于对生命细致入微的感触。女人之心，至灵至动，唯有读书可以养之。

慢慢地做女人，慢慢地走，一步一履，去往自由，自成一道风景。

慢慢地做女人，慢慢地读，犹如一首词，一声一律，读透窗外的芭蕉雨，读过绿肥红瘦。

慢慢地做女人，慢慢地品，一知一解，有大女人的胸襟，小女人的情趣，把女人做到极致。

如果，青春，匆匆得不可重温，只剩追念；那么就慢慢做女人吧，这样的欢愉，凝得起来，也沉得下去。

——写在“三八”节

一米时光

2009－4－29　23：30

监考，对于老师，虽是常事，也是极其无奈的事。

首先，监考时几乎所有的事都不可以做，听（不能听MP3）、说（不能与同场监考的老师聊天）、读（不能读书看报）、写（不能做题改作业），都不可以。其次，频繁监考。每学期的大考至少三次以上，每次六场，每场两个到两个半小时。

只是，有一件事没有规定不可以做，那就是“想”，我就姑且认为可以为之。这样的理解，让我窃喜。

想，可以坐着，可以边踱边想，我最常做的是站在教室后面，脚跟、臀、肩、头，四点一线贴着墙，保持一种挺拔、向上的姿态，慢慢地想，轻轻地想，悠悠地想，弱弱地想。

不想工作，不想学生，不想平时所想。

平日里，工作＋生活＝忙碌。我像一个上紧发条的钟，只听见嘀嗒嘀嗒的向前的声音，每个环节都环环相扣，不能停留，我的时间常要精确到分。

监考就不同。于我，这是一段可以停留的、轻慢的时间，我想平日所不想，想平日没时间所想。

此时的我是柔曼的，想一些记忆深处的人和事，想得很轻，不会遇到伤和痛；想得很弱，甚至与那些人和事的今天无关。如有柔情袭来，软语温存，我选择离开，在教室慢慢走，绕一个圈，我回到原地。如遇思绪打结，我看看学生们行走的笔，做一两个瑜伽的动作，然后继续我的“想”。

翻阅记忆的旧想，这是一件美好的事。不走进故事里的人和事，只是与之面对，做一次探望，不叩响往事的门，不惊扰往事，也就不扰自己。所以，这样的想没有痛，只有淡淡的暖。一如我拍的开花的樱花，在它不再开花的日子，在春天不再的时候，我静静地看，看开花的樱花，朵朵向往，看见春暖，看不见伤念。这样很好！

这时的想，很淡，很浅，所以很软，如水。

此刻的我也是静默的，静到可以听见自己走过岁月的脚步声，时急时缓，时远时近。想身边的人，想感动着我的感动，想一些最细的细节，采一朵春，拾一片秋，再裁一个片断，不用缝补，任它千疮百孔。不因想而困惑；因为想，所以回味，因为回味，所以不悔。有时想得含笑，有时想得溢出来，从心浸漫至指尖，漫出一层泪影。

这时的想，是沉潜的，是流动的，所以是从容的，亦如水。

然后，为想搭一座桥，晚上，用文字承载我的想，让想在字里行间多一份妩媚的沧桑，带点矜持，带点慵懒，却字字稳实，句句写事。因此，想出了《丽江日记》《从江日记》《一路寻去，探索生命的归宿》《我的这十年》《爸爸》《妈妈》《阿树》《太阳的味道》……

这样的监考，很安静，在恪守监考规则的同时，我借来一段时光，行走在想的时空，原本无奈的事因此雅致起来，让走过的时光得以延长，每监考一场，仿佛延长一米，恰如一米时光，增加了岁月的长度、生命的厚度。

我偏爱这样的一米时光。

读 董 桥

2009 -5 -31 04：04

第一次知道“董桥”这个名字，是在读别人的散文，遇见“中年是下午茶”这句话，提到董桥。因为喜欢，不愿放下，所以记住了。

第二次，真正看见董桥的名字，是在图书城，印在一本叫《今朝风日好》的书的封面。书很玲珑，盈掌开本，烫金的字，下有 One Fine Day 的英文，加上他的名，都写在右上角，字小，极娟秀，咖色旧皮封面，封面空出很多空间。这样精致的小开本书，俨然一册西洋古书模样，诱惑着我在不深的咖色里想象着一种浪漫、一种古旧。可是，我是真的只能停留在想象里，因为，我无法翻开，书被很好地包裹着，除非购买，否则，禁止走进。

那一刻，我是气愤！怎可如此把我拒绝在书的文字之外？我虽有买的心，却因那点气愤拒绝了，看见 39 元的书价，再生气愤。现在想起，那是因为不懂董桥啊！

回家，其实我还在牵挂着书，于是，我在百度里输入

“董桥”，然后点击。董桥，福建晋江人，台湾成功大学外文系毕业，在英国伦敦大学亚非学院做研究多年，又在伦敦英国广播电台中文部从事新闻工作。历任《今日世界》丛书部编辑、英国国家广播公司制作人及时事评论、《明报月刊》总编辑、《读者文摘》总编辑等职，现任《苹果日报》社长……

从简历来看，其实并没有吸引我太多。在网上，得知书名取自丰子恺的“今朝风日好，或恐有人来”，再读一些董桥的散文，坚定我买《今朝风日好》的决心，尽管，从网上我对书的内容知道得仍然不够多。后来，我是在网上购得书的，打了折，这一点，让我用等待的苦与价廉相比较，几乎是不可以对等的。书到我手中，翻开扉页，看见一幅彩色的藏书票（是在读完书才知其名曰藏书票），淡咖啡色调的书票中一位绅士坐在书桌前低头静读，下面安安静静写了8个字“董桥英伦访书偶得”，够古旧，够精致，也够董桥。

最初的读，让我几乎有悔，书的开始带我走进他的书房，听他讲搜集古书旅程中的“〇〇七”故事，听他说皮革、说装帧、说纸张、说书瘾，怎么就是一本关于收藏的书？与我最初的那点想象相去甚远啊！于是，我试着跳开去读，这时，开始读到他的典丽，他的风雅，用董桥的语言说，该是“渗出了一些岁月浸回来的超逸，带点温情的愤世和带点孤僻的学养”，“不是自伤，不是自怜，是看明白之后，也只有哀矜的苏醒”。

那些看似清浅的文字，在英伦的小巷，渐走渐畅然，“浅白的田园诗风，字字稳实，句句写事”，如“坐在三十年前的记忆里观赏三十年后的景物”“带点矜持，带点渴念，带点慵懒”。

读着读着，我不时合上书页，闭目体味，有时是体味一景，有时是回味一句话，有时就是去想那条街、那个店、那个人，与董桥一起，“探望一栋栋久违的沧桑，一块破砖一段历史，数摊积水数面古镜，几朵苔藓几副心事”，淡淡如水，却“光是绿的，风是香的，跟苏格兰的柠檬园一样销魂”。

最爱他说关于诗歌的那一段“诗歌是一门非常寂寞的艺术；课堂上的讨论也许可以让你认识诗；两三知音的交流也许可以让你重视诗歌；一个人静静阅读一首好诗，那却是你感受诗歌的时刻了，我们错过了行吟的古代，再不谈谈好诗读读好诗，我们连追忆的本能都荡然了”。这话，让我在脑海里过了好久，迟迟不肯离去。年轻时，如董老所说，走过了课堂上的讨论，也经历过两三知音的交流，可是，一个人静静阅读一首好诗的时候真是久违了，是否连追忆的本能都荡然了呢？我担心。

这书读起来还让我寻到一种别样的风情：几乎每一篇文里，都夹杂地道的英文，或是一两节小诗，从某种角度上说，满足我视觉的欢畅，喜爱！纵然是与我的专业有关。

Life is hard.
If you ever come to Paris
On a cold and rainy night
And find the Shakespeare store
It can be a welcome sight
Because it has a motto
Something friendly and wise
Be kind to strangers
Lest they're angles in disguise.

就这样，我读着书，读着董老，这样的文章，我实在不舍得一口气读完，总是翻过一页之后，痴痴地出神好一会儿，才再回到董桥的旧书世界里面去。话又说回来，最好也不要一次读完，那不是好的董桥读法，否则，永远不能走进董桥文字中那沉致的爱，那浸没着中学渊博、西学精通的浓烈。起初，我的读是幽幽地。后来觉着，这样还不透彻，因此，边读边记，信手拈来的些许句子，让我读一次，欢喜一次，忽生染心，至今不变。

读着，读着，你不得不叹服的是：中文就是可以这么漂亮！

如此，我竟是着迷了《今朝风日好》，准确地说，是着迷董桥。迷着他的文笔雄深雅健，兼有英国散文之渊博隽永与明清小品之情趣灵动，有明清小品的散淡，又有英伦散文的睿智；着迷他的趣味，渗透着文字，有玉的翡翠，有装帧的古朴，看见他的博大深远；着迷他的行走，行走处暗香细生。

董桥，有些傲慢，有些儒雅；有些清淡，有些奢华；有些浪漫，有些唯美。

有幸，借了董桥的笔，从略显沉郁的岁月中撷取少许馨香之意，便是有缘了。

温一盆炉火，拿文字慢慢烤来听

2011－1－27　22：05

坐在炉边，读书。有温暖，有书香入心；冲杯咖啡，听收音机里流淌的音乐，咖啡的浓香袅袅绕着音符，也清幽、也洒丽，也宽舒。

丈夫上班，女儿应邀参加她小姨单位的年会，我借得这段假中假，饮一个人的时光，任凭外面冰天雪地，有些风，有些雾，有些冷，我自品自己的午后。

坐在炉旁，浅读，读胡兰成的《今生今世》，与他和张爱玲的爱情无关，只是摇月碎，抚花柔，与平实的文字步入寻常的巷陌，也宜春，也宜夏，也宜秋，冬站在窗外。我迷信文要有墨才香，字要下笔才有力，文字要落在纸上才清灵，书要握在手里才渐读渐热，再遇竖印的繁体字，弥漫的是方块字的一生灵动。

读胡兰成，看他的《风花嘀鸟》，听他的《渔樵闲话》，与他一起《远游》《思凡》；时而《路入南中》，时而《登高尾山》，流《亲人之泪》，做《文字修行》。读着浓浓的乡情文化，没有喧嚣，没有现代人的焦躁。读到温柔处，迷迷糊糊打起盹来，不是困不是倦，是温一壶午后，慢慢饮下的醉，软软和和，靠在炉边枕着烤出的墨香，浅睡，无梦，只有文字音符入怀。

醒来，续读。读到至爱时，随手将书带入洗漱间，因书厚沉，不慎将之跌入盆的水中，匆匆拎起，已是水涟涟，歉悔之意交加，悔之已晚。原来，至爱之时也是至伤之时。揩去水渍，把书冻入冰箱使之舒展。于此，胡兰成的字被我淋湿、被我冷冻，在暖暖的冬日的午后，冻得又痴心又缠绵，像极他的文，没有徒然与感伤，不脱梅窗疏影的韵致，学养与文字都十分华夏。

我偏爱他那个时代的文字，我偏爱的也许是那个时代字里行间的温润，有点旧气，有点婉约，远远没有网络语言的热烈，却经得起岁月的久读，说穿了正是现代人久违的人文素养。

隆冬腊月时节，在音乐中、咖啡里慢慢搅拌一个恬淡、柔曼的午后，独自温一盆炉火，拿文字慢慢烤来听，冻来嚼，且悠闲，且随分，且简约。

春天，为你浅吟一首樱花词

2011－3－29　23：27

喜欢樱花，与日本无关。

早年在武汉华师读书时，就曾几度樱花。

那是1994年，我来到武汉大学观看我人生的第一场樱花。

武大的樱园，在女生宿舍楼前，那宿舍楼据说是曾经拍过电影《女大学生宿舍》的楼，古朴又书香四溢；那樱花，据说是1938年日本侵华时从日本移植来的，品种相当日本。

用当时的年轻去看樱花，樱花是娇的、艳的、纯的，朵朵风华正茂。樱园的樱花有近千株，是够规模的，千株树上再开数万朵花，给人是震撼的。那时赏花，与大学同窗一路嬉戏，一路欢畅，花开得有多艳，笑得就有多艳。那时，看花、说花、笑花胜过照花。不过，把武大的樱花照得最得意的一张是登上女生宿舍的一个很有诗意的叫作“樱顶”的平台（中途的那个台阶是很长的，据说有108级），站在“樱顶”上，把樱花作为一幅完整的背景，我在其中笑。

后来，樱花随着那段读书的日子留给了青春，一直开在照片里。

如果，用樱花来计算，时间可以从1996年直接点击到2007年，也是我调入实验二中（当时的师专附中）的第一个春天。

这时，用成熟的眼光再看樱花，樱花随早春弱弱走来，在校园的那边静静开放，远在蒙蒙细雨中轻轻吐露芬芳，开如薄云，开得沉静，开得浅白，花瓣很单，花色很素，没惊动娇艳，没惊动太多的目光。那一年的樱花，我看得远，看得浅。

从那以后，在春天我关注着每一季樱花。从它开始发出第一个芽，我在每天路过时凝望，樱花就在我无数次凝望的目光中暖起来，舒展起来，然后笑起来。

樱花开时无香无叶，开得纯粹，一团团一簇簇，粉白娇小，向你微笑。樱花落时不凋不谢，不污不染，一样灿烂，只在风中曼舞飞扬，轻盈、洒丽，很干脆，很果断，不带悲伤，心里只有悸动、敬仰。

如果，樱花只在我一个人的目光中绽放，那么春天一定会寂寥的。

于是，我把樱花的每个讯息传递给学生，渐渐地，他们也学会关注樱花，从第一个细节到开满校园，他们与这个花季一起成长，一起经历开花的过程。因此，见到花开，他们学会欣赏，学会微笑，学会珍惜，学会收藏。

我这样告诉他们："这一季樱花为你开。"他们记住了，收藏了。在以后的日子，无论他们的三月走在哪里，他们的内心都有一抹樱花曼丽地开着。

用一个开花的时间经历春天，于他们而言就是成长，于我而言，每经历一季樱花就收藏一个春天。也许，我耕耘的不是樱的花季，但我耕耘着花的春天。

我依然固执，做我这样的女子

2011－7－8　02：19

七月在野，七号只是七月普通的一天。

清晨6点自然醒，锻炼如常，洗头冲凉，熬上一碗玉米粥，自饮自品；梳上简洁的发髻，穿上新买的黑色连衣裙，画上浅妆，挎上浅浅红的包，简丽、素淡准备上班。

这时，女儿起来，在耳边吻了我一下，轻轻说："妈妈，生日快乐！"出门前，丈夫过来抱了抱我，也说："生日快乐。"

今早的夏天，凉凉的，"凉都"的"凉"字再次在盛夏演绎。

走在路上，有风淡淡的。原本10分钟的上班路程，被妈妈、姐姐祝福的电话拉长，被那个叫"小丫头"的李丽蓉和黄鲜的学生祝福的短信延伸，原本素静的心阵阵激荡。

站在教室最后，看考试的学生疾书，听笔落在纸上的铿锵，想我走的这365天……

其实，用365天来回眸，太浅太薄。在人生越走越厚重的年龄中，一年能承载的内容渐渐少了，能牵引的起起落落渐渐平静了。当一年被划分为两个学期，每个学期再被两次考试平分，一年犹如眨眼间的斑驳、回眸的邂逅，匆匆得来不及转身。

曾经在二字头的年龄踮着脚嘲笑三字头的岁月；在三字头的岁月无端地恐惧四字头的年纪，所以，趁着还花得起青春奢华一下，给自己留了些许美好的记忆，仿佛来日万一老去可以翻出来读。

如今，轻轻捣碎那些岁月看过去：

二十岁是首歌，唱得响亮；

三十岁是首诗，荡气回肠；

四十岁是首词，内敛清香。

站在不同的年龄，看见不一样的景致，可以清纯，可以灵动，可以婉约。如今，站在四十有余的清晨，远眺：这样的岁月一样静好，慢慢走，慢慢笑，岁月慢慢清妙。

这样的夏日刚刚好，或许不够灿烂，但也不焦灼；或许有些轻凉，但有阳光掠过，一如我的过往。

如今，还能有几缕清风，几晕月色陪我们优雅地老去，脸上的皱纹浅浅皱出几笔内敛的温情，微微翘起的唇始终留着无尽的宽容。即便青丝褪了色，那也是宋词里的一幅晚烟细雨，供养一身旧派的风华，也算为自己的襟怀供养一丝清气，渗出一些岁月浸回来的远意。

四十几年匆匆过去了，未来，我依然固执，做我这样的女子。

今夜秋思落谁家？

2011－8－16　02：28

每每抬头与你的目光相遇，心就笑。

我看得见你来时的容光，却触摸不到你指尖的微凉。我看得见你的敞亮，你却看不见我的念想；你看得见我从你身边的过往，却看不见我心中的仰望。

见你是欣喜，不见是静谧。

见时一闪意会的眼神、触目无语的关切往往比泛泛的絮叨贴心，零零星星都可以甜美，远远地，你不语，可是，你知还是不知？

我知道，这样的问我不该问。因为，感伤之念越深，附骥之情越怯。不如心怀一念执着，尤可余温缕缕。

如此，遇见你，人生就若只如初见，同一笑，心知。

由此，遇见你，遇见又清贵又宽厚又博究的你便是造化，是夙愿，是苍天指缝里流出来的恩赐，也是雅致的旧书，在深宵一页一页慢慢读，任由一朵桂香落在我的掌心，默默散发秋的味道，越是浓浓秋夜的氛围，你越是挥洒得挺拔。

可是，
月亮，
如果你走了，
今夜的秋思落谁家？

清华，我来过……

2012－2－24　02：15

走进清华大学的校园，冬天的枯与黄还历历在目，草和树都还是冬的颜色，读不出一丝春意。校园清净，学生大概都在上课吧。

初春，阳光纯纯的，天空远而湛蓝，蓝得特别净洁。清华校园美式的布局和西洋风格的砖石建筑，让我一边走一边要唤出心里对清华的那份崇敬和向往，或者激动也好。可是，我的淡然和平静让自己有些纳闷和害怕。因为，对于一个高中教师而言，我们心底的那份向往年年在强化，然后届届传递给学生，所以该是在自我的这里积淀得很厚很深才是。

我这是怎么了？我都急了。仅是清华百年的历史，还有这些如雷贯耳的名字：华罗庚、钱三强、钱学森、梁启超、冯友兰、钱锺书、吴晗、曹禺、季羡林……足以让人肃然起敬啊！

我想我是淡然但不漠然，平静但不平淡，这是人到中年的淡与静吧，与清华无关，想到这里，我也就原谅了自己，不再追究。

即便这不是清华最美的季节，但是那些高大的树木，磅礴的气势，还有清华独有的人文气息，都渗透出清华的厚重和辉煌，它的美已不在季节，在它百年的一草一木，一砖一瓦，一呼一吸，真不在季节啊！

后来，我的激情与热爱是在近春园——朱自清笔下的《荷塘月色》的荷塘里荡漾起来的。

未进这荷塘前，我先在心里默背一遍我还能记得起来的几句《荷塘月色》："这几天心里颇不宁静。今晚在院子里坐着乘凉，忽然想起日日走过的荷塘……曲曲折折的荷塘上面，弥望的是田田的叶子。叶子出水很高，像亭亭的舞女的裙""月光如流水一般，静静地泻在这一片叶子和花上。薄薄的青雾浮起在荷塘里。叶子和花仿佛在牛乳中洗过一样；又像笼着轻纱的梦"。

在默背着朱自清的名句时，我在心里换上另一幅荷塘小景：此时的荷塘该是残荷半垂，水浅低眉，月光不在静谧还在没？

走进荷塘，我惊呆了：这哪里是荷塘，分明是一幅夕阳照晚：湖不见水，面不见荷，只是远远看去泛白的湖面上有明亮的阳光，走近看那泛白的是厚厚的冰，把整个湖裹得紧紧的，阳光从岛上高低的山丘和树林里斜斜穿透过来，风吹不散，一路闪烁，然后薄薄铺在湖面，这阳光被厚厚的冰坚强托起，阳光浮在面上，剔透，冰是晶莹的冰，阳光是透明的阳光，在湖面轻柔相拥，温软深情，彼此融而不化，这是怎样的默契与境界才可以这般姣而不溶啊！

我是个纯粹的南方女子，生平第一次见这样的景致，何况是清华园里的荷塘，如果这个荷塘因了朱自清而月色撩人，那么今天它为谁一池闪烁？

我怎么也做不到只是看着这精致时光而无动于衷，于是，我试着把脚放在冰面，用力，再用力，然后缓缓站起，最后走向湖心，我成功了，成功地步入荷塘，却没有被淹没被吞没，这又是怎样的惊喜和兴奋啊！如果说这样还不尽兴的话，索性，我用手轻轻拨开阳光，坐在湖心，冲这荷塘撒一回娇，这是朱自清先生断断做不来的吧！

清华大学近春园——荷塘（2012 年 2 月 24 日）

然后，我奢侈地温习着他的彼时心境：“这一片天地好像是我的；我也像超出了平常的自己，到了另一个世界里。我爱热闹，也爱宁静；爱群居，也爱独处。”像今天，一个人坐在荷上夕阳下，“什么都可以想，什么都可以不想，便觉是个自由的人”。

这样，我就可以说：清华，我来过；那荷塘，我也来过。待到春风吹到时，你可还记得？我曾从你心里经过。

看一场话剧

2012-2-25　22:58

在北京的日子徒然有些空乏，不愿再去长城、颐和园、故宫，不想看那些已经熟识的地方。

下午无事，一个人走在西长安街上，看车流如梭，奔驰如飞。走着走着，远处一个巨大半椭圆形建筑吸引了我的眼球：国家大剧院。这下，我知道自己想要什么了。

穿过长安街地下通道，我仔细品味这个北京地标性的建筑。原来，这个半球形剧院为钢结构，壳体外围环绕着一个大型人工湖，一池清澈见底的湖水托着它，湖水如同一面镜子，刚好将倒影球水相连，浑然一体。而且，在河水都结了冰的北京冬天，它依然可以波纹涟涟，水色荡漾，微风徐来，灵动有致。

从水下面的入口步入售票大厅，我开始研究今天的演出：音乐厅是“空中旅行”小提琴家丹尼尔·霍普和五位音乐家音乐会；戏剧场有中国国家话剧院话剧《欲望花园》；小剧场为北京黑芝麻胡同小学老师自导自演的话剧《茶馆》

（不对外售票），歌剧院今天没有演出。我最后选择看话剧，既然是在北京，那么就看一场国家话剧院的话剧吧。至于小提琴音乐会，在伦敦后会有期。

站在购票台前，我像一个无知的孩子，用我的坦诚与售票员一点点沟通。他在海报上给我指出这是胡可，那是牛飘，还有那威、贾妮，演过什么电影电视，然后介绍每个票价在现场的位置及优劣，再说我目前可以选择的范围。最后在他的指导和推荐下，我买了五个价位中价格适中、位置理想的票。

晚上7：30的话剧，6：30我就随着等候的人流涌进剧院大厅，大厅长长的通道空旷高大，通体透明，左右两侧有雕塑，走到尽头随扶梯上二楼，这时才可以感受到国家大剧院的气势。眼前这高大的圆体该是歌剧院吧，金色的主色调彰显它的华丽辉煌，它是国家大剧院内最宏伟奢华的了。我走走看看，不自觉地又下了一个电梯，眼前黑色的墙面略显凝重，可是立体的墙形又格外生动，我匆匆准备进场时被拦了下来：对不起，您不能进。我往右边一看，那里清楚地写着：小剧场《茶馆》。我只好求助于工作人员，返回二层找到了戏剧场。

戏剧场是国家大剧院最具民族特色的剧场，以中国红为主色调，舞台、座椅为红木材质，红色真丝墙面从视觉上看与这个剧场浑然一体，烘托出传统热烈的气氛。舞台上是一个白色两层洋房布景，白色的欧式家具典雅华贵，柔柔的淡黄色灯光从顶上直泻在主场景上分外柔和，窗外花园里开着两丛瑰丽的玫瑰，朦胧可见，让《欲望花园》率先开放，给人无限遐想，这样的氛围让我完全融入现场。

当胡可（詹妮）身穿米色连衣裙和玫红色短毛衫一边大喊“查理”，一边蹦蹦跳跳地拎着大包小包进场时，我一下子还没适应，感觉身上还划过浅浅一层鸡皮疙瘩，是这种现场的又略带夸张的声音引起的吧。牛飘（詹妮的丈夫查理）的牛仔裤浅黄色 T 恤让他显得年轻些。他俩的出现和服装让整个舞台和剧场立刻活了起来。

我一直死死盯着他俩的表情和眼睛，总想从里面找出一点想象中话剧的那种造作或者表演痕迹来，可是，听着他们的对白，渐渐地我就忘了，只是随着他们一起在偌大的花园洋房里为简单的生活花销发起愁来。后来，我干脆身体前倾，只是想离他们更近些。再后来，我一如坐在他们家客厅听他们因奢华的生活方式与低收入矛盾而争吵，听他们家的窘迫。

就这样，我看着詹妮时而为高档的生活欲望而亢奋，时而又为昂贵的贷款和开销发愁；一边置办温室，一边在垃圾桶里积攒查理扔掉的香烟盒上忘记撕下的优惠券。看见詹妮内心的挣扎。

詹妮的邻居杰克一人独居，对詹妮的爱慕痴心难改，为了詹妮，他可以付出一切，给予她一切，可以是全部财产。他略带憨厚的神情，被那威演绎得甚是可爱。

随着詹妮的各种欲望不断膨胀，我跟着入戏了。为了生活在那个高档的社区，为了孩子昂贵的夏令营，为了社区里那些富人太太攀比的眼光，詹妮一步步冲破道德底线沦为高档妓女，换来她想要的一切。我看着查理一点点走近真相，从暴怒、愤恨到矛盾、羞愧、无奈最后到默许。

当我以为詹妮和查理都可以越过道德和心理障碍得以安心过所谓的富裕生活时，我和这对夫妇一样，都错了，原来他们身边所谓的那些富人太太们也一样用身体作为代价，在詹妮家的宴会上被突如其来的图斯太太当面揭穿。

此刻，我的情绪跟着跌宕起伏。

当詹妮和那些太太们以种种方式和借口说服自己及丈夫继续为妓时，我的内心跟着翻腾。当大家最终达成协议以这种方式继续维持奢华生活时，杰克的出现打破了这种脆弱的表面上的喜悦。然而，为了面子，为了欲望，为了浮华的生活方式，詹妮利用了杰克对她的忠贞不渝将杰克杀了葬在她家开满玫瑰的大花园里。而杰克死前在詹妮完全不知情的情况下修改了遗嘱：詹妮作为他 3000 万美金财产的唯一继承人。

就这样，欲望让人从花园走向坟墓，欲望让人逾越了道德和理智。剧情的结局让人出乎意料，又饱含思考。

欲望是座花园，你越浇灌，那里的玫瑰开得越艳丽。

这场话剧带给我的是震撼。我的震撼不仅在于演员的表演极富张力；还在胡可，将被虚荣和欲望逼到疯狂边缘的绝望主妇诠释得十分到位；更在牛飘的痛苦挣扎，我眼睁睁地看着他从暴怒蜕变为默许，从男人的尊严蜕变为对金钱的妥协，步步惊心。

这场话剧最让我震撼的还是话剧本身这种艺术形式，它与电影电视完全不同，话剧可以让我与演员、现场及表演零距离接触，用眼、用心、用每一个可以调动的细胞毫无杂念地全方位参与，在交流、体验中让话剧艺术一点点走进我，然后传播到心灵。我被话剧彻底征服。

这是一场绝对的盛宴。

看一场话剧，对我，真是一场精神上的奢华享受啊！这样的精神盛宴未来还有吗？我的心开始兴建这样一个精神的欲望花园。

Sunny Side Up

——写在教师节前夕

2012－9－8　15：06

今天，周六的中午，不愿做太多，于是准备煎两个荷包蛋，作为我和女儿午餐的菜。

点火。倒油，看着油慢慢温热；打蛋，看见透明的蛋清滑出壳，在锅底流淌开来，透明的液体渐渐变白，慢然间，那奶一样的白把中央的蛋黄逐渐衬托出来，明黄明黄的，如从锅底托起一轮太阳，隐忍着霞，边上的点点蛋白在油的煎炸中还蹦蹦跳跳地快乐着，这时，我的心底浮出一个词：Sunny Side Up!

Sunny Side Up，这个词是这次出国我印象最深刻，也是其中最喜欢的一个，它是指我们常说的煎荷包蛋，但是，一面是未经煎过蛋黄向上的溏心荷包蛋。喜欢它，一是当这样的荷包蛋与牛排一起放在纯白的盘子里时甚是美观。其实，更重要的是这个名字：明媚的阳光始终向上！而且，蛋如其名。把蛋白放入口中，松软滑嫩，有蛋的体香；那个蛋黄犹如一轮日出，蛋白把阳光团在中央，轻轻一拨，慢慷开来，吃在嘴里，微微甜，温软娇香，如果愿意还有太阳的味道。

小时候，最爱吃荷包蛋。那时妈妈把它煎到两面黄，吃在嘴里外面酥脆，中心软，有丝丝甜的蛋黄浸出，满在口里，滋润。这就是最佳技术和最爱的口感了。

可是，现在，我偏爱了这样的 Sunny Side Up。因为，它不仅是一个荷包蛋，更像一种生活态度。因为，当热油在煎炸的时候，它一面是煎熬，一面是阳光，甚至，还有点点蛋清一边煎一边舞。

其实，现实里的很多事也是如此，你可以一面煎熬，一面阳光微笑；你也可以两面完全煎黄，甚至煎焦，吃出苦味，而蛋依然是蛋，没变，如同生活还是生活，不变。

昨天袁琼来我办公室坐，我看见她情绪不高，问她何故。她笑着说：我才没你那么好的心态，承受那么大的打击还笑眯眯地工作，喜洋洋地上课。你的事给我的打击太大，这个工作做起来心寒。像你这么兢兢业业地做有什么意思！

我也笑了，宽慰她说：学校是学校，与学生无关；工作是工作，与生活无关。我也气，也委屈，就是说到这里也还哭。但是，我没有把这个情绪放到我的课堂，不可影响我的生活，但是，一定影响了我对学校的态度。

事情其实很简单，小侄女考上我校高一，我请求学校在分班时给予关照，被拒绝了，从上到下，我被拒于千里之外，还伤及了孩子。简单的事，过程却相当复杂，不知在这其中自己到底做错了什么。

袁琼是我的好搭档，共事这么多年，我们一起走过很多艰难时刻相互支撑，她看着我努力，看着我投入，今天她也看见我心灰意冷。

工作22年以来，这是我第一次为自己的事求助学校，第一次想以公谋私，做一点违背原则的事。对我而言，这是为孩子的教育，是惠泽一代人的事，我很可以。做教师这个职业，除了来自学生的那点慰藉，我唯一可以欣慰的就是对身边几个亲人的孩子期望可以帮上一点忙，就这么一点点期望啊！

我没敢告诉父母，骗他们说侄女还留在那个班呢！姐姐和侄女都很理解我，于我而言，这事是断断不能原谅自己的。不要给我说：在哪个班都是一样地学习，只要自己努力！这已经超出了我的底线！我只恨自己身在高三，不能自己来教啊！

这事让我22年来第一次重新审视自己对学校的态度。

所幸的是没有改变我对教育的热爱。

但是，有一点我做到了：我一面煎熬，一面明媚，如Sunny Side Up，偶尔，像边上的蛋清一样，一边煎，一边点点舞动：

我依然把我的微笑带给课堂，带给学生。我和学生一起在教室里做了个英语角（English Corner），主题是Poems & Flowers（诗与花）。我的学生们拿着他们的热情把花、英语诗歌、审美、手工、趣味、合作、学习完美地结合了，他们用手与智慧把这个英语角做得超乎我的想象，让我快乐骄傲。也让我的留学学习得以致用。

我一样把我的愉悦带给家人。与他们嬉笑打闹，买菜做饭洗衣拖地，偶尔还与收音机里的音乐一起舞动，把音乐与美好一起做进饭菜里，姐姐常说，做饭时如果心存爱、感激和善的意念，那么饭菜里就有一种不同的味道，我信，我做，我快乐着。

今天，煎着鸡蛋，想着 Sunny Side Up，心也晴朗（Sunny）。

生活就是这样：一面煎熬，一面明媚，心还保持柔软。不可两面焦黄。

这样就好。

Sunny Side Up（2012 年 3 月 28 日于伦敦）

胭脂秋

2012－11－1　01：51

清晨5：50，睡眼惺忪地走出卧室，抬头看见客厅里一地浅白，在深红的瓷砖上铺满一地，轻轻踩在上面，地上散开模糊的一片白，我抬头，看见窗外有月，原来，一轮秋月落我窗！我的清晨骤然清醒。我慢慢走到窗边，举头细看明月：银蓝的天空托着满月，异常明朗，异常圆，清清爽爽，笑盈盈的。更奇妙的是，三四颗星在月周围一闪一闪，让清晨的明月颇有点妩媚。

星疏影，月低眉，云却静，一月浸深秋啊！

无人请我，自得清秋这段月：秋深深，月微凉，照我窗，晓色入帘，月落一段时光，独自享。低头，洒在身上，漫香。

我举头，看得入胜，人静月好，心笑。

虽说欢喜，还是把那轮明月留在冷秋的天空，我开始自己清晨的功课：短小的晨练，洗漱梳理，打理早餐……6：30坐下吃我的早餐：温热酥脆的烤面包，一片涂巧克力花生酱，一片抹奶酪，轻轻合拢，外加牛奶麦片，一边吃一边看渐渐苏醒的天。

远方，夜已退去，东边淡蓝的地平线，那冉冉升起的天，不知何时用水彩涂上了一笔胭脂色，任意在天边一抹，大写意泼墨，最低处最红，渐行渐浅，不是均匀涂。好一抹胭脂色！把秋的脸涂得红晕羞涩。

是谁在我的清晨，把秋洗漱，染色？不用深红浅黄的叶！

此刻，我宁愿面包上抹的不是酱，而是天边那一抹胭脂色，放入口中慢慢融化，品一出霞的味道。

6：45，叫醒熟睡的女儿。我也告诉她关于月亮和天边的霞。我做着她的早餐，看她一会儿往西，一会儿往东，穿越在月与霞之间，心欢如醉。就连洗脸也要求与月亮面对面。

7：15，走在上班路上。

抬头找，满月还在最西处，透明着，像云做的。那抹胭脂色也被愈涂愈浓烈，由红变紫，最后变幻成橘红托着一轮黄金的太阳温暖出炉，与天尽头的月相映，日月同辉。秋冷，月凉，太阳暖，超尘入妙。

这个清早，月浸深秋，霞染晨。

好一个胭脂秋，我只躲在最深处。

淋一场雨的酣畅

2013－6－24　01：39

今晚，一个人跑步。一个人淋雨。

用往常的时间装束，21：30出去跑步，一路慢跑，一路享受这样的慢时光：微凉、惬意。

在没有任何预兆的情况下（无雷无风无闪电），突然下雨，而且立刻从豆大的雨点就成了倾盆的大雨，我意识到，我正在遭遇一场前所未遇的大雨。没有犹豫，我选择前行。

嘿嘿，既然有人说“既然选择远方，就注定风雨兼程”，那么，我今晚就选择行进，淋一场空前的雨，酣畅淋漓。

于是，我很快调整自己：身子更直，脚步更矫健，双手更有节奏，头发更舞动，气宇更加向上。街上所有的行人都停下了，站在街边避雨处静看一个女子在雨中奔跑，面带微笑。如果不是雨水的冲刷，还可以在脸颊上看见从草原带来的两朵高原红。

我奔跑，用一颗不羁的心，把脚下的雨水重重地溅到两旁，任凭瓢泼的大雨从头到脚倾泻，头发、衣服、鞋尽湿了，活脱脱一个“落汤的女子”！此刻，眼睛被雨模糊了，用手一抹，那种酣畅无处可寻啊！

我奔跑，用一种奇特的力量。如果说青春季节有过这样的境遇，那多少有些矫情。但是，今晚不同。我是我，不带任何附加条件的我，不需要担心别样的我，只是在偶遇中尽兴的我，一个纯粹的我，一个奔跑者，用自己奔跑自己。

我奔跑，没有顾虑。无须担心脸上的防晒霜、睫毛膏会被雨浇得沟壑纵横；无须担心包里的物品淋湿受损；无须担心衣服淋湿没法去见学生；更无须担心感冒请假耽误课程。

我只需要奔跑，洗去一点点的余悲；洗去一个高三老师的委屈与疲惫，洗去一颗不为人知的清泪。一边淋雨，一边奔跑。

雨后，挤进我左侧的日子趋于静好；从我右侧溜掉的岁月勤于思考。

心灵的端庄与优雅

——写给中秋的月

2013-9-20　01：11

在四季的夜空，你是今晚的新娘。

好多年了，我一直在每年的八月十五等你。我放下过四季，却从未放下过你。月下一凝眸，几多期许啊！终于，在这个中秋的夜，你推我的窗：好个中秋时节，恰是今宵明月。知道吗，今晚你在还是不在，我比他们都在意。

今晚，你的微笑照亮我素素的目光，提升我的心灵视力，浸润我的心灵营养，一直浸到我的枕边，柔软不涩，去执，静养，有一种精神的优雅和端庄。

心若有月，心与月同一色。

秋了，有些事凉了，旧了，没人提了。你来了，梦里都是你；你若不在，我不是我自己。夜越深，你越似我的灵魂。

与你的约定，是我一生的浅吟。

不在微信，我离你们有多远？

2013－10－10　01：06

没有微信，我离你们有多远？

微信（WeChat）走进手机不过两年多，但它已经改变了你们，还有你们的生活。

微信是腾讯公司于2011年初推出的一款快速发送文字、照片和支持多人语音对讲的手机聊天软件。可以通过微信与好友进行形式上更加丰富的类似于短信、彩信等方式的联系。微信软件本身完全免费，也因为更灵活、方便、智能，且节省资费而受到你们的青睐。

我国有4.6亿手机用户，其中4亿是微信用户。我便是那6000万分之一。这余下的6000万人中，我想余下的多是些老人了吧。如此算来，我的手机使用心理年龄至少是60岁。

至今，我持有的仍是一部模拟手机。也有想过换一部手机，但因手中这部尚能接打电话、收发短信，这已经完全满足我所需的全部功能。更要命的是，换一部智能手机，我一不用手机上网聊天，二不玩游戏，三不用手机网购，四不用手机阅读。智能手机的那些可爱功能于我只是惘然。如果这样，我是不是可以继续持有这部固有的手机，一如持有我的偏执。

这样的偏执不仅在自己，我还波及了女儿、侄女，乃至学生。我不让他们使用手机，这样也许是关上了他们生活中的一扇窗，但是希望帮助他们开启阅读的航。因为，在充满手机和网络的时代，身为母亲和老师，我一直担心他们读书的时间垮掉了，如今又杀出微信来，仅阅读这一项，他们还承担得起一个未来吗？

也许，没有微信，我离你们真远，我走在你们的边缘。

没有微信，我看不见你们此刻的微笑，不知道你们的晚餐发生在哪里吃了哪些菜肴，听不到你们下一站在哪里奔跑，闻不到你的天空风花雨雪飘。

春华说：没有微信，你脱离了我们，也脱离了社会；那天，一个挚友不信我没有微信，在路上一把夺过我的手机说：你怎么没有微信！

没有微信，在公交、火车上，我可以关注身边的人和事，也不会忽略了风景；没有微信，开会时，我庆幸我还是尚存的认真听讲或者在读书的那一个；没有微信，在上床或是休息时早上醒来，我还可以保持闲想的坏习惯；没有微信，在学校，我专心工作，用心倾听学生，在家，我用力做饭，晚上与女儿一起学习；没有微信，在路上，做一个喜悦的人。

因此，我暂时没有微信，不能离你们很近。其实，这点距离恰好给自己一点留白的时间。

也许，不在微信中，我错过了好多美文、美图、美笑话、美瞬间，还有美语美言。只是，我愿意过这样沉静的淡生活，自己行走，自己工作，自己阅读，在自己的沉淀中把精神包裹成一朵郁金香，在某个季节开放。偶尔，泡个吧，煲个电话粥，发几条长长的短信短短的邮件，或者上网聊天购物，我便是在了你们身边。

微信，过于铺张，不宜我的节俭；过于流动，不宜我的沉潜；能见度太高，不够我低眉思浅。

微信，我不在现场。

一生仰望

2013－12－20　01：44

我想，上辈子我与你一定有过什么瓜葛，不然，那点冤缘怎会还续到今生？

只要你在，我必然与你遇见，即使你只是在我的天空一次华丽转身。

知道吗，这个冬季，最感动我的不是那场雪，恰是你——一轮婉月，我的前世情人。

傍晚，下班路上，抬头看见你，鹅黄地从冬日后面缓缓移出。我怔怔地看着，被一种完美的圆润和安宁、被一种博大的庄严和洁净惊呆了，恍如一生初见。

我追逐过春天的秀月，夏日的朗月，中秋新娘一样的满月，却是第一次见这样婉柔的冬月。那月光，仿佛昨晚的雪花曾经沐浴过，还沉浸在高洁清纯中，无比幸福，我看到了来自夜空的神性，还有你的注视。

本是一次晚归，却是我与你之间的又一次邂逅，我被邀请了。

午夜，站在阳台，一个人再次与你对目，多美啊，这冬日盈月：沉醉、虔诚、迷恋、笃信。你在明净的夜空全面绽放、焕然，仿佛只为我的仰望。这是我与你的对视时刻，以你为伴，在你的心灵将我放逐。然后你与我的心灵魂交融。

最神圣的仰望莫过于最贴近神性的心灵。在自然的天空，没有比你更能唤起我心底的神性了。只有站在深夜，对你的凝视愈深沉，你在我心里唤起的敬仰与赞叹就愈强烈。

我一直满怀欣喜地注视你。

于我，你不仅是一种视觉享受，更是精神濡染，在安详的你的目光注视中体味生命的原初感、清新感。骤然苏醒，尘嚣远去，自我的真实、精神的独立、灵魂的洁纯与诚恳——重归我心，洗涤情怀，心神荡漾，一直向冬日之尽头奔去……

渐渐地，我试着把仰望转为聆听，浸满进心。我听见世间最完美的韵律，最神圣的呼唤，最深沉的情怀，月底藏心，我浸润其中。

是不是每个人都会有位灵魂守护的神？我的神是不是你？

最是月的眼神才能深入参悟我的心灵啊！

在自然中，最平和、最富神性和柔情的莫过于你了，深心了动情啊！我想宣称：“你是我天空的神。”

第二天清晨起来，看见你还在我的窗俯视，“早安，我的神!”我与你对白。

后来上班的路上，看见你一直在我的前方，我开始一路追逐，一路奔跑，一直仰望。是的，这仿佛是你的诀别，与往日有点不一样，我必须一直望着你，不让困倦的视线从你身上移开，从狭窄而琐碎的生存槽沟里昂起，向上，向着你的高远，向着你的辽阔、澄明与洁净……

我必须目送你的远去，必须迎住点什么啊，不管行色多么匆忙。

终于，你隐去，留给我一种清洁、虔诚的生存精神，一种我与你目光交流时独有的精神，一生仰望啊!

归来时，你在心中。

听一池清澈的忧伤

2014－1－8　01：31

我不擅长听歌的忧伤，但这次不一样。

“Say something, I'm giving up on you.”当低沉的琴键响起的那一刻，当第一句词随着音乐缓缓走来，一种情绪被莫名地牵出：我仿佛走进了一个深沉的故事，一段被焐热的往事。“说点儿什么吧，不然我要放弃你了”，一句简单的独白，与音乐一起娓娓道来，如涓涓细流路过身旁。

这是 A Great Big World 演唱的英文歌 *Say Something*。一首几乎零宣传但是迅速攀升至 Billboard 和 iTunes 冠军榜的心灵之曲，由 Christina Aguilera 跨刀新人组合 A Great Big World 的首部作品。整首曲子由钢琴打节奏，用提琴的弦乐贯穿旋律，提供全曲的起伏。如清泉一般，没有一丝的炫技，却用全部的力量驾驭自己的歌声，有一种非常的青涩，有一种非常的空灵。这首歌，用了气声和胸音去非常完美地诠释歌词中“脆弱”与“无助”的主题。而歌词更具感染力。

“我收起自己的骄傲，我是真的很渺小”（And I will

swallow my pride. And I am feeling so small)，这是发自内心的告白，不呻吟，不呐喊，只是低低呢喃，从两端：歌者到听者，歌者不悲，听者不伤，只是慢慢堆积，渐渐涤荡。

“无论你到哪里，我愿一直跟随”（Anywhere，I would've followed you）这是承诺吗？不，是祈祷，不哀不怨，用一颗干净的心仿佛讲着别人的忧伤；不乞不求，只在自我疗伤。

“我会摔跤，会跌倒”（And I will stumble and fall）这是怎样的一路艰辛啊，却没有撕心裂肺的高亢，只是一直温润着彼此柔软的心房。

是不是恋一个人爱一首歌？

那么，我更愿意听一首静静的歌，听一池清澈的忧伤，不流淌；我的聆听，在水一方。

Say Something

说点什么吧

Say something，I'm giving up on you.

说点什么吧，我快要放弃你了 。

I'll be the one，if you want me to.

只要你说，我便去做。

Anywhere，I would've followed you.

任何地方，我都会追随你。

Say something，I'm giving up on you.

请说点什么吧，我真的快要放弃你了。

And I am feeling so small.

我感觉自己是如此的渺小。

It was over my head

你充斥着我的脑海

know nothing at all.

我却不知如何去做。

And I will stumble and fall.

我可能还会摔倒。

I'm still learning to love

我还在学着去爱

Just starting to crawl.

才开始迈出第一步。

Say something, I'm giving up on you.

能否说点什么吧，我快要放弃你了。

I'm sorry that I couldn't get to you.

我很抱歉，我无法给你你想要的一切。

Anywhere, I would've followed you.

任何地方，我都会追随你。

Say something, I'm giving up on you.

请说些什么，我真的快要放弃你了。

And I will swallow my pride.

我会收起自己的骄傲。

You're the one that I love

你是我唯一的爱人

And I'm saying goodbye.

可我却犹豫着是否独自离开。

Say something, I'm giving up on you.

请说点什么吧，我快要放弃你了。

And I'm sorry that I couldn't get to you.

而我很抱歉，我无法给你你想要的一切。

And anywhere, I would have followed you.

但是，不论何地，我愿追随着你。

Oh-oh-oh-oh say something, I'm giving up on you.

Oh—说点什么吧，我真的快要放弃你了。

Say something, I'm giving up on you.

说点什么吧，我快要放弃你了。

Say something...

请说点什么吧……

那时旧物

2014-8-18　12：16

近日在读董桥的《一纸平安》，沉浸在他饱含中国文化内涵的收藏和文字中，那些旧物旧事，信手拈来端丽温润，那些儒雅的人与情，像旧时北平伦敦的月色，飘着花影、飘着薄雾，静素可盛。那些老岁月，瞬间牵情重来。

我偏爱他的文字，也偏爱老的岁月。我虽没有董老满含深情的那些古玩收藏，却也收着一些旧物，留给老去的日子把玩。

地址簿和号码本就是其中旧物。

说它们旧是因为现代人基本不用了，它们的功能已经被电话和电脑完全取代了，女儿这一代新人对它们都陌生了。

我依旧保留着手里的地址簿和号码本，并且坚持让它们发挥余热。一是对电脑电话的不信任，这点不信任完全是源于自己在手机和电脑方面的愚笨（担心手机会丢失，电脑会崩溃），另外则是一种偏执，这点偏执是对那些老岁月旧事物的经营，越久越沉，哪里舍得丢弃？

我的第一本地址簿是在1986年建立的，也就是在随父母招聘到水城后，随着与家乡同学的通信不断频繁，于是有了属于自己的第一本浅蓝色地址簿。那时的地址簿是真的只有地址，联系人也只是几个高中同学；往后翻渐渐出现各个不同大学、中专的地址；再往后就是工作单位。这里还有1989年几个笔友徐文亮、刘昆庸、谈源泉，上面记录着我向谈姓朋友索要他在杂志《博览群书》上转让的《庄子集释》一书。至于我曾向文亮兄和昆庸兄索要转让的书名已没有记载。如今，那位谈姓朋友若不是借着这点浅蓝色的记忆，已是忘怀，而文亮兄和昆庸兄仍是挚交。

那本地址簿记录了我高中、大学到工作的一路历程。如今翻着，惊喜地发现其中的联系人退出的是少数，就算是退了，在我人生的地址簿上也曾留下过清晰的一行，幸运的是大多是陪伴我一生的挚友。

在地址簿的扉页上我有夹纸条的习惯，如今那些纸条也站出来讲起往事……

第一张是1992年4月27日的一张挂号收据，边上注明"福建《英诗金库》"字样，呵呵，这可是当年我把自己最珍爱的书借给笔友昆庸兄的铁证啊！与昆庸兄神交20多年，书是彼此都见过了，人却从未谋面。话说与笔友文亮兄也是神交20多年未谋面，恰在2012年2月底去英国前在北京见了他在地质大学读书的女儿楠芝，我们一见如故。

我的两位笔友啊，在我最好的年华没有与你们相见，此生便是不见了，留着旧时的容颜是最美。

第二张纸条写满了广西北海市不同的地址，有工商所、外贸局、华联公司等，那些都是1993年3月至5月我在北海“下海”时结识的一批有志青年，我们毅然决然地放弃“铁饭碗”，“下海”到商海寻找自我价值，在那段艰苦岁月里我们在陌生的城市认识，在那个充满泡沫的城市相互鼓励、支撑。不同的是，三个月后我又义无反顾地回来执教，他们坚持着。不知那批青年中的冉茂证、梁先平，你们如今怎样了？

第三张纸条正面是“桂林市滨江南路”，背面是“桂林园林建筑工程公司　王桂宣”。纸条上的这个人样子我有些模糊了，但是与他相关的事，我不忘。

还是1993年6月，我应母亲的召唤从北海回来继续教书。因为是决定离开北海了，所以回程我绕道桂林，以最后享受甲天下的桂林山水作别这次奇妙的“下海”经历。6月的桂林雨霖霖的，记忆中那雨夹着湿漉漉的桂花香（现在想来6月怎会飘桂香呢！）一大早我出了宾馆独自走在桂林街上，一边看地图，一边显得很茫然。这时一个男子从我身边走过，然后又回头看我。他犹豫了一下倒回来问：你需要帮助吗？我怯怯地说：我找不到去象鼻山的路。他说：这里离象鼻山还很远，要不我带你去。那时24岁的我，虽说也算闯了一回天下，下过一点海，但是对这个陌生男子的好意我还是不敢贸然接受。我弱弱地说：算了吧，谢谢你。他无奈地走了。过了一会儿，他回来：我还是送你去吧。你如果不放心，把你送到门口我就走。于是，我胆战心惊地跟着他，边走边聊，我还清晰地记得自己内心的担忧和恐惧，只好很坦白地告诉他听说桂林很乱，坏人很多，然后天真地昂头问他：你是不是坏人？会不会骗我？他淡淡地笑着说：不会。他果然把我送到公园门口就准备离开。我很感激地谢过他。临走他问：你明天去哪？我说：漓江。他接着问：你有相机吗？我摇摇头。接下来他说的话让我感动到现在：我借给你吧！下午 7 点你在刚才我们见面的地方等我，那里叫滨江路，我把相机给你（那个年代相机的意义远远不是今天的概念）。我直接被吓呆了！我说：怎么可以！你不怕我把你的相机拐跑？他说：你不是也没怕我把你拐跑吗？于是他蹲下在一纸上写下“桂林市滨江南路”。那天晚上 7 点我极为忐忑又满心怀疑地去了约会地点，他果然在那儿，拿着一部黑色的傻瓜相机，我们聊了一会儿，他把相机递给我说：明天晚上 8 点你从漓江回来后仍然回到这里把相机还我。我傻眼了，就这么简单？他说：就这么简单！然后转身走了。

故事的结局如上所述，在约定的地点我如期归还了相机。分手时，他第二次蹲下为我写下他的联系地址。后来我们通了一段时间的信。我的漓江行也因为这部相机、因为他一直成为一段佳话、一个传说，至今仍是最经典的片段。漓江山水我已经模糊了，但是关于他和他的相机传说我永远记得。

更重要的是，他对我的那种简单信任，可以说帮助我构建了在未来生活里我对人性中善的优先信任权，以及做人善与信任的优先执行权。

第二本地址簿与号码簿合在一起了，那时的电话号码只有5位数，多为单位或者家里座机。1997年第三本地址簿里有了Call机号，于是电话号码簿又从地址簿中分离出来。在1999年的地址簿里部分朋友最早有了手机号，2000年我的号码本彻底从地址簿中分离。

那些旧物，讲述着时代的变化：朋友之间的联系方式从信件到电话、Call机、手机，号码从最初的5位数到8位数；那些旧物，讲述着朋友们生活轨迹的变迁：有的换了城市，有的换了职业，有的毕业后变换了四五个单位，有的20多年了依然在同一家单位；那些旧物，承载了那些远去的青涩美好，让陈的更香，旧的更久。

因为有了那些地址簿和号码本，我保持着与我生活相关的所有联系，不忘却、不浸水、不被盗、不丢失、不更换。凭着那一纸地址，2012年在英国曼彻斯特市去找寻我在华师的外籍教师Ged，时隔整整二十年因为时过境迁，他已多次搬迁，虽然没有找到Ged，我也多了一份经历；因为有了地址簿上的坚持，今年7月14日在贵阳我与十三年前在吉林长白山认识的韩国朋友俞相台先生得以重逢。

以往，地址簿上始终不会出现自己的地址。如今，人们频繁使用的恰是自己的那一行，不为往来书信，只为邮购包裹送达。地址簿不用了，地址都在电脑里、手机上，写信也改叫发 e-mail 了，它更加随意了，简洁了，可以是只言片语，可以不称呼、不落款，还可以自动回复，更不用翘首期盼了。

那时，“一封信送到你手上时海棠正好开到一半，而不是键盘一敲，不到一秒钟它就飞进了你的电脑里”。那点“红笺小字，说尽平生意。鸿雁在云鱼在水，惆怅此情难寄”的吻纸捻笔的小情趣，再难寻。那些用力透纸背的想念写出的字句是深邃的情怀，不输唐诗宋词，读完翻过信纸那清脆的纸声是记忆里最细腻的问候，那些字字饱满、墨迹凸显性情的书信岁月如今和地址簿一样旧得寂寞，旧得荒寒，一门清芬啊！电脑时代的我们连这点情趣都将从此远离了。

而今，我也懒了，留了地址簿，荒疏了信笺，但是对它们，我依旧情深，它们必然一往，隅老相守。如果，再不这样护着，那点优雅的旧传统就真的垮了、散了、走丢了。

你若遇见青年时的我，也许不会爱上我

2014－12－6　00：22

那时，我留着直发并未及腰，我行走天涯其实并不自豪，我志存高远却内心卑渺，我处事踏实却不苟言笑，我提着满满的青春却不知与谁骄。

我的青春，一半明媚，一半青素。

我那时青春年少但不艳不娇，我有淡淡柔肠但不懂深情只是旧好，我有点诗情画意缺乏青山的写照。

那时，我的青春若与你擦肩，你一定不会知道。

你若遇见青年时的我，也许不会爱上我。

后记：一个朋友酒后曾经戏言：我若遇到青年时的你，一定会爱上你。

女儿看过文章第一反应是：那时我爹为什么会爱上你？

她爹看了答：让我再爱你一次。

我与“珍妮姑娘”的十个小时

2015－2－27　01：46

我想我这叫疯狂，与任性都无关了。

今天上午7：45醒来，原本是要去晨跑的，谁知拿起枕边的《珍妮姑娘》躺在床上一看竟是十个半小时，直至下午5：15，我未曾进一滴水、一粒米，在床上辗转把这本书一口气读完。这样疯狂，我都记不得最后一次是什么时候了，大概在上个世纪吧。

《珍妮姑娘》是我从父亲那里为女儿借的假期读物，因为女儿更愿意读自己买的书，于是我就拿来自己重读，放在枕边两个多星期只陆陆续续读了不到50页，今天，我用十个半小时，与珍妮姑娘一起度过了她悲戚、传奇的一生，让我躲在被子里为她流泪，为她惋惜。

珍妮是位美丽的姑娘，那是一种天生丽质的美与勤劳特质魅力的完美结合，让人一见不能忘。在她18岁那年，因为家境贫困她与母亲一起在旅馆谋到一份为人洗衣的差事，在那儿她认识了50岁的参议员白兰德，在白兰德的帮助下，珍妮的家庭逐渐渡过难关。然而不久，她哥哥因为贴补家用偷煤而被捕需要钱赎人，白兰德慷慨解囊，出于感激，单纯、善良的珍妮委身于他，白兰德也誓言他日会回来娶珍妮为妻。然而，半年后白兰德不幸在异地因病去世，珍妮不得不独自生下一个私生女。

珍妮的行为在当时是为社会所不齿的。受到道德的谴责，一家人只得远离家乡，去克利夫兰谋求生活，父亲则因为女儿的事，感觉受到羞辱，与女儿决裂与家庭分离。为了生活，在克利夫兰，珍妮找到了一份家庭侍女的工作，结识了主人的朋友雷斯脱，雷斯脱为珍妮的美貌所吸引，对她一见倾心。而此时珍妮父亲的手因烫伤被迫辞掉工作回家休养，全家再次陷入生活绝境。这次珍妮再次向命运屈服，一半为了当时连自己都还模糊的爱情，一半为了解救家庭的困境，珍妮与雷斯脱私奔。在与雷斯脱同居的七八年里，雷斯脱的确在经济上极大地帮助了珍妮的大家庭，但是这段恋情遭到雷斯脱的家庭及社会的强烈反对，雷斯脱迟迟不能与珍妮结婚，却也割舍不下珍妮姑娘的千般柔情、万般善解人意。最后在哥哥的逼迫下，雷斯脱为了巨额遗产，为了回归原来的社会地位和奢靡生活，只得抛弃珍妮，与基拉特夫人结婚。珍妮含着屈辱、悲痛，孤独地生活直至最终在雷斯脱死前向她忏悔、向她倾诉内心的真情，珍妮终于用她的善良、真诚、柔韧包容了雷斯脱，最后雷斯脱在珍妮的怀里安然死去。

我是真的把美国现实主义小说家德莱塞的这本代表作的内容忘干净了，当时读这本书的年龄大概与女儿现在差不多，是读初中，但我也是那时读的《简·爱》，至今我几乎可以把整个内容完整说出来，对珍妮却完全没有印象了。因此，今天的阅读是与珍妮姑娘重新走过一遍她的人生历程。

今天，重读珍妮姑娘的经历，我想我更理性，更多以女人、母亲，特别是以一个女儿的母亲的身份和角度来解读她和她的悲剧人生。身为女人，她具备了美丽、善良、单纯、真诚、勤劳的品质，但同时因为窘困的生活所迫，她同时也是软弱、依赖、逆来顺受的，在生活及爱情的双重压力之下，她也练就了坚韧、忍耐、牺牲的个性。对生活强加给她的压力她没有逃避；对命运硬塞给她的私生女她没有哀怨；对雷斯脱的抛弃她没有遗恨。在经历这些，以及先后失去母亲、父亲、女儿、爱人的痛，她成熟起来、完整起来，也坚韧起来。

但是，身为一个女儿的母亲，我惋惜珍妮的错，而且一错再错。我不知自己这样坚持女子的贞与洁，在这个时代是否有些不合时宜，但是我一直坚信我们是受传统教育的一代，把女孩子的自爱、自重、自立看得相当重，甚至与生命齐重。过去我的妈妈这样教育我，现在我也这样教育女儿。

珍妮，你一生把自己的喜怒哀乐、爱情生活完全建立在雷斯脱的身上，你那温良隐忍的性格以及坎坷的人生经历与无奈悲切的感情世界让我由衷地慨叹与深深地忧伤。我可以慰藉的是，你从来没有怨过，从来没有恨过，也从来没有放弃过。

你让我想起简·爱。

简·爱也生活在社会底层，受尽磨难，过了10年备受歧视和虐待的生活。她出身卑微，相貌平凡，但她并不以此自卑。她蔑视权贵的骄横，嘲笑他们的愚笨，显示出自立自强的人格和美好的理想。她是一个性格坚强、朴实、刚柔并济、独立自主、积极进取，最后有了自己所向往的美好生活的女性。她善于思考、敢于摆脱一切旧习俗和偏见，敢于争取扎根在相互理解、相互尊重的基础之上的深挚爱情，她有顽强的生命力，从不向命运低头，敢于反抗，敢于争取自由和平等地位，有倔强的性格和勇于追求平等幸福的精神。

简·爱人生追求有两个基本旋律：富有激情、幻想、反抗和坚持不懈的精神；对人间自由幸福的渴望和对更高精神境界的追求。一个有尊严和寻求平等、一个看似柔弱而内心极具刚强韧性的简·爱。我的青春，更多受了这样的影响。而事实证明，简·爱给后来的我的确带来了深远的影响：那种自立、自爱和内心的强大。

珍妮，我没有责备你的意思，我也同情你的遭遇和不得已，但是，我更倾向简·爱与命运和爱情的抗争。我这样说，你不会生气吧？

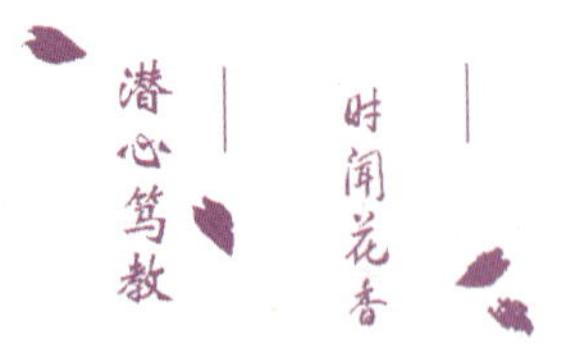

我这样疯狂地与你度过了十个钟头，你也疯狂固执地把自己一生的爱献给了雷斯脱。

我们都无怨。

四月绿(April Green)

2015-5-6 23:31

四月，慢慢漾绿，你你转身。

四月，是春的深渊色。没有三月花开的绫缎，没有五月入夏的娇情，不长皱纹，却镂刻山水，远近含秀，连天气、雨水都荡着这四月绿，绿语藏心。

四月，雨亦绿。雨是四月的底色，绿是画卷。如果不雨，四月便是少了一点柔情，它不是心碎的悲哀，也不是泪流到满面，它是四月蕊香，着意闻时不肯香，香在绿深处。

我偏爱四月，偏爱这四月绿，还偏爱四月的雨意，它浸润了感受的细碎，雕琢四月，四月如玉。

四月又短又深，每个人心中都有一个四月。四月绿，不曾旧到春末，也不必开在夏初，她是春天含在嘴里的一枚樱桃。

雨落墨，四月绿，一滴煙春尽。

(本文题目“四月绿”来自英国雷丁大学李大国老师的诗歌《四月绿》“*April Green*”，斗胆借用深感荣幸且谢。)

2014，我静静地做这样一个女子

2015－1－11　21：57

这年，我
做一个静静的女子，
陪着父母，
聊聊工作生活和他们熟悉的过去，
有时在电话里，
听着他们的声音，
父母在这头，岁月在那头，
我挽着他们慢一点，再慢一点老去。

这年，我
做一个静静的女子，
呵护成长，
做几个不咸不淡的饭菜，
等女儿放学进门脱口的那句：
妈妈，好饿！
晚上，同桌与她学习，

我学而不厌。

这年，我
做一个静静的女子，
躲在丈夫的怀里，
开心地哭任性地闹，
然后，
为他洗衣拖地，
与他一路言笑。

这年，我
做一个静静的女子，
和学生在一起，
培养一种兴趣，
坚持一项运动，
打开一扇心灵，
我乐而不倦。

这年，我
做一个静静的女子，
在友那里，
说着现在过去，
却留着未来，

抑或，什么也不说，
只在一颦一笑一转身的，
相知。

这年，我
做一个静静的女子，
偶尔，
一个人读书，
一个人写作，
一个人逛街，
一个人画山画水画眉毛，
抖搂凡尘落下的那点烟火气，
留一点空间，独自转身。

这年，我
静静地做我这样的一个女子。

拍于 2014 年秋

只因看了你一眼

2015－5－15　00：24

——应朋友蔡发明老师之邀，为他的摄影作品配文。

只因看了你一眼
在暮色的深渊，
凝成无字的花言，
没有剧本，
不必排练。

只因看了你一眼，
心里顿时激起一串
春天，
半景清幽，
半卷珠帘。
身若无所瞻恋，
心则如你素简。

那时候，谈一场纸质的恋爱

2015－7－12　09：13

那时候，
若是想念了，
便端坐窗前，
用钢笔、信笺，
写一封信。

那笔是有胆的笔，
那墨是流淌的墨。
想念，
是寄往玫瑰园的
地址。

那落在纸上的字啊，
是一生的锤炼，
有棱有角、有魂灵。

那字字句句，
是清拔的思路，
有形的情怀，
绵密、雅正。

一个句号一声心，
间隔一个刹那。

那时候，
说一句“我爱你”，
要花费
八分钱的邮票，
一角钱的信封，
翻越千山万水的等待，
加盖风霜雨雪的邮戳。

展开信时，
那三个字，
有质地、有分量，
有价值、有沧桑。

那时候，

掂着一封信，
是经过许多人传递的
有温度的，
力透纸背的
想念。

或许，只是
一片叶，
一瓣花，
一朵云，
一束馨香。
四季零墨，
纤尘晒暖。

那时候的信，
读一遍是尝，
读二遍是品，
再读是回味，
放进抽屉里是沉香，
锁得住。

那时候的信，

写着，写着，
爱恋堆积成
一扎、一摞、一箱，
有笔力，有墨香，
是心头的一杯陈酿。

那时候，
青青子衿，
悠悠我心，
纵我不往，
子宁不嗣音？

那时候的你，
有没有静静地，
谈过这样一场
纸质的恋爱？

岁月清香

2016－2－18

我爱拍照是爱得有点名气的。

春节期间，我在百盛附近一个餐馆门口拍到这样一幅图片，让我一直感怀：一对老年夫妇吃完饭后，在桌边相对而坐，看着各自的手机，老爷爷正用手滑动手机屏幕阅读网上文章；老奶奶也看得投入，这个景象让人驻足。

在所有关于玩手机的画面中，这一幕让我最感深切。这张照片感动我的是他们这样的年纪保持着与时代平步而行，分享着网络给生活带来的乐趣。他们穿着并不艳丽，却流露出一种内在的时尚。这让我对这对老人心生敬仰。

关于老年生活的画面，微信里有着各种版本，其中备受推崇的要数这幅 80 岁奶奶们的街拍。

还有这些年过六旬大妈们的旅拍。

诚然，她们都让我眼睛闪了一下，也让我对未来老年的生活多了一点憧憬。与他们相比，这对夫妇的画面真的不够亮艳，却很温情。

对我而言，也许那些艳丽的镜头更适合街头的走秀，或者添点旅拍的镜头感。

这让我想起我的外婆。

外婆一年四季都有穿白衬衣，准确地说是往右边开的白色布扣大襟衣。而且外婆的白衬衣一直坚持自己手洗，后来自己洗不动时由舅舅或者表哥表姐代劳手洗，衣服洗旧了但是一直白。夏天，外婆发髻上或者胸前习惯戴着一小串茉莉花，淡淡香。在 2001 年还没有微信，没有那些关于阅读的呼吁和关于读书的美文，90 多岁的外婆依然看《七侠五义》《红楼梦》，读《老年报》。外婆最爱《红楼梦》，不知道她读过多少遍，只知道里面很多章节外婆几乎都可以背诵。

外婆因心含慈爱、腹有诗书、性藏古代女子的闺范，把那布扣大襟衣的简单白穿得唯美，把那串小茉莉戴得秀逸。

当我老了，我想我更愿意像我的外婆那样，目阅诗书，耕己心田；我也愿意像外婆那样，穿得优雅、精致、稳贴，略微含香。不必衣红裤绿，哪怕是黑是白，也可以透着岁月的清性和年龄的亲切，步履也许蹒跚，却也柔婉，不可拖沓也不必疏野。

当我老了，更愿意像照片里的这对老人，与时代同步，与科技同行，乐学善学，情致常新，这才是不老新概念，而不是硬与年龄逆向生长。

当我老了，与其刻意粉饰，不如持守虚静，不夸大快乐，也不渲染悲伤；不模仿青年，也不悲悯老年；充实地活着，优雅地老去。

老子曰："致虚极，守静笃"；"不自现、不自是、不自伐、不自矜"（不彰显，不自以为是，不自夸，不自满），我愿意老时是这样致虚守静。我愿意那时将岁月推至一种空明的状态，从漏处入手，修心养性，品行善美，格高调古，清心静意，在内心滋养一点清气，让青年的人从身边过时回头，因为我相信他们看到了一种岁月清香，明月轻风，自感清凉。

人生各阶段皆有各自的气味：幼年乳气，童年稚气，青年朝气，中年韵味，老年清香。那点清香是岁月赋予的气味，清浅香绵长，不输经年。

生命乐生，老时乐老。唯愿彼时，岁月宽弛，身心清雅、目光慈暖，不语拾笑，触手留香。

守住寂寞城

2016－1－26

我不是一个多愁的女子。但是我在心里守着一座城。

我个子不高，体魄不硕，但是我的心里有这样一座城：城里有一条河、一只船、一间房、一扇窗、一盏灯、一张桌、一把椅、一支笔、一个本，还要有一大壁书，至于这一大壁是多少，我想就像《来自星星的你》中都教授家里的那一整壁就好。

如果可以，再添杯咖啡吧！不加糖，加寂寞，慢慢搅，慢慢融，慢慢饮。

城里时而月明时而雨。

寂寞时，我不哭不闹不烦躁，只是一个人或者撑船："撑一支长蒿向青草更青处漫溯"；或者点灯："灭烛怜光满，披衣觉露滋"；或者读书："不薄今人爱古人，清词丽句必为邻"；或者推窗："薄薄窗油清似镜。两面疏帘，四壁文书静，夜来题破窗花影"；或者落笔："谁将妙笔。写就素缣三百匹。天下应无。次是钱塘江上图"；或者咖啡："人专注于自己的内心的时候是一种奇妙的美，这种美就像咖啡的味道，让人陶醉”……

寂寞时，你不用来探望我。一旦进城，我会紧锁大门，把鼎沸的世界和你都拒之门外，我是这里的唯一人，寂时游水，寞时归书，涧水清冷，我自取静，来去无阻隔无滞凝，动静寒温，闻风而悦；抑或安心一处坐，取一边舍一边，有一段本来事，有一分今时想，除娇漫垢，去情念尘，思四十年人间事，以心用心，心自成境，唯己自知。

浅浅地，书中有暖；依依地，山月临窗。

在这里，水滞墨染，船过处，漾起宋词元曲的娇韵，我自独看；雨过时，屋檐垂头静静淌泪，这时轮到我心碎。

在这里，我把那些个寂寞装订成册，翻开那册页有墨色寂寞簌簌而落，那册页也以暗淡低温的样子有了私自的气息，待千年之后遇见念人把玩，也感慨，也落泪，也在纸墨之间看到悲喜、流水和光阴碎片，沉醉。

在我寂寞的时候，请不要来探望我。我的寂寞城里没有你。

因为，最好最私密的时候就应该这样小众这样小资。

寂寞城里自贵、自沉、自守，唯能如此，心且有个休歇处。

寂寞城里，吾自寂寞，兀自香。

第四篇

绿鸾归令

（英伦访记）

遇见春天

2012－3－2　07：44

在雷丁醒来的第一个清晨是4：00。

一直不能再入睡。躺在床上等，等天亮时是6：00。趴在窗台上，看见花园，花园里的草是绿的，那种翠绿，很滋润，也很春天。

花园前面的树光着丫，是草在绿。

出门上学时，抬头在花园的桃树上看见花苞，而且在准备开花，粉的红，零星开了七八朵，甚是春天。我惊笑着对与我同住一户人家的黄敏大叫：桃花开了！其实我表达的是“我遇见春天了”。这是我在伦敦遇见的第一枝春。

低头再看花园里，还有紫色花、白色花，含露饱满。

我俩上学的路程并不长，步行10分钟足矣。我一路走一路望，路边的花都在初放。其中一树粉色从街边的墙内探出头来，淡淡粉，不张扬；单瓣花，不艳丽；朵朵开，不羞涩。

雷丁的春天在一路开放。

雷丁大学里，那些绿绿的草坪只是春天的底色，随处开着红的、黄的、白的花，朵朵走进我的眼，我几乎每遇见一朵就用我的笑问候一朵。

因为这一路的春天，一路的惊喜，我不再想手机电脑不工作的烦恼，淡去了房东 Ayser 的慢热。春天来了，一切都会好的。

一路遇见春天，这足以让我一路美好，一路言笑。

Isabelle 印象

2012 - 3 - 4　06：59

Isabelle 是我们在雷丁大学的老师。她高个子，较瘦，中长的直发黄中带灰，前额头发轻轻束在后面，很女人。Isabelle 肤色略微有些黑，她是法国人，但没有西方人的那种白皙。她笑的时候笑容很深。这是开班典礼上见到 Isabelle 的第一印象。

第二天上午 9：30 上课，我 9 点到教室，Isabelle 已经到了，并且在教室里把桌椅全部重新摆放过，与昨天完全不同，分成五组，位子都稍微有些错开，多余的桌椅在教室周围围成半圆。就在我们准备帮忙时，她拒绝地说“不，谢谢。这是我的工作。”（No，thank，This is my job.）这让我为之一惊。只好站在那里思忖：“这么多桌椅，她一个人弄了多久啊？”待到摆完之后，她笑着告诉我们“请不要挪动椅子的位子”，这一点她说得很坚决。

上课了，Isabelle 要求同学们都把手机调成振动或者关机，她收起深深的笑容再次强调，“这很重要”。（This is very important.）后来，她又停下，要求所有同学把所有的电脑关闭，然后笑着说："我知道你们喜欢玩QQ。"（I know you like QQ.）

上课期间，一个同学弯下腰在地板上的书包里翻找东西，Isabelle停下来，等到那位同学的动作停止，她继续上课。

课堂上，Isabelle突然停下来说"Daniu，请你把座位往前一点好吗?"我们都很诧异地看着她，不能理解她对座位的苛求。她接着解释：因为我要保证我能清楚地看见你们每一个人，而且保证每一个人坐得舒服，这很重要，她强调说。我这才明白她的用意。

课堂上，她几乎可以叫出三分之一同学的姓名，而这仅仅是她的第一堂课。在开班典礼那天，她发给我们每人一张调查表，上面有你的中英文姓名、你所教学的年级、教材版本及你对课程的期望。仅仅通过她昨天的调查与同学们之间的接触，她就做到了：记住我们的名字。然而，我们同学从北京机场集合至今，仍然互相叫不出名字来。

从进教室那一刻到此时，我体会着Isabelle的那份严谨。这样的严谨，分布在每一个细节，肃然起敬啊!

Isabelle的课让我们很投入。

课堂上，她要求我们用最快的速度找到贴在教室窗户上我们各自省份的地图，然后站在地图前，我很诧异，不知道她什么时候把我们八个不同省份的地图分别贴在窗户上的。然后给每个组成员照了一张照片。再给每个组一张纸，要求我们小组讨论纸上的内容：你们省的名称、位置、省会、以什么出名、你们组（或者你们省）人民的特点，并且每组都有代表分别展示介绍。这让我们彼此很快记住了本省同学的名字，以及大体知道同学的来路。而此时，Isabelle 不仅得到更多更深关于我们的信息，还让她记住了另外三分之一同学的姓名。

我一直以为，那就是她这样做的目的。直到这堂课结束前，她再次呈现本堂课的教学目标时，我才恍然大悟，这就是课堂环节中的 Filler。这是课堂技巧，也是教学中必不可少的环节之一。而她的设计就在一个"巧"字。巧字的背后，不但有细致、用心、严谨，还有她语言、动作、语气的轻松和幽默。尤其是她说"我没有钱。因为我的钱是丈夫管着，儿子花着。"（I don't have any money. Because my husband keeps it and my son spends it.）（这是同学们谈到担心在英国不安全，担心钱被盗时，她建议同学们身上不要带太多现金时说的。）

这幽默，是英国人的淡幽默，与她的严谨相得益彰，温而不火，严而不厉。

Isabelle 吸引着我们。

这节课里，我在不断地感受着她的教学理念，或者说是一种职业境界吧！我想，这更是她带给我的收获和感动。

课堂上，同学们习惯这样说“在中国，我们……”，或者“在我们××省，我们……”，每次Isabelle都会严肃且直接地指正“不，这只是你个人的观点，你个人的经验”。

课堂上Isabelle让我们观察一幅彩图，然后谈论你所看见的。从图片本身来看，大多数同学看到一只蝴蝶，也有人看见鱼。在交换观点时，一个同学站起来怯怯地说“我看见一棵树”。全班哗然，一下子议论开来。这时Isabelle很严肃地制止我们的议论，Isabelle说“学会尊重别人的观点，这很重要。尊重每个人的经验，这就是一种成功（Value everyone's experience，then it is a success.）。在这里没有对错，我知道，你们在这里的每一位都是当地优秀的英语教师，但是如果你们试着分享别人的观点和经验时，这就是成功和收获。当你懂得尊重别人的观点和经验时，这不仅是一种分享，同时也是打开自己的一种全新视野。因为，教室里，每个孩子都很重要（Everyone is important in the classroom）”。于是她很认真地请那位同学到前面来教会大家怎样才可以看见一棵树。

我看见了，并且深刻地记住了那棵树，那棵如果不是同学的指点和Isabelle的提醒，我永远看不见的树。

一节课过来，我渐渐感受到她为什么始终这样强调，这也是我们欠缺的一种尊重，不仅是人格意义上的尊重，对别人的观点、经验更需要尊重。这是身为老师的我们在课堂上最常犯、又不以为然的错。课堂上，我们最常给学生的是答案，而忽略了尊重学生各种不同的观点，忽略了让学生学会尊重彼此不同的观点。

更重要的是，尊重学生的观点，在这种看似简单却崇高的尊重里，我们打开了自己的另一只眼。

下课后，大家忙着放松自己，一如在教室里我们的学生那样，这时我注意到 Isabelle 并没有离开，她在擦黑板，收拾讲台前的笔、黑板擦、电脑，直到所有物品完全摆放好，她确认一遍才用她深深的笑与我们道别。

身为老师，20 多年来，我从未这样做。

Isabelle 给我的冲击，不仅是专业知识、教学技巧上的，是她的教学理念和职业风范，于我，更是观念和理念的更新与提升，从某种程度上而言，这样的体验来得更为深刻，因为，她始终就是用自己的行为一点点践行。

学习，除了知识上的补充和更新外，我要做的恰是思维和观念的提炼，从 Isabelle 那里我在学习，学习找到一种新的教育的另一个视角，让教育真正成就孩子们的未来，教育就是学生的未来（Education is the students' future.）。

我不能确定，Isabelle 印象可不可以说是英国印象：严谨、淡幽默、深刻。

冲击与颠覆

2012－3－10　05：46

对于学习英语多年的我们来说，对文化差异自认为是了解的、思想上也是有准备的。但是身临其境时，一切变得如此陌生，用“冲击”与“颠覆”两个词形容是有过之而无不及啊！

从飞机在伦敦机场落地的那一刻，我们感受最深的就是这四个字“文化差异”。在这种差异下，我们一如幼儿园的孩子，从头学起，以空杯的心。

书本上，我们知道在英国车子是靠左行驶，英语课上我们也是这样告诉学生的。可是当我们坐上接机的巴士，发现司机坐在我们的右边，一下子没有反应过来，那种惊讶就像幼儿园的孩子发现新玩具，大家忍不住议论开了。车子在奔跑，我们一边欣赏街边纯西式的低矮建筑，一边看汽车从我们右边路过。

仅这一点，我花了好长时间才适应。

一天，我和黄敏走在街上，我非常惊讶地问她：你看，那个车里没有人车灯怎么是打开的呀？她大笑着说：司机在的嘛。我强调着说：没有啊！黄敏又说：你看看驾驶室右边。司机果然在，我哑然失笑。后来我自嘲地说：我只是差点儿没问你："哇噻，车里没人，汽车怎么在跑啊！"

到雷丁大学，我们上的第一堂课就是文化差异与礼节学习，从衣食住行每个细节开始，与幼儿园的小朋友刚入园没有两样。

在房东家（Host Family）里，进门要脱鞋（因为他们家里都是地毯）。

在厨房里，炒菜时油不要太热；当煤气开着时人不能离开；用完厨房后要清洁干净；使用厨房的时间不要太长。

"厨房是英国一个家庭主妇的骄傲，而不仅是个做饭的场所。"这话让我在房东 Ayser 家感受颇深。她的厨房非常明亮整洁，在厨房的四周及吊柜顶全部摆放着鲜花，更让我欣喜的是那些花都开着，与窗外的青草地相得益彰。八九种大小、形状各不相同的锅骄傲地悬挂在厨房顶，在透进来的阳光照耀下闪着光，整个厨房洋溢着春天和阳光。我看见了一个家庭主妇值得骄傲的厨房。这是差异更是震撼。

卫生间使用时不要把手纸扔在垃圾桶里，而要直接扔进马桶冲掉；浴缸使用时记住一定要把浴帘拉好，避免水溅到地上，把身子擦干后再出浴缸，因为他们浴室的地上铺着地毯。用完后要及时擦干浴缸四周及墙面并把里面所有的肥皂和头发清理干净。

在卫生间里，看不见盆，看不见刷牙用的口杯，看不见洗脸用的毛巾，只有浴巾。

在英国任何室内都是禁止吸烟的。

尽量尝试房东家给你提供的食物（早餐），如果你不去尝被视为不礼貌。如果早餐的面包、吐司快吃完了要告知房东。

衣服通常由房东家统一洗，不过他们会一直等到洗衣机桶里的衣服满了以后才会洗（通常一周一次，超出一次必须由主人同意），他们的习惯是所有东西放在一起洗，包括内衣、袜子、抹布，有时甚至不分颜色。这让我们有点担心。

如果自己洗衣，必须用干毛巾将衣服拧干，然后晾在指定地点，不能让衣服滴着水晾出去。

在英国，红绿灯路口有一个按钮，如果你想过马路而前方显示的是红灯，这时你可以按下旁边的按钮，绿灯就会亮起，车辆停下让行人先过。过马路时先看右边。

不要带太多现金。英国人很少带太多现金，如果身上有50—100 英镑就是很多的。

这些让我们从细节来感受文化差异的冲击。

更让人难以想象的是：我们从备受学生仰慕的老师一夜之间就成了一个无知的学龄前儿童，我们的一举一动几乎都要征得房东的同意。就连简单的生活事务都是老师手把手教。

怎样倒时差，怎样买电话卡、怎样打电话、发短信，怎样购物，怎样过马路，怎样买车票，怎样乘地铁（地铁里站在哪里坐在哪里），怎样写明信片，怎样上网，怎样登录学校网站，怎样写邮件，怎样使用学校的微波炉热饭，怎样喝水，怎样上洗手间，怎样识地图，怎样问路，怎样在迷路的情形下回到家里，怎样与房东相处，怎样与房东聊天……其中很多内容完全是老师亲自领着完成的：如第一次去市中心购物、第一次乘地铁，这些都是老师带着全班33人排着队去的，完全是幼儿园的老师带着一帮孩子出游，唯恐走丢一个。

在英语课上，我们告诉学生在请求别人帮助时说：打扰一下，先生/女士（Excuse me，Sir/Madam）。但是，在雷丁，我们的一节叫“文化工厂”（Culture Workshop）的模拟课堂上，老师向我们展示正确的做法是：打扰一下（Excuse me）。后面不用先生/女士（Sir/Madam）。否则会让人感觉你是在路边兜售物品，甚至会尽快离开你，老师特别强调这点。这与我们平日里教学生的完全相悖。而且，很惭愧地说，我上周一个人去伦敦时就一路用的 Excuse me，Sir/Madam. 这让自己多少还是有些尴尬。

原来，我们经历的不仅仅是文化差异带来的冲击，更是一种颠覆，颠覆自己原有的生活经验，这种颠覆来势凶猛。

简单地说，我们就是把自己清零，重新输入程序，这让我们有些手足无措。

但是，这就是学习，一种体验式学习，不仅文化的学习，更是一种参与，一种从头到脚全方位的参与。这样的学习也许比学习语言本身来得深刻和难忘。哪怕迷路都是一次宝贵的经历。在这里，老师对迷路的同学给予这样的评价：祝贺你（Congratulations）！

因为，在这里的老师看来：唯有在你犯了错之后，你的学习才是不忘的。

同样，学生不也如此吗？在他犯错的时候能得到一个正确的引导甚至是鼓励，这恰是他的成长啊！或许，在未来的教学中，我会试着不恼怒学生犯错，不再如临大敌。或者说，在学生的错误面前，我可以从容地对待和引导，这对我很重要。

就这点而言，于我就是颠覆。

我的这个星期天

2012－3－26　08：22

明天去 Chiltern School 实习。我的课程是给英国学生教中国毛笔字和我校环保介绍。

为了这次教学实习，我们的老师 Isabelle 已经把我们的教案、课件反复磋商、修改、打磨、演示。尽管这样，我还是想利用这个星期天到教室把课独自预习上几遍，把课上得更有把握些。因为，毕竟是不同的文化背景，不同的语言、不同的学生，语言要精练、表达要准确、意思还要明了。无论从哪个角度来看，我的心里都有忐忑。

因为星期五就与 NCLL 主任李大国老师联系好的，大国老师答应今天专门到学校来给我开教室门。上午 9 点与大国老师通了电话。我 10 点到学校。

我到教室门口时，大国老师已经在那儿等候。他把钥匙塞进门内，就在拉开门的瞬间教室警报铃响了，顿时整个校园的警报系统喧然大作，我被吓呆了，大国老师还算镇定，但是也有惊讶。于是在那刺耳的警报声中大国老师拨通了学校工作人员的电话，我们只有等着。就在这会儿，伦敦路（London Road）上的警车也在呼啸而过，这加剧了我的紧张，没有人知道我此刻的心情。大国老师看出来了，不断安慰我。

工作人员来了，大国老师给他解释了事情的原委，他很客气，并为我们消除警报，把教室门弄好，以便一会儿我可以出得去。待他走后，大国老师担心我在教室里不方便上洗手间（因为整个校园的系统在周末全部关闭），于是建议我去他办公室倒杯水，顺便先上洗手间。因为腼腆，我没好意思去他办公室的洗手间，于是我就顺手打开平时我们热饭的厨房（Kitchen）的门，准备到办公室后面的洗手间去。天啊！就在我拉开门的一瞬间警报再次响起，同时响彻整个校园。那一刻，紧张、懊悔、愧疚一起涌来，让我几乎崩溃。

大国老师也被第二次响起的警报惊着了，但是他没有一点埋怨，他用善意的微笑安慰我，同时再次拨通那个工作人员的电话。七八分钟后，当他再次赶到时，我知道他是生气的，他客气地这样问我："这里有洗手间，你为什么不用？"我像一个做错事的小学生，只会说"I'm very sorry"。仍是大国老师耐心地给他解释："因为平时她们都是去那里上的。"

待那个工作人员离开后，大国老师把我安顿好、交代我怎么锁门，并告诉我今天校园里会有一个活动。此刻我唯一可以说的只有"非常感谢您。"（Thank you very much.）以表达对大国老师的感谢，在我看来，这个词远远不能表达我自己。因为，这个感谢已经不仅仅是耽误他周末的休息时间专程驱车从家赶来给我开门，这个感谢包含了对他的和蔼、周到、宽容、理解、善意、敬意……这些让我感觉好温暖，因为他，我的那些错误、尴尬、歉意才可以释怀。

在教室，我还是用了几分钟让自己平静下来。不过，很快我又进入角色，开始一边讲课、一边修改教案。在教书法的过程中，我对握笔姿势不太有把握，这时我拨通父亲电话，电话那头父亲告诉我“首先身体坐直，握笔时掌心要空，如握着一个鸡蛋，拇指、食指和中指在上，其余两个手指在下”，我把电话夹在耳边，一边照着父亲说的做，一边用中文记下要点，放下电话再译成英文。然后再重新一个人站在教室前面讲一遍。

上环保课也是一样，边上边修改。突然来了思路，不如把这个月来我在雷丁（Reading）拍的各种各样分类垃圾箱的照片做成一张幻灯片作为课的导入，给学生一个他们熟悉却可能被忽视的细节，“这是我到英国来观察到的你们在环保上所做的，今天我也给你们介绍在中国和我们学校所发生的”。

这个开场白让我自己着实喜欢了一阵子。

时间在我不断修改、演示的缝隙中走过，待我停下时已经是1：30。因为下午的那个活动2：00开始，整个校园都要涉及，我必须马上吃午饭。于是我把早上自带的午餐拿到教室外面吃（因为教室密封很好，担心会留下午饭的味道不便于下午的活动），站在教室外，享受着春日暖暖的太阳和整个校园里只有我的安静，真好！

我把午餐吃完、整理东西准备离开时，进来一个老师模样的英国女子，她很诧异我在这里。我给她解释我的出现，她说她在准备下午的活动，来确认每栋楼是否正常运转。听到这里，我很腼腆地问她，我是否可以参加？她很友好而高兴地同意了，并给我一个绿色的图标贴在我的裙子上，上面写有“雷丁大学”（Univercity of Reading）作为入场券，同时还给我一张小纸条，上面写着“一杯饮料加一块蛋糕”（Beverage plus piece of cake），我开心地谢了她。后来我才知道，这张纸条值 3 英镑多。可是直到这时我都不知道今天下午到底是什么活动，我以为是上周诗人的那种讲座或者类似的什么。

我戴着那个绿色的标志，在校园里一路受到接待，直到把我引入接待大厅，这栋楼我们每天路过，却从来没有进来，也没有人知道里面的典雅。进了大厅我傻眼了，来宾都是些上了年纪的英国人，看上去儒雅、气质不凡，很多雷丁大学的管理人员在负责介绍、接待。从规模、气氛、来宾看，今天该是一个非常隆重的招待会。我是里面最年轻的，也是最扎眼的，因为从外表看，我是唯一的老外。他们都很客气、温和、友好地同我问候，这让我多少可以放松一点。

我慢慢看了手里的资料才知道，这是“London Road Campus Heritage Trail”，是雷丁大学（伦敦路校区）遗迹展示会。但来的是什么人，我始终不得而知。

我和来宾一样登记了有解说的参观。3：00 时雷丁大学的一个高管把我们这个团（100 多个来宾分别编成不同的团，大概每团 20 多人，由专人讲解）交给雷丁大学不知该称呼老师还是校长的人，他个子不高，微胖，里面穿浅蓝色衬衣，深蓝色领带上有明显的雷丁大学贝壳、玫瑰花校徽，外面披着很正式场合才可以见到的红袍，来宾中很多人都认识他，他也亲切地与他们开着玩笑，据说他在雷丁大学工作了 35 年。根据他的德高望重和服装，还有刚来时有一节课的印象，我在心里猜测，他是不是传说中我们雷丁大学的名誉校长啊？

说实话，这个校园我们待了整整一个月，这里的一草一木熟悉得不能再熟悉了。上次去了主校区参观后，我们每个人的心里多少是有遗憾的，因为没能在主校区就读。这个遗憾只是没有说出罢了。

当这个校长模样的人带着来宾和我把我熟悉的校园走过一遍，我的惊讶、震撼和感动是我到英国以来最具冲击力的，这些震撼和感动远远比我在伦敦的来得深刻，因为这些都是发生在我身边，因为无知而熟视无睹的，用“有眼不识泰山”形容都不为过啊！

我们每天上学进校的那个大门建于 1905 年，旁边有一个不起眼的长方形黑色标识，那是当时的邮箱，上面还清晰地标着“雷丁大学”（University College Reading），我见过，却从来没有多想，更不知道它的历史和意义。

大门旁的一个红色旧楼“Green bank”，建于 1818 年，是位当时伦敦路上的零售商建的，1863 年由雷丁大学的创始人 George W. Palmer 买下。我每天都从它身边过，只看见它的古旧，却不知它的厚重。

那个钟楼，我几乎抬头就可以看见，却不知道它从 1924 年就在那里守候了。那是因为纪念在 Great War 中死去的人们以及在“二战”中倒下的人。我的无知面对这样的纪念显得多么冷漠啊！

就是那个花园，不足十米的花园，有个黑色的小门，它叫“友谊之门”（The Friendship Gate），它旁边的一行字让我不能忘怀“War memorials look back in sadness. These gates look forward in hope.（战争让人回想起悲伤，这些门让人看见希望）”，这些细节都是我每天擦肩而过的啊！

图书馆建于 1923 年，由 George W. Palmer's 家族捐赠，地下还有一层，NCLL（The National Centre for Language and Literacy）中心里最新出版的图书有 1800 册。每天中午在教室吃完午饭后我坐在那里读书，却一无所知。

最让我震撼和惊喜的是 The Great Hall。这是自从我到雷丁大学以来从这个校区找到主校区都没有找到的雷丁大学标志性建筑：那个圆形塔尖楼。可是，它一直就在我的教室后面，我的错过是多么可笑啊！

走进 The Great Hall，震撼我的全部。（待续）

雷丁大学（伦敦路校区）遗迹展示会

雷丁大学教室（2012 年 3 月 26 日）

一件小事

2012－3－30　08：55

这只是一件小事，却打动了我们。

那天上午张琛同学一个人走在去雷丁大学的上学路上。突然听到后面有警报声，这时，她发现身边的汽车在朝着人行道上开，她被吓到了，赶紧往里闪。同时，她发现后面那辆车也在以同样的架势开上来，再看街对面的车也在往人行道上爬，前轮斜跨在人行道上，停下。整个街道上的车辆自然为中间留出一个通道。

张琛非常诧异，回头看见后面的车辆也是这个姿势：自然朝街道两旁闪开，前轮斜跨在人行道上，整整齐齐地停下，留出中间的通道，这时，后面的救护车从街道中间呼啸而过。奇怪的是，所有车辆几乎在瞬间又恢复原样，如潮水般走了。整个过程不到两分钟，却如此完美、有序。

那个场景如此壮观、感人。她惊呆了。

张琛不是一个敏感的女孩，但是这个瞬间她捕捉到了。当她走到教室用平实的语言与我们分享时，我和黄敏都被打动了，如临其境，眼里几乎有泪涌出的冲动，至少心有哽咽。

中午吃饭时，我和黄敏强烈要求张琛再给我们叙述这件小事，我们内心被触动的感觉没变，那份哽咽也还在。

在这里，它真的只是一件小事，小得如同他们嘴边随时说着的“谢谢”“对不起”一样。

可是，这件小事让我们肃然起敬，为他们对生命的尊重、那份责任感、那么默契，难以忘怀。

泪

（女儿的诗）

孙冀泽

2012－4－3　07：23

窗外，有着你的身影，若隐若现
校园的走廊飘着你的头发香味
我，寻找着属于你的身影
只见太阳照在我身上，暖洋洋的，
似乎告诉我你躲到云朵里了
我在云朵里找你的身影，
幻想着你的发香，可你，却迟迟没有出现。
我站在走廊，仰望这云朵，淡雅，纯洁
忽然，一阵风把我带到云朵上了
看到你了！看到你了！
看着你梳理着伦敦的春叶，温柔抚摸着
我走近你，靠近你，闻着蕴含春天香味的头发
闭上眼睛，清静，安宁

眼泪轻轻地从眼角流出
晶莹剔透
我把眼泪种在云朵里，守着它发芽
这时，你已经随风而去，离我渐渐遥远
我用手抓，想抓住你，
可调皮的风已把你带到伦敦的天空
我默默地许愿，要把眼泪种成树
也让风带我去伦敦的天空
等我！等我！！
（这年女儿小学五年级。）

走过来的感动

2012 -4 -4　15：20

下午上完两节课，我们全部被召回教室。

当我们嘻嘻哈哈回到教室发现我们的五个老师都在，即使这样，我们也没有意识到什么。一会儿，五个老师整整齐齐、正襟危坐在教室前，每人手里拿着几张纸，神情严肃。

待大家坐定后，李大国老师主持会议：

“昨天下午我们收到大家对一个月来各科教学的评价。我们认真看了，今天下午专门召集大家，听取你们的意见和反馈，以便改进今后的教学和管理”。听完这话，教室里顿时安静到极致。

一个月以来，第一次看到他们这样严肃，像等待考核的学生。这让我回想起昨天填表的那一幕。

昨天下午上完课已是5点多，课表上显示还有一个“评价”（Assessment）。大家非常担心的是期中考试。后来才弄明白是对一个月以来老师工作的评价。4人一组在网上以无记名方式完成。

既然不是考试，同学们一下子放松了很多，一边填表，一边商量一会儿到市中心（Town Centre）去买什么，哪家店怎样买最合算……还有人不停地催促“快点，随便填完走人，一会儿关门了”。也许是因为这样的评价在以前做得太多，不过是走个形式罢了。

虽然我们给出的评价都是诚恳而真切的，但是是在匆匆和嘻哈的状态下完成的。

但是，与今天5个老师的态度相比，我们一下子安静了、惭愧了、感动了。

原来老师们手里的纸就是打印好的我们对各科的评价，并且分别由每个老师做出相应的答复。

听完老师们缜密的答复和解释，同学们沉默了。

一个月以来，每节课的内容、每个活动、每个细节设计精心，理论上深入浅出，实践中操作性强，内容上涉及面广。无论是知识性、趣味性，内容上、形式上、态度上完全可以用“无可挑剔”概括。

教室里静极了，老师们在等待我们的批评或者建议……

最后，黄敏（Nancy）说话了：“其实今天我们是被感动了。这个评价是昨天下午做的，没想到在24小时内你们就给予答复，而且是以这么严肃、认真、正式的方式。不是我们没有建议，而是你们的工作确实做得相当完美，你们做的已经远远超出我们期望的。我们是提不出建议啊！”

顿时，教室里响起热烈的掌声。

黄敏说的正是我们想的，完整、准确地表达了我们对 Isabelle、David、Ted、Alison、Li Daguo 的崇敬与感激。

一个月不长，可是我们收获的感动很多。

未见康桥

2012－4－5　06：27

康桥，
这样叫你，
你不陌生吧。
那是徐志摩对你的昵称，
也是我从小背诵着的你的名字。

今天，
我撑着旧时的天气，
旧时心情，
旧时那轻轻的脚印，
踏寻旧时你的背影。

康桥啊，
印象里，
你隐忍了厚重的历史与功绩，

披着薄薄的离情别绪，
还有最浪漫的挥之不去的
那片云。

轻轻地，我来了，
不惊醒你的旧梦，
不拭去你鬓角的露滴，
只想，
轻轻吹开你嘴角的一抹微笑，
与你相遇。

康桥，
浅浅唤着你的乳名，
我想，
你是不是我正在走近的
那个温婉、静好的女子。

蓝色大海的味道

（女儿诗之二）

孙冀泽

2012－4－11　05：55

蓝色大海的味道，是甜的
蓝色大海的味道，是纯净的
蓝色大海的味道，是浪漫的
而我喜欢浪漫的味道
因为蓝色大海的太阳，耀眼，温馨
还藏着红色的希望味道
因为蓝色大海的月亮
散发着令人陶醉的味道
还微微带着思念的味道
坐在蓝色大海的面前
我变得安静，沉思
面朝大海，
我不知喜欢樱花，

还是，喜欢大海
坐在夜晚的沙滩上，
吹过来的微风给了我答案
在蓝色的大海上，种下樱花
这样，就好了。

写给 Ayser

2012 - 4 - 14　09：28

Ayser，离开你家刚好一个月了。那天是 3 月 14 日。

还清晰记得，在英国的第一个夜晚是在你家度过的。

那晚，我们带着新奇、激动、疲惫、时差等各种情绪到达雷丁大学。经过简单的欢迎仪式和晚餐后，你和所有房东一样来接我们，不同的是你那辆黑色越野车，与你矮小的个子有些失调，另一个不一样就是我们之间没有拥抱。

车子很快就在家门口停下了。后来我和黄敏（Nancy）才知道，在全班 34 人中，我俩上学的路最短，这让好多同学羡慕啊！

进门后，你做的第一件事是从口袋里掏出一枚硬币，要我和黄敏各自选择一面，你说两个卧室不一样大，扔硬币来决定谁住大房间。我告诉你，不用扔，让黄敏住大房间。你坚持说这样公平。结果与我的推让一样，我住小房间。这是我第一次这样严肃地扔硬币来做最后决定。

接下来，你带我们从楼下到楼上走了一遍：一楼是客厅、厨房；二楼是我们三人的卧室和卫生间。

我的第一个清晨醒在4：00。

准确地说，这个清晨是被窗外的鸟唤醒的，细听那两三只鸟鸣，清脆婉转。我不能继续入睡，一直听它们唱到6：00。

我轻轻从床上下来，趴在窗台上看：窗下是花园，走出花园有一条马路，马路对面有一栋三层尖顶花园房，红色砖墙，白的窗和窗帘，色彩鲜明清新，屋顶两个烟囱上各自站着一只鸟。我看得不过瘾，干脆打开窗拍照。

下午放学回来，我和黄敏在做饭，你进来对我说："Shirley，你早上起得很早吗？"我答："6点起的。"你说你是个睡眠很轻的人，让我动作轻一些。我想起早上自己开窗、拍照的情景，想必是惊了你的睡眠。我真诚地向你道歉。

第二个早晨，我仍然4点多醒来，想来这就是传说中的倒时差吧！这次我没有下床，只是撩开白色的纱窗，趴着看雷丁的清晨如何从晨曦中醒来。

当我和黄敏做晚餐时，你过来第二次要求我上午动作轻些，还是吵到你的睡眠了，我只好再次表示抱歉。

但是，这次我开始仔细研究你的地板，发现地板是木制的，无论我踩哪一块都会发出响声，尽管从我的床到对面墙只有一步之隔，但是灯的开关在门边，我必须把脚踮在地板上才够得着，即使我脱掉拖鞋也无济于事。我只好在屋里尝试踩在哪一个点上响声最小。最糟糕的是，你的卧室在我和黄敏之间，每天早上我洗脸刷牙必须经过你的门，而且过道上没有一块地板踩上可以不响。每天早上我只好走着“Z”字形，以减小振动。

这些细节可能你全然不知，只是，我以为这样可以有些改善。

然而，第三次，你又向我抱怨，我一样只能表示抱歉。而此刻你说：你认为道歉有用吗？我告诉你：Ayser，我认为我已经尽力了。

这下我的动作几乎到了底线：为了不影响你的睡眠，每晚我只好在你之前上床，并把灯关上，以免在你睡觉后我为关灯踩动地板。为此，我只好每天 10 点上床，然后借助手机的光写作读书。

我想，我的困难你是没有理解的；正如你的睡眠我是无能为力的一样。

我和黄敏特别喜欢你的厨房：宽敞明亮，整个厨房被各种花草包围着，我还是第一次见到厨房里可以种这么多植物，更让我兴奋的是那些花草都在相继开放。每天上午早餐时间就是阳光洒进来的时候，照在屋顶上挂着的精致的锅上，反射着光芒，早餐里都有阳光和花开的味道啊！

可是，第三天，你拿着其中一口锅对着我俩叫道：“Ladies，你们把我的锅怎么了？”我和黄敏面面相觑，你指着锅底的剐痕厉声问道：“你们是不是用叉子在锅底这样来回划啊？”我们坚决地否认了。你伤心地说：你们肯定用什么划的。我俩实在找不出原因只好解释说我们用筷子炒菜的。你肯定地说：你们的筷子有问题！

从此，我们在厨房由享受变成小心翼翼。好像这样也无济于事，接下来几次你都在不同的餐具上找出剐痕质问我们。

最后没有办法，黄敏问你：你说我们用哪一口锅合适？你说：哪一口都可以。这让我们的厨房生活由小心变为紧张。

记得那天我把手机电池充着电上学去了。等我换电池时发现没有充上电。我没有多想，接着又充。这次放学回家我发现房间里插座的电源被断了。你过来问：Shirley，你那是什么啊？我说：手机充电。你恼怒地说：人不在家时不可以开着插座电源，这样很危险。后来，我的充电都在晚上完成，尽管这远远不能满足手机、相机、电脑同时使用。

Ayser，其实这些我都看作文化差异。在这里的一切于我都是学习，包括你不让我和黄敏开窗户、不把熟食放在冰箱以外的地方，甚至你不让我俩做鱼吃。

我还深刻记得，那一次我和黄敏在厨房炒鱼肉，你匆匆进来大喊：Ladies，你们在做什么？太可怕了！并同时打开窗户，然后拿着一个硬纸板在厨房里使劲扇，完了还拿出空气清新剂四处喷洒，如临大敌。而此刻，我俩做的鱼还在锅里，都来不及盖上。

第二天我们上学时在门边读到你的留言：Ladies，请以后不要在家做鱼。我们只好扔掉了余下的半袋鱼。

其实，最让我苦恼的不是这些，是我无法无线上网。每天晚饭后8：00—9：00，我只能把电脑放在腿上，用自己带来的有线插口坐在楼梯口上网。你上下楼时，你我都有明显的不便。那一个小时于我可以说得上宝贵啊！

一个多星期，我几乎是疯狂地找人修我的Wi-Fi：我丈夫及丈夫的计算机朋友多次为我在国内远程安装程序，我把雷丁大学计算机老师都找到了，你也试着帮我，都是徒劳。直到有一天你对我说：Shirley，等我有时间我请人来给你把网线接到你房间，不过你要付钱。我问：大概多少钱？你说10英镑左右，我同意了，也很感激你想到了这一层。

两周的相处，我们都在彼此适应，也是彼此学习。偶尔我们也邀你共进晚餐，或者教你做中国菜。你也在每个星期天给我们做一顿西餐，尽管第一次我独自去了伦敦没吃上。

我想，你大概也是个慢热的人，我相信我可以和你处得愉悦。而我的每一天都被我眼里看到的充得满满的，没有去多想让我和黄敏紧张的那些细节，偶尔，我俩也会相互鼓励、支撑、解嘲。

我坚信，我们相处的日子会越来越好的。直到那天上午。

在我们临上学前，你在门边拦住我们：你们以后可不可以7：45再起床（我每天7点起）？我算过了，你们俩用一个小时洗漱、吃早餐足够了。我坚决地答：不行！因为是两个人，洗漱、吃早餐时间不够，而且我要到教室看书。你说：你们可以一个人洗一个先下去吃，然后再交换。我没有同意，你还要坚持，黄敏解围说：那就7：30吧。我只好说：那就试试吧。这样我们才得以出来上学。

可是，那时，我的眼里是有泪的，我这次是真的气愤了，也是忍下去了。

恰好那天Viv给我们上一节文化课，那也是我们在这里三个月Viv给我们上的唯一一节课。在她讲完后让同学们提问，大家都问了很多关于中英文化差异的问题，最后我想起早上的那一幕，于是我问了Viv一个我终生不忘的问题：Is it a little early for a person to get up at 7：00 o'clock in the morning in the UK？（在英国，早上7：00起床是不是有点早）Viv回答说不算啊，我每天早上就是7：00起，我从家到学校只需要5分钟。

Viv说完我没有再说什么，只是说了“Thank you.”这时Viv可能感觉到点什么，就进一步追问：你为什么问这样的问题？

我赶紧把头低下，因为我的泪水已经夺眶而出，我抽泣得一个字都不能说，只是摇头，Viv（后来我才知道，Viv是我们学院的院长）过来轻轻搂着我，我的情绪把全班都吓着了。

下课后，同学们都来安慰我，这时负责我们项目的主任Daria Radwan 和 Carole 找到我。在办公室，她们问我在 Host family 家发生了什么，我再次控制不住地哭了，除了摇头仍然说不出一个字，Daria 把我紧紧搂在怀里。后来，她们又找来黄敏，黄敏简单把上午的事描述了。待我平静些后我告诉 Daria：我没事的，我自己会处理好的，再给我一个星期，请你们相信我好吗？因为我知道在这里我自己的行为代表的不只是个人，我也不想给学校添麻烦，更不想因此伤害你。我想我是可以与你处好的。

这时 Daria 的话让我很感动：这不是你的错，Shirley，我们今天就给你们换房东。我们希望你们在这里的每一个记忆都是美好难忘的。我们不希望给你留下任何一点不好的回忆。因为你们在英国的经历对我们也很重要。

我和黄敏也深知，你失业在家，离异独居。再说，三个同龄女人同住一屋，必有一伤啊！而且，我知道，一旦换了房东，你以后可能再没机会得到这个项目的资格，毕竟这是一大笔钱啊！更重要的是，我不愿这样伤害你。无论我怎么请求，Daria 坚持一定要换，而且是马上换。Daria 让我和黄敏回去就收拾好东西，明天下午放学学校派出租车去接我们。

这并不是我的初衷，Ayser。

刚好，那天晚上你去雷丁大学学函授课程，9：30 才回来，在你回来前，我们把行李全部收拾妥当。我们如往常一样问候你、道晚安才睡去。

你是在第二天上午我们上学去才发现的。我能想象你的气愤、恼怒、委屈、伤害，这些都不是我的初衷啊！你也给 Daria 说了你的苦楚：我们用热水不够节约，你也在将就我们的啊！

下午去拿行李，与你告别。

你如约在家等我们，进门可以看出你的眼里包含了很多内容。我们彼此什么都没有说，把行李拿出来，临走我向你伸出双手，你警觉地往后退，拒绝了我的友好。最后我只轻轻说了一句：We will miss you.（我们会想你的）

这话，Ayser，你永远不会信吧。可是，我和黄敏是真的常想起你，想起你的厨房、你的花园，还有你每晚都在温书、学习。每每路过你门口，甚至是那条路，我们都要相视一笑，不约而同想起你、想起你教我们的那些英语（虽然你是土耳其人，但是英语讲得很地道）、想起你帮我网上查阅去伯明翰的火车时刻、想起每天早上我趴在窗台上看窗外慢慢走过来的春天、想起这条上学的路，它依然是雷丁最美的一条路之一，而且它就一直是我和黄敏的雷丁第一印象。

我们甚至都没有来得及与你照过一张照片，尽管，我把你家的花园、厨房照得淋漓尽致。

Ayser，无论你今后会不会想起我和黄敏，在我留英的经历中始终有你，我的内心始终没有怨过你，却在最后伤了你。这样的伤害，对于不善言辞、不善交流的你，将怎样排遣啊？我的担心发自内心。

这一段经历，我从未向家人朋友提起，在离开你以后的日子也不再提起。

今天提笔，不是怨你，确实是因为想起你。我们的想念，你永远都不知道的。

Ayser 家的厨房

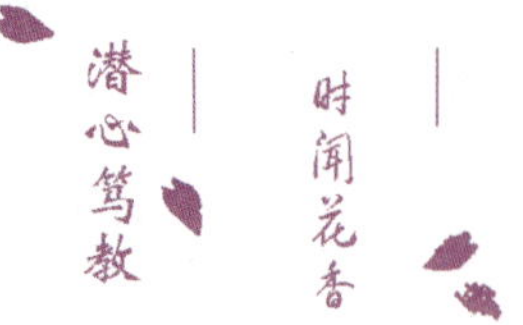

生活在雷丁

2012－4－22　10：08

雷丁，又称里丁市，但是我更愿意叫它“Reading”，用低沉、厚重的BBC英语。

雷丁位于泰晤士河流域的中心，在伦敦以西40公里处，从这里乘火车可以到达所有英国拥有铁路的城市，乘最快的列车到伦敦只需要22分钟，是伯克郡府所在地和英国乡村环境最美的城市，我们在这里只要花10.8英镑买四人小组往返票就可以在伦敦任意乘坐火车、地铁、公交，这样的便利雷丁人才可以得到。同时，雷丁还是一座经济发达、社会稳定、历史悠久的城市。这里住着大约30万人口。

早上，在温暖的阳光中醒来，打开窗帘，从三楼看窗外的春天，细数柳条新发的嫩芽。然后穿上牛仔裤、运动鞋，开始在泰晤士河畔或者Palmer Park慢跑。

在雷丁，晨练的人不多。但是，一天几乎24小时、无论刮风下雨，你都可以看见街上、河边跑步的人，对他们而言，跑步不仅是锻炼，更是身心的放松，不可或缺。所以，他们可以选择任何一段自己喜欢的时间跑步。这个理念，于我很新鲜。

只是，我还是很中国范儿地选择早上跑。

7：30 回家，洗漱完毕到一楼厨房，打开收音机听 BBC4，这与我在国内的习惯保持一致，不同的是在这里可以听到 BBC4。然后一边在微波炉里热 Porridge（牛奶麦片），同时把两片吐司面包放入烤箱加热一分半钟。

吐司烤好了，坐在长长的餐桌旁，在吐司上抹我在这里最喜欢的洋葱酱，夹两片火腿。温热、酥脆的吐司吃在嘴里，有洋葱的味道，偶尔喝一口 Porridge，听纯正的英式英语，早餐吃得舒华。

8：50，拎着昨晚就备好的午餐，走在上学路上。

两旁红砖白窗的房，每栋有 2—3 层，塔式小楼都有烟囱。每栋楼前、屋后有花园，各家开的花不同，同样是春天：白的玉兰、红的茶、粉的樱，黄的我叫不上名……

走出 Hamilton Road，在街上，若是听到身后有脚步声，这时我稍稍往里侧一步，身后的路人从身边过去，留下一声轻柔的“Thank you”，我也应一声“Thank you”，无论认识或不认识都是这样擦肩而过，同时交换浅浅的微笑，只在彼此听到的音量。

生活在雷丁，这个细节一定要看得见。而且，一定要懂这份小快乐。这个细节，让我一直喜欢。

每每过马路，尤其是没有交通灯的路口，但凡你站在路口，过往的车辆便主动停下，看见车里的司机用右手示意你先过，并报以微笑等你走了才开车离开，同时，我也举着右手向他挥手致谢，外加一个微笑。这在雷丁是习惯，也是快乐。我过一次马路，心存一份感激。

只是，我常常找错司机所在的方向。

在雷丁，读着雷丁大学，这让我们心中充满骄傲。学校有本科生 7000 余名，研究生 5000 余名，其中 2000 名是来自 17 个国家的海外学生，学科涉及人文、社会科学、法律、纯科学和应用科学、工程、食品科学、测量、教育等专业，是一所综合大学。但凡有人问道："你来英国旅游吗?"我说："在雷丁大学读书。"这时对方就会传递出羡慕的目光，足以让我自豪。

校园里，无论课上课下，老师的声音都低柔，轻稳。这让我有意无意都在学着降低自己说话的音量，像一个雷丁人一样，说话低柔、微笑。

其实，在这里，不仅是在校园，就是在火车、酒吧、超市，任何一个公共场所，都听不到大的说话声。甚至，在公共场合，只要两人之间的距离隔得近些（没有相互接触），就会听到弱弱的"Sorry"，我也答"Sorry"。在英国，人们很忌讳身体之间挨得太近，否则彼此都会为此道歉。

在雷丁，每个屋子都有暖气，所以门都是关着的。可是，无论走在哪里，只要有人在前面，他就一定会把门支着，直到我通过为止，无论那个人是男女老少、职位高低，这个动作我一直感受，也一直学习。我学会无论进门出门，为我身后的下一位保持着开门的动作，直到他通过。

若是放学早些，同学就约着到市中心（Town Centre）。我们最常去的是 Sainsbury 和 Oracle。Oracle 是个购物中心，雷丁虽然不大，但是购物环境蛮好，服装、雅诗兰黛、Clark 鞋，都可以在这里完成。Sainsbury 是超市，我们的生活在这里演绎。

若是不去 Town Centre，偶尔就去泰晤士河畔，那一片草地，一张长椅，一次日落，一群天鹅，就是一幅雷丁晚照。河畔偶尔会有几张供人小憩的长椅，在这些长椅上，每张椅子靠背上都有一首诗，或是华兹华斯（Wordsworth）的，或是纪念为救人溺水身亡的人士：

Riverside Life-saving Project
In Memory Of David V. Maraj
07 -02 -1969/07 -05 -2008
Tragically Drowned Trying to help
I Said a Prayer For you Today
I said a prayer for you today
And know God must have heard

I felt the answer in my heart
Although he spoke no word!
I didn't ask for wealth or fame
(I know you wouldn't mind)
I asked him to send treasures
of a far more lasting kind!
I asked that he be near you
At the start of each new day
To grand you health and blessings
And friends to share your way!
I ask for happiness for you
In all things great and small.
But it was for his loving care.
I prayed the most of all!

很喜欢他们这样纪念一个人，不用那些浮华、轰轰烈烈的表达，这样静静的就好。

晚上回家，经过路边的房屋，两旁的灯都亮了，在白的窗里，清晰地看见客厅里的人和物：黄水仙、水粉画、高高的书架，那样柔和、透亮，可以明明白白看见男女主人轻坐那里，或者读书，或者看电视。如18世纪的一幅油画。

在雷丁，这样生活了近两个月：过雷丁人的生活，做雷丁人所做。

生活在雷丁，日子就像雷丁悠长的历史，静静流淌，若不细细品味，就看不见它的安详、静谧和深邃。

泰晤士河景（2012 年 3 月 28 日）

布莱顿的欣喜

2012-5-6　08：18

布莱顿（Brighton）是英国南部的一个海滨城市，英吉利海峡从这里穿过。据说也是最具活力的海边度假胜地。我在这里用力地体验了一把它的活力。

上午11：30来到布莱顿的皇家行宫（Royal Palivion）：乔治四世行宫，又称东方情调，它是哥德式建筑，有印度风格、中国清朝装饰，是英格兰最放纵、最颓废的建筑。

站在行宫前，黄敏在给我照相，每每这时，我就负责摆pose，她就负责不停地按快门，我不停，她就不止。我俩的配合堪称完美。因为太专心，没有发现身边有什么变化。当我回头发现一个高大的黑人小伙紧紧地站在我身边，我吓得尖叫，双手捂住嘴，他见状也学我将双手举起，做惊恐状。我一下又被他的举止逗乐了。

就在我还没有完全从惊恐中恢复过来时，他突然一把将我高高举起，如同举个孩子。我被他疯狂的行为逗得一边惊、一边叫、一边笑，旁边所有照着相的或者路过的都被这一幕感染了。过了几秒他才将我放下。

我以为他是和我一样的游人，在他与我握手告别时，我才注意到原来他是这里的工作人员。

聪明的黄敏还和最初一样，不停地按下快门，把这一切全部记录下来。

这一段快乐确实不在计划中，所以别样。也只有在异国才邂逅。

在布莱顿，这样的经历也许不必讶异；若是伦敦，那是断断没有的。伦敦展示给我们的是英国人的绅士范儿，浅浅笑、深深礼，严谨中透着温和。

布莱顿真是不一样，透着海洋奔腾的气息。

可是，这才是布莱顿给我的一半惊喜。

下午，我独自站在布莱顿著名的小巷 Lanes 等购物的同学刘天素。她久久不来，我等得发呆。这时，一个矍铄的白发英国老人走到我面前，他穿着白色毛衣开衫，满头银发，笑着对我说："You are the most beautiful lady in the Lanes today.（你是今天 Lanes 最美的女子）"，我被他的话说开心了，赶紧答道"Thank you very much."接着，他又说"如果你嫁给我，我会一周照顾你 7 天（If you married me，I would take care of you 7 days a week.）"这话尤其让我吃惊，我的整个面部表情全被他的话调动起来了。我还从来没有听到过这样的赞扬，或者，用这样的语言来赞美一个女士。我笑着说

“您这么说我真高兴（I am very glad to hear it.）”。

我看见他友好地笑着，很真诚，甚至有些天真。这时他俯下身，伸出手将我轻轻搂过，在我的左脸颊轻轻地吻了一下，和蔼地笑笑，还说了句“祝你玩得开心（Enjoy your time）”，然后走了。

这样的感觉，除了“奇妙”，我说不出别的。

因为，整个过程没有一点被冒犯的感觉，而是他的坦率、不加任何掩饰的表达，这与英国人的风范很是相悖。一个银发、有教养的老人这样说，远比一个年轻人来得坦诚、来得幽默、来得天真、来得无邪。

看着他走远的背影，我还站在街边，快乐着。不是因为被夸了，完全不是。是作为一个老人，他的天真与可爱之处，还有，他的那种表达方式。

在同一个城市、同一天，同时发生两件事，这让 Brighton 在我这里成为一个不可思议的城市，我在这里经历、感受的，在英国的别处没有。这样的经历，远远比乔治四世奢华、堂皇的宫殿来得深刻、难忘。

走出“文化差异”

2012－6－3　03：38

从英国回来已经几天，一直猫在家里不肯出门。不见家人、不见朋友，甚至连“六一”儿童节也没有陪女儿外出。

我给自己的借口是：倒时差。倒完时差，接着又找另一个理由：倒文化差异。这个文化差异怎么倒，其实我的心里没有底。

“文化差异”原本是形容当你刚到一个完全不一样的环境，其间，对所有的事物缺乏方向，不知在这个新环境里什么事该做，又该如何做，且不知道是否适当，这种文化差异须慢慢地适应，通常会有几个星期的不适感。

于我而言，这个“文化差异”是指因为几个月的离开，在这期间已经融入了英国的生活和环境，回来后用一种对比或者批判的眼光重新审视自己曾经生活了几十年的环境，从中感觉自己不能或者是不愿意主动回到原位，无论是语言、饮食、起居、生活方式等。

理论上讲，回到家里，这是件再好不过的事。所以，在这里讲“文化差异”，其实只是一种固执，一种怀念，一种不舍。因为那些快乐时光的突然消逝，几乎不留痕迹，恍然如梦啊！

我独自躲在家里听 *Loch Lomond*《罗蒙湖》（在雷丁，老师 Alison 给我们分享的一首苏格兰民歌），听 *Green Sleeves*《绿袖子》（亨利八世写给他的妻子 Anne Boley 的一首情歌）；独自翻看自己的那些照片；还让女儿买来吐司，一个人在家烤面包做早餐；默默读着从海伊小镇买来的书；当英国朋友打来电话时，电话这头的我再也控制不住，眼泪随着声音一起出来。

在群里，同学们也有相同遭遇：有些给丈夫讲，才说五句话，丈夫连打了三个哈欠；有的与同事分享，讲了三句就被打断；有的想把照片 Show 一下，却无人愿看；有的看着自己在那里写的日记流泪。那天深夜，在群里，我们一起听着 *Loch Lomond*，一起流泪：因为想念，想念那里的生活和学习，哪怕是考试都让人想念；想念在一起的相处；想念老师，想念 Isabelle；想念只有我们自己才懂的那些细节，哪怕只是一句 Excuse me 或者 Sorry。

因为这些，我们对眼前的一些小事变得计较起来，这些小事以前不曾困扰过，而现在却让自己生气，甚至易怒。由此，要么变得沉默，要么变得悲伤，一种内心的忧伤。

于是，我几乎害怕出门，害怕面对朋友、同事，不知该与他们怎么说，说多了也许没人愿听，说少了或者他们不理解，不说更不对劲。我，一直犹豫。

就这样，除了家人，我没有告诉任何人我的归期，宅在家里，内心忧伤，而且渐渐浓烈。

昨晚10点，父亲突然打来电话，问我调整得怎样，我轻描淡写地说：还好啦。父亲很认真地说：我知道你很难过，也很矛盾，不知怎样来面对现在的生活、面对朋友、同事。其实，很简单，把自己放低，再低一点，你不过就是出去旅游一趟回来，像以前你的任何一次旅游。对于自己的经历，不要主动过多地谈论，如遇确实感兴趣的，可以多讲几句，更多东西放在以后慢慢说。现在不要急于与人分享你的所有。这样处理可能比较得体一些，也不会让朋友、同事反感……

听完父亲这番话，我的内心骤然间明朗起来，心里的那块石头落地了，内心所有的结在瞬间都解开了，尤其是父亲说：你不过是出去旅游一趟回来。那些重重的忧郁我都释然了，轻松了，放下了。

知我莫若父啊！父亲准确把握了我所有的思想动态，而且给我足够的时间反思、整理，就在我快到极限时，他在恰当的时候出现，一针见血，戳中要害，更重要的是，我从中找到了出口。

通完电话已是晚上10：15，我换上运动衣，叫上女儿和我一起跑步去。这是我此行舶来的一种放松方式，跑步不仅仅是锻炼，更是一种生活方式，你可以选择在任何一个你喜欢的时段进行。这一点，我做了。

水城的夜刚被雨洗过，清新也还安静，行人很少，我和女儿跑在街上，我的内心充满愉悦、松弛。我想，我的“文化差异”到此结束。明天我就出门，去面对所有该来的生活以及工作。

跑在钟山大街上，我给父亲打了电话：爸爸，我现在和冀泽在街上跑步。我听见父亲在那头欣慰的笑声。

一双运动鞋

2012－6－23　02：59

Alison 是我在雷丁后来的房东。

Alison 一米六几的个头，金黄短发，笑容特别甜，是典型的英国人。她有 6 个孩子，四个男孩，两个女孩。其中两个工作，两个上大学，还有男孩 Phill、女孩 Esther 在雷丁分别上小学和高中。

在 Alison 家住了一段时间，她有一个习惯给我的印象较深。

一天，我看见厨房里有一个洗净的空冰激凌塑料盒。我想要来做香皂盒。于是我向 Alison 说明用意，要这个盒子，她爽快答应了。

这时，她打开灶台下的一个柜子，说：这里有很多盒子，如果你需要的话，可以自己拿。我往里一看，天啊，几百个不同形状、大小各异的塑料盒，有冰激凌盒、饮料盒、食物盒……全部根据大小、形状分别整整齐齐叠放在一起，盒子与盖子分别码好。这些盒子，我们一天就要扔掉好几个。

她认真地收拾好每一个空盒。这让我很诧异。Alison 的持家给我印象深刻。

一次，Alison 的小儿子 Phill 在为第二天学校的足球赛做准备。我看见他在地上摊了一堆球鞋，独自坐在凳子上一双一双地试，我看得纳闷，认真数了一下，足足有 7 双。于是我好奇地问 Alison：Phill 怎么有这么多鞋？Alison 笑了，她说：这些全是他三个哥哥的旧鞋，因为鞋码不同，他在试哪一双更合适。

我恍然大悟。

Alison 对孩子的教育远远不只是节俭，而是在这过程中享受一种亲情，体会一种快乐。我油然而生敬佩。

过了几天，Phill 的那几双鞋一直还在我脑海里。它使我想起自己每天跑步时穿的那双玫红色坡跟鞋，作为运动，它是不合格的，倘若不小心，摔跤是一定的。若是买一双仅穿两个月又不准备带回国，是很浪费的。

于是，我灵机一动，问 Alison：Phill 或 Esther 有没有不穿的旧鞋？我想借一双早上跑步。Alison 一边笑，一边说：你等会儿。几分钟后，她手里拿着一双雪白的运动鞋从楼上下来，和善地说：这是以前住在这里的一个韩国学生留下的，鞋码太小，我们都不能穿，你试试看是否合适。

我接过鞋，洗得洁净，鞋面是白色，有绿线装饰。不过，在鞋帮处裂开一个大口子。我试了，很合脚，简直就是我的码，除了那道口子，堪称完美。我很开心地谢过 Alison。

这双鞋，让我对 Alison 从敬佩到感激。这双运动鞋，就那道口子，若是我，断断是不会留下它的。Alison 却把它保管得如此好，完全没有在乎那道口子。对她而言，无论她或她女儿都用不上，却一直留着，其实，就连她自己也不知，有一天一个中国留学生为这鞋留下终生不忘的印象，在我留英的记忆里，永远留下了 Alison 与这双鞋。

而这双鞋，一跑就是两个多月。

这鞋陪伴我的远远不只是晨跑，而是一种心境，让我在雷丁的每一天都从清新、向上的清晨开始，迎着太阳或雨。

周一至周五跑在 Palmer Park，从我住的 Hamilton Road 到 Palmer Park 只需十分钟。在这里，我踏着春天经过的足迹，每跑一圈，绿就深一层，直到春绿透。而且，我的晨跑都带着相机，我戏称它是我的“第三只眼”，记录着 Palmer Park 的春天和与春天相关的很多细节，或是自己与阳光、草地的一次剪影。每天早上，在 Palmer Park 还会遇到一个亚裔女人，六十多岁。我们见面必然微笑、问候“Hello”。每每见我拍照，她都会主动帮我，这让我的身影也在 Palmer Park 完整记录，奢侈啊！

周末跑在 The River Thames（泰晤士河）。首先，跑过雷丁的 Junction，Co-operative，途径一段悠长的巷子，再跑一条有天鹅的运河，一路小跑，过一条绿油油的小径，最后见宽阔的泰晤士河：一望无际的草坪、蓝天、静静的河水。有

时，在这里迎日出，或看浓云薄雾，甚至是柔绵细雨……我都用最新鲜的心和笑，跑过。在泰晤士河边的晨跑最奢华，这里的早晨，每天都是新的，于我而言，没有重复过。

Alison 和这双鞋让我一直感动。她都不知，这双鞋带给我的这些景致和愉悦，从晨练变为欣赏，再从欣赏成为一场约会，与春天的约会，又从约会成为一种享受与精神，渐跑渐深入，渐厚重。

这段时光是静慢的，也是沉浸的。浸润的何止目光，还有自己；沉浸中，有可能建设、记录、表达自己的灵魂，如同泰晤士河左岸。

这些，都与 Alison 和那双运动鞋有关。

雷丁市的 Palmer Park

我与英国的“卡片文化”

2012－12－19　00：48

我素来有卡片情结。

在英国，我经历了一场轰轰烈烈的卡片碰撞，让人动容、动情、动心。

在Reading的生活逐渐安定后，我开始寻找明信片寄往国内。起初我只在邮局寻，后来，我发现，在伦敦的每一个大小景点都有各种明信片，这些明信片把英国的文化、景致、人物都细述了一遍，我看得缭乱，挑得眼花，但是，越是迷乱越是喜欢。

后来，随着对雷丁了解的深入，我发现了各式各样的卡片专卖店，卡片的内容与分类，让我感动至深：有节日卡、生日卡、母亲卡、父亲卡、丈夫卡、妻子卡、结婚纪念卡（从新婚到50年金婚每个年份各不相同）、出生卡、升学卡、就业卡、乔迁卡、康复卡、祭奠卡……按性别、年龄、身份分类，内容涵盖着生活的每个细节。英国人送卡绝不仅仅在节日和生日上，在任何时候、遇任何事情、对任何人，他们都有用

"卡"来表达情感的习惯和传统。"卡"之主题，无处不在。

我的第一张卡片是在伦敦塔桥（Tower Bridge）和伦敦塔（Tower of London）寄出的。

那是到英国的第一个周末，我一人独闯伦敦。在参观完伦敦塔桥与伦敦塔已是下午五点，对于我第一次离开雷丁（Reading）而言已是很晚，心里有些焦急。正要离开，看见塔桥脚下有一家店铺亮着柔黄的灯，门口摆放着一架子的卡片，那些卡片远远看去既不是风景也不是人物，是密密麻麻的英语，我好奇地走近去看。我完全被那些文字感动了、惊呆了，原来都是生活的小哲理、小幽默，文字简单，意义又令人振奋，我看得爱不释手。于是，我决定给女儿挑一张。在我准备写地址时才发现，这些卡片的材质完全不同，是光面的，必须用特殊的笔书写，用特殊的胶水才可以粘贴邮票。服务员小伙子帮我弄完后告诉我在前方 100 米处有邮筒。我顺着他指的方向的确找到一个红色、有我大半身高的邮筒。但是，因为匆忙，我在地址前连"China"都没写，心里一直担心这张卡片到不了家。

后来我回国到家，看见那张卡片安静地立在我的书柜里，那样的安静，全然看不出它是我在伦敦匆忙的午后淘来的，想起那个下雨的伦敦午后、黄昏的店铺，我匆忙的路过，全然没有在它身上流露半点，上面的内容我至今喜欢：

Our House Motto

a little love — a little kindness

a little hug — a little smile

a little thank you — a little forgiveness

a little understanding — a little kiss

家之座右铭

一点爱—— 一点和蔼

一点拥抱—— 一点微笑

一点感激—— 一点宽容

一点理解—— 一点亲吻

后来，我是真爱上了那样很英国的邮筒。为了这份钟爱，后来又我特地买了红色的、长着邮筒模样的明信片特别再寄给了女儿和两个侄女。这才完全表达了我对邮筒的偏爱。

我最贵的卡片买在伦敦的 Covent Garden，伦敦考文垂花园是游客必去的地方，就连英国人自己也对它十分钟爱。Covent Garden 是伦敦第一个露天广场，由玻璃钢铁所覆盖。那个周末，我们 CSC22 期的 33 名同学游考文垂花园。在这里看了人生第一场露天歌剧。广场里五花八门样样齐全，那个兴奋劲是什么都想看，好像什么都没看到。突然一位老人吸引了我的目光，他戴着一顶毡帽，灰色毛衣，精瘦高挑地坐在一米多宽的桌子前，桌上摆满各式不同却又朴素的卡

片，我好奇地看，慢慢地与他聊。他告诉我这些都是他自制的卡片，有生日卡、圣诞卡、纪念日卡、出生卡等，只要顾客需要的，他都可以做。

我想起一个朋友的生日，正好可以请他做张生日卡。他让我把朋友的名字、出生日期写在纸上，只见他用一支特制的笔，蘸上特别的颜料，慢慢地把那些信息写上，再用手轻轻修饰，点上类似金粉一样的东西，让字跃然纸上，一下子鲜活起来，末了，他慎重地签上自己的名字。整个过程，他一丝不苟。当我接过卡片时，被他简单的设计、精美的书写打动了，待我仔细看，发现他老人家在下面签名处给我用的是 With Love ×××，这让我突然有些尴尬。真不知朋友接到这张生日卡是什么心境，难免会被这个 Love 打动吧。其实，那不是我的本意，是英国的文化罢了。可是，我又不便与朋友这样解释，只好将错就错把卡片寄出。我一直不知朋友是否被那两个字打动过。那张生日卡加上邮资与那两个字，分量着实不一般。黄敏 笑我，说还不如直接把那钱寄给朋友好了。

在英国，最珍贵的礼物不是别的正是卡片。人们收到卡片的那份愉悦是那张卡片所承载不够的，也是我们礼节繁缛的中国人想象不到的。

我记忆中最幸福的一次卡片经历是我们的老师 Daria 新婚时，全班写了一张贺卡，并签上了 33 个同学的名，当我们把贺卡与礼物同时交给她时，她打开卡片的那份喜悦，我至今记得：她捧着那张贺卡认真阅读，并爱不释手，眼里溢出一个新娘独有的娇柔与微笑，那份喜爱远远超越了旁边的那份礼物。Daria 把那张卡片郑重地放在客厅最显眼的地方，流露着幸福骄傲。

至此，我才懂，那些卡片不仅仅只是摆在商店的一种壮观，更是一种简单又纯粹的快乐，它真挚、持久、用心，易于保存，不含负担与负累。想必这也是一种文化吧，与重礼重形式的我们相比，显得尤其简洁、素净。有时，我更偏爱这样的表达方式。

深知卡片在英国人心目中的分量，后来每到一个景点我都会买一张明信片，这样，我除了带走照片外，还带回一些更真切的记忆，这一点，在回国后的日子里得以证明。

在实习学校（Chiltern Edge School）我花 2 英镑买了学生勤工俭学自制的复活节卡（Daffodil）；在 Goring Lock 小镇买了一个名叫 Hellen Shillabeer 用绢丝做的手工卡；切尔西花展卡，莎翁故居卡，在英国国家美术馆买了 Jean-Marc Mattier 的肖像卡。

卡片中最有趣的要算一组“How to be British”，卡片上很调侃地把在英旅游总结为：享受这里的乡村、人民、语言；只是天气、食物、住宿让人无可奈何。画面风趣幽默，一改英国人的严肃，我称之为“英国人的浅幽默”。

我最感动的一张卡片要数 Jane 和 Peter 送的一张白底红色图案的卡片，卡片上的图案像一盏吊灯，用黄色的金线与黄色亮片镶边，精致简洁。卡片后面写道：“该卡由英国 Oxfam 慈善机构提供，该卡片所有收入将致力于帮助克服贫穷与灾难。”它珍贵，并非因为这行字，而是因为 Jane 和 Peter。他们是一对英国夫妇，年纪 50 多岁，是我的房东 Alison 的朋友，住在 Alison 家后院。认识他们夫妇是因为在复活节期间 Alison 一家要外出旅游，根据雷丁大学的规定，如果房东举家外出，他们必须委托人对我和黄敏进行临时照管，以防紧急情况发生。于是 Alison 就委托 Jane 和 Peter 夫妇。那天下午放学后，Alison 与他们约好在他家见面。Peter 家远远没有 Alison 家宽绰，布置简约、清淡，家中最多的装饰物是书，很多很多书。Peter 是个和蔼热情的老人，Jane 一直坐在沙发上，毛毯搭在腿上，肩披绿色披肩。她温婉瘦弱，说话轻柔有节奏，气质远远超出她的简朴。在 Peter 家，我们聊得很融洽，胜过初次见面，这让我们真正感受了英国人的浅热情与真挚。

当然，复活节期间我和黄敏顺利度过了，没有因为遇到麻烦打扰 Peter 夫妇。因此，从 Peter 家离开，我便再没见过他们，因为贪玩、贪学，我也把 Peter 夫妇忽略了。但是，就在我要离开英国的那天早上，Alison 转给我一张卡片，是 Peter 早上专程送来的，打开卡片的同时我的感动与惭愧也被打翻了，心里的感受夹杂着离别情绪，我哭了。亲爱的 Shirley，谢谢你和 Alison 的到访。我们祝愿你回家旅途愉快，并祝贺与家人团聚（Dear Shirley, thank you for coming to us with Alison, for a visit. We wish you a good journey home & re-uniting with your family.）。

情急之下，我从自己买的准备带回国的卡片中挑出一张，慎重地写上我的感动与感激，一趟冲到后院的小屋，可是，Peter 夫妇已经外出，我只好把卡片轻轻放在门口，带着遗憾离开了。

这张卡片，让我无论何时想起都是感动。

我最自豪的卡片是在我离开英国前一个小时写的最后一张卡片。在英国三个月，我记不清自己买了多少张卡片，又寄走了多少张卡片，但是当我即将离开时，我才蓦然想起，我把朋友家人的卡片都寄了，竟然没有一张是给自己的。想到此，我都有些心慌了。在临要上车的前一个小时，我灵机一动，用我买的最普通、最英国范儿、也最能代表我此刻心情的一张卡片：整张卡片白底上就只有三个字“I love London”，Love 是一颗心，其中是英国国旗，然后我把英国朋友 Sam 在最后一天发给我的一条短信抄在上面（You are beautiful, kind and caring also intelligent. You have most romantic qualities you can't buy for any amount of money. I am proud of you. God bless you. Keep you happy.），写完地址，我把卡片与邮资交给 Alison，请她在我离开后寄出。这就是我在英国寄出的最后一张卡片，这张卡片给我在英国的卡片经历画上了一个圆满的句号。回国我如期收到了这张卡片，至今仍以它为豪。

在中国已近销声匿迹的卡片在英国却无处不在。英国人重礼节，同时也很注意节约，他们把人与人之间的所有相处所有关系通通用卡片承载着表达着也传递着，这种表达形式简单，情意绵长；可以传承、可以阅读、可以收藏、可以回味。

伦敦考文垂花园（Covent Garden）的卡片艺人

在英国，我的这点卡片情愫得以发挥到极致，我把它称为“卡片文化”，我也愿意把这文化传播给我身边的人。

因为这场卡片遭遇，让我更加坚守自己的那点卡片情结。

在英国的酒吧，饮一杯文化

——我与英国的“酒吧文化”

2013－1－3　02：38

“如果你还没有去过英国的酒吧，你就没有真正去过英国。”（“If you haven't been to a pub，you haven't been to Britain.”）这话说在英国绝不是危言耸听。

在英国期间，除了学习、旅游之外，领略那里的文化，也是一种宝贵的经历。感受英国，就不能不在英国的传统酒吧里坐坐，静坐一段酒吧时光，看英国人的保守和烈酒的奔放奇妙地交融在一起，组成英国独有的酒吧文化，无限惬意。

在英国，人们称小酒吧为 Pub（Public House 的简称）。英国有好几万家大大小小各具风味的酒吧，其中不乏数百年历史的。在 Reading 也有上百家酒吧。每个酒吧都有自己的特色，它们代表着英国的传统，也体现着英国人的特性。可以说，酒吧承载着英国历史的变迁，守护着英国人心中独特的文化印记。酒吧是英国文化中不可或缺的一部分。酒吧也是英国不少文化诞生及传播之地，曾经莎士比亚、乔叟、杰克·罗琳都有作品在酒吧写就。

第一次到酒吧是到英国后的第三个星期。

那还得从 Tony 说起。Tony 是英国人，早年毕业于伦敦大学，在雷丁自己经营一个公司从事室内装修网页设计。那天与黄敏在 Sainsbury 超市，我俩都在一种叫“Yumyum”的甜点前停下，被它的名字和形状吸引，这时走过来一个英国人，很白的衬衣压在深色裤子里，高挑的身材，微黄的头发，略显腼腆的微笑，他礼貌地问候我们，同时也拿了一盒“Yumyum”，并向我们介绍这种甜点，口感好，甜而不腻。我和黄敏被他说动心了，也买了两盒。付完钱后，我想再买盒巧克力，于是黄敏在外面等，我返回超市。在付款时我发现 Tony 没走，站在一旁对我笑，我也笑。待我要离开时，他走上来说：May I have your telephone number? 我犹豫了一下，他赶紧解释说自己并无恶意，我勇敢地留下号码，然后出去与黄敏会合。

晚上 Tony 发来短信，这还是让我有点意外。我们互通了一些信息。几天后，他约我去酒吧，我应允了。那是一个安静、温馨的酒吧，在雷丁 Town Centre 一个安静的角落。Tony 一路展示着英国男人的绅士范儿，开门、让道、拉椅子，让我以一个女士的身份骄傲地坐下。

酒吧不大，空间不高，灯光昏黄，音乐低调，座位不多，木制桌子不大，古旧紧凑。我们在靠墙的位子坐下，Tony 点了两杯 White wine 还有牛排。说话间，我发现 Tony 的声音很低，很柔，音量只够我刚好听见。而且，酒吧里人们都这样说话，整个酒吧里几乎听不见交谈声，我也不断压低自己的声音，享受着音乐与酒的交融，还有与 Tony 始终微笑的谈话。

第一次酒吧经历，酒吧的音乐、酒、温雅、静谧把这种异国情调勾勒得分外清晰。对酒，我不懂，只是借助淡淡的酒力，给自己的微笑与谈话添一些温度，比平日里的 Shirley 多一点柔曼，这更符合远离常规生活的我的另一个侧面。

如果说那次我体会的是酒吧静态的一面，那么后来这次我看见的是酒吧动态的另一面。

平日星期五下午在 Oracle 购物，我们感觉特别不过瘾，因为周末所有店铺下午 5 点就打烊，稍晚些整条街上清淡、行人稀少。若是晚上七八点简直就是冷清无人。我一直以为，这就是雷丁人的周末：清冷。

第二次去酒吧是周末，我在雷丁大学为下周的实习做准备，等我和黄敏把实习的课程走完一遍已是晚上 7 点。与 Tony 见面已近 8 点。这个酒吧在 Town Centre，我们平日里购物时也常路过。走在安静的街上依然看不到几个行人，但是，当 Tony 为我推开酒吧的门时，我被里面的场景惊呆了。

酒吧里充满了人，依然昏黄的灯光，所有桌子吧台旁、酒吧中央全站满人，三五成群，手里举着酒，几乎都是站着交谈，气氛热烈，空气中弥漫着酒、谈话、笑声、时装，这与我印象中以及这三个星期以来所了解的英国人相去甚远啊。让人更感欣慰的是，酒吧里无论怎样浓烈，只有酒，没有烟，一片清新。因为在英国室内禁止吸烟。

我们也一样，站在酒吧的一根柱子旁，与旁边的人分享一个只有半米宽的桌架，仅够放 Tony 点的几听啤酒。他知道我酒力不好，在我的杯子里又加了点什么，这样我喝着可以不醉。Tony 说，这就是英国人的周末，这些人大都在伦敦上班，平时他们工作紧张、压力也很大，但是，周末他们回到雷丁就完全松弛下来，与朋友到酒吧喝酒聊天休闲，享受他们的周末时光。他说，英国人是很讲究对生活的享受，这点从洋溢在他们脸上的笑容可以看出。我是里面唯一黄皮肤的人，其实，我很不习惯站着喝酒说话，只是一直被里面的气氛感染着，有一句没一句地与 Tony 聊，看酒挑战英国人的拘谨和保守，不知是借助酒的效力还是受气氛的感染，这个周末与酒吧把我的情绪也渲染到一个高度。

这次的酒吧经历让我看见了英国酒吧松弛、开放、热烈的另一面。这些，原来英国人也可以。

有过几次酒吧经历，我便有了唯一的一次一个人泡吧的勇气。

也是周末，Tony 因为业务在伦敦，我又不愿浪费了在英国的任何一个周末。于是我决定独自泡吧。我首先想到的就是 Copa。这是我在雷丁记住的第一个酒吧（就连与 Tony 去过的酒吧我都没有记住名字）。每次到 Town Centre 购物路过运河时，它就在河的那头，春柳从它窗前垂下，天鹅在它身边成长，远远望着它柔和的灯，模糊的人影，我一直向往。

走进 Copa，里面热闹非常，酒与人群交错，高高窄窄的木椅木桌，很有年代感，显陈旧而不见沧桑。我从一楼到二楼（两层楼的酒吧在英国不多见）都没有找到空位，在与服务员交流中得知今晚这里有个生日 Party，尽管有些遗憾，我还是决定离开，一是没有座；二是这样热闹的环境也不宜我的独处。

于是我继续往前，在我每天上学路上有家酒吧 The Warwick，从外面看人不多，够静。走进去我才发现，这是一家 Thai Pub（泰吧），里面全是泰式布置，墙上、地上、桌上都有慈眉善目的佛像，铜制的、烫金的、象牙的、木制的，精致大气。客人不多，五六桌人，我在靠窗的小桌坐下，点了一份 KHO MOO YANG，我没有点酒。

对面两个英国男子在下围棋，他们一直低声聊着，我一边享用我的食物，一边有一句没一句地听他们的对话，没有完全进入他们的内容，只是很享受他们纯正的英语。

一个人慢享着刀叉与食物之间的对话与交融，看桌上白烛把蜡一点点融化，行人与车辆都被磨砂玻璃阻隔在外，我拥有着我的静。

吃完我的晚餐，拿出随身带的日记本，借助灯光、烛光与音乐我开始写，一直写（就是后来的《写给 Ayser》一文），待我写完已是10点，四个小时就这么从笔尖滑过，定格在纸上，直到黄敏担心我的安全打来电话，我才离开。这成了我在英期间唯一一次独自泡吧，自己在酒吧沉淀的一段。

在英国，酒吧都具有非常严格的打烊时间，通常是晚上11点。于是，在10点30分的时候，就可以听到酒吧清脆的打烊铃声。这时候再消费就是今天的 Last Order（最后点酒），超过这个时间以后，无论是谁都不能再点酒；而11点的时候，即使客人的兴致再高，也不得不离开酒吧，最多停留20分钟喝完余酒。

接下来的酒吧经历，尤具戏剧性与浪漫色。让后来所有与酒吧的相关经历都从这里延伸。

我与黄敏同住一个房东家，她住二楼带卫生间，我住三楼，与房东家孩子合用，但是我不愿过多打扰他们的生活，于是与黄敏商量，我俩合用。因此，每晚我提前在她那里洗漱完毕回房间后就不再打扰她。如遇周末，我更不忍上午去惊醒她的睡眠。

那是周日，因为下周半期考试，我们决定这个周日不上伦敦。

早上6：50醒来，外面阳光无限好。穿上衣服、牛仔裤、运动鞋，带上相机、日记本，顺手揣上25英镑以便可以买些早点，下楼在餐厅里洗把脸，出门晨练。与其说是锻炼，不如说是享受雷丁、泰晤士河清晨的小时光，这也是我的独有。

一路小跑，一路阳光，一路的天空湛蓝，小城还没醒。

我记得在去泰晤士河畔路上的Co-operative有个公厕，可是走近发现因太早公厕没开门。我继续跑，在河边遇到一个英国女子，我顺便问她哪里可以找到厕所。她很热情，让我跟她走，前面的Tesco超市里有，她说她去超市给家人买些东西正好可以带我去，于是我跟着她边走边聊，途中她借我的电话与家人通了话。可是，到了超市发现超市也没开门，这时她提出向我借些零钱去车库取车，她想先回家拿电话再回超市购物，我还是犹豫了一下，告诉她我是来跑步的身上没带零钱，于是一边说一边双手伸进牛仔裤兜顺手就把临出门前带的25英镑也掏出来了，她说那就借25英镑吧，反正我马上就回来，如果你不相信我可以留下电话号码，半小时后你在这里等我。

看着她一脸真诚，想着人家主动帮我，看着掏出来没来得及放回去的25英镑，我犹豫着还是把钱递给她，并看着她在我的日记本上认真写下Janme 0776－9615080，她也留了我的号码与名字。我到英国这么些日子，总是受到不同英国人的无私帮助，帮到我感动，再说她是一个看上去很知识的女性，年龄与我相仿想必不会骗我。我把钱都给她，厕所也没去成，只好一个人继续往前跑。

跑到河边我又拿出电话，查看她刚才打过的电话号码，可是我怎么找都没有，原来她根本就没有拨号，与家人的那段通话是假的，这下我心里有些慌了，但我还是抱有一丝侥幸。

很快，我又融入了泰晤士河的晨景，不去想那 25 英镑。蓝的天、白的云，倒映在静的河里，天鹅游在蓝天白云里，我边照，边试图玩自拍想把自己揽进去。这时，过来一个黑人，他走过我身边又折回来问：你需要我帮助吗？我很高兴地点头，他热情地为我连拍了几张。我们聊了一会儿，他叫 Sam，是斯里兰卡人，在雷丁生活了近 20 年，每个周六周日他在这附近做两小时快走。他说他还要继续向前，问我去吗，我说我在这等一个朋友，不往前。

很快到了我与那个英国女人约定的时间，我回到原地。她没在，我知道她不会出现了，因为英国人很守时，如果她有意还钱，她会准时的。于是我拨打她的号码，不通，再拨，手机上显示：Wrong number（您拨打的号码是空号），无论怎么拨，结果一样。我确定自己被骗了 25 英镑。

在英国，被一个女子骗钱，Jamne 伤害的远不是 25 英镑，而是我对英国的信任，伤害的是英国留给我的那些温和、友善。

我回到河边，坐在黑色的椅子上，不跑了，坐在那里写刚才发生的一切。其实，我没为钱有太多伤感，只是写着写着写出了一些悲情，加上初春的河畔风依然冻人，我开始瑟瑟发抖，手冻得通红，几乎不能握笔，被骗、饥饿、寒冷、想上厕所的情绪一拥而上。

在情绪快到崩溃的边缘时，那个斯里兰卡人 Sam 已经走回来了，他很高兴看到我还在河边，却没发现我的情绪已不是刚才。

他也坐在长凳上，说话间他看见我脸色不好，问我怎么了。我只说：我冷。他就挪到风口的一边坐，问这样好些吗？可是我还是冷，他干脆把外衣脱下披在我身上，这样我可以不冷了。他再问：你好吗？我摇摇头，他很纳闷。我实话告诉他，我想上洗手间。

他笑了，说河边没有，不过他知道一个要走很远的路。我别无选择，跟他走。

这一路离雷丁越来越远，越走越偏，心也越走越紧。我笑问 Sam，你会不会骗我？他很纳闷，说当然不会。我们走了半个小时，到他说的那个公共洗手间已是 11 点。这下我更怀疑了，那哪是洗手间，分明是郊外别致的花园别墅，他说把你的包给我，你进去吧。我犹豫了一下，说谢谢，我还是拿着吧，他十分不解，我说里面有我的日记和相机，在英国，这两样犹如我的生命，不可以丢失。他笑着摇摇头，在心里我对自己这样说：我不想一天被骗两次，而我的相机与日记与25英镑是不能相比的。

出来轻松了，看见Sam耐心地坐在河边的长凳上，心里一阵感动，于是我把上午发生的事都告诉他，我的遭遇他也很意外，说了很多安慰的话。说完我忘了那点不愉快。

这时他问：你饿了吧？这里是“Sonning Village”，前面有一家很棒的酒吧，我笑言，我没钱哦，他说，我请你。“Sonning Village”，这个名字如雷贯耳是我们全班一直在找的雷丁的一个著名富人区，听说这里的景色了得，还不知这里的酒吧更胜一筹。

一路走过这个浪漫小镇，鲜花、树林、草地、石子路、教堂，还有小河，安静优雅，不奢华。

Bull Inn酒吧，两层小屋不大，尖顶烟囱很英国，黑色的线条把白的墙和窗勾勒得格外分明，健硕的藤蔓才冒尖尖角，爬满小屋，屋檐下吊着的铁质黑花篮里开着各色小花，弥漫着春天。推开厚重的木门犹如推开一扇厚重的历史，酒吧200多年沉潜的气息扑面而来：红的砖勾白线，木的地板，木的顶。

酒吧柜台后摆着各式的酒琳琅满目，柜台上则摆放着装不同啤酒的龙头，洁净的酒杯倒挂在吧台顶，鲜花开在桌台上，临近中午的阳光倾泻进来，铺在厚实的木桌上，每张桌子呈现一个不一样的主题，或是古旧的壁炉，或是精美的油画、旧时的人物肖像、街景素描，或是窗台开着水仙黄，还有珍藏的枪，酒吧内四处皆宝。

Sam 随我参观整个酒吧，他还给酒吧的调酒师介绍我是中国留学生，在雷丁大学学习，喜欢这里的氛围，这使我受到最高礼遇。待我欣喜过后，他要了一份烤面包，配着一碟精致的橄榄油烤完整的蒜头，两杯红酒。不知是饿，还是酒吧的面包的确烤得不一般，那面包温热，好香，偶尔呷一口红酒，这个周日的中午全然融入了 Bull Inn，我把四月便浸泡在这样的时光里，一点点品，与那个女人完全没有关系了，甚至我几乎要感谢那丢的 25 英镑了。我就是这样一个简单的笨女人。

认识了 Sam，让我停留在英国的日子变得不同。

整个春天，他开着他的车，把我，有时还有黄敏，Helen，我们跑遍了雷丁不同的酒吧，不论是乡间小道，还是热闹市区。无论是 Tony 还是 Sam，酒钱我都坚持交替承担，这也符合英国的习惯。

最有文化特色的要数 Sam 开车带着我们"贵州三姐妹"（用他的话叫 Three Spicy Girls）去 Goring Village 小镇的那个街边小酒吧。酒吧很小，四五张桌，白的情调，桌上开满鲜花，每一束都如一幅莫奈的画，深刻。酒吧一角摆放着当地一个艺术家的手绘书、自制明信片、自制咖啡杯，别致有加，我买了两张明信片做纪念。旁边桌是一个母亲带着她五六岁的儿子在一旁写作业，儿子稚嫩的英语与母亲和蔼的笑容尤显温暖。最有趣的是 Sam 对我们三个的那场考验：Sam 递给我们桌上一个白色玻璃瓶的水，水瓶精致通透，瓶口微小，由铁丝与木塞紧扣着，Sam 说看我们三个谁能把水瓶打开，我和黄敏反复试了几遍都没成功，Helen 拿过去研究了一下，把瓶口下方的一个看似扣紧的铁圈轻轻往上拢，木塞自动弹出来了，整个过程和设计就是一个巧字。这个试验让我们兴奋不已，因为它再次证明了那个不争的事实：我们三人中 Helen 最聪明，黄敏最博学，Shirley 我最傻，而用 Helen 的话说：Shirley 就是 Sheley（雪莱），黄敏是 Byron（拜伦），而我是 Shakespeare（莎士比亚），这让我们笑得前仰后合，因为聪明的 Helen 先把我和黄敏夸了一番，在我们还没有反应过来时她把大文豪莎士比亚的桂冠戴在了自己头上，这就是她的可爱。

在这里，我喝了一杯我遇见的调制得视觉最美、口感最柔的咖啡。咖啡时光是沉浸的，沉浸中可以从咖啡里表达自己，如同这个泰晤士河左岸。

最难忘的酒吧是 The Bell Inn。Sam 开车带着我们贵州三姐妹兜风一般来这里。The Bell Inn 是一个 200 多年的酒吧，在小镇的路边，红砖尖顶，Sam 介绍说酒吧是主人的“家族产业”祖上世代传下来的，里面的陈设与 200 年前保持一致，这里自酿的啤酒在方圆百里都相当有名，还有他家的牛肉夹面包 Buns 也相当出名。进门处有个狭窄的长廊，右边酒台处只开一个低矮的小窗口，所有的啤酒、Buns 都是从这里递出，自己取，没有服务员，只有酒吧现在的继承人，一个 30 岁开外的小伙子，再往里走才是酒吧。Sam 深知我们三个的特性，特别征求了店主的同意，我们得以在里面自由照相，因为是下午，酒吧里尚无顾客，我们看了只有一根指针的 200 多岁的钟，至今工作完好的壁炉，充满酒吧历史记载的老照片，在雷丁酒吧评比大赛中荣获的奖杯，还有一张令主人骄傲不已的英国最牛足球队在酒吧的合影，每个细节无不散发着英国酒吧浓浓的文化气息和绵绵历史。

在我们喝完啤酒，吃过面包，酒吧里开始渐渐热闹，来的都是常客，多是退休闲着的乡绅，牵着狗，坐在门廊的长凳上，Sam 隆重向他们介绍我们仨，于是他们与我们分别聊开了，坐在那张长凳上的老人中有两位叫 Geoge，与我聊的是 Janet 夫妇，他们说起了自己的工作，家庭，聊他们与这个酒吧的渊源，而且他们俩 6 年前曾用了三周的时间在中国旅游，到过北京、上海、杭州、重庆等地……Helen 与黄敏也聊得尽兴，而 Sam 坐在一旁喝啤酒，静看我们快乐着。而这啤酒也点燃了我们的谈兴，我们仨第一次喝完一杯分别又点了一杯啤酒与这里的绅士们共饮，可谓乐不思蜀，那个场面让我们事后都还兴奋了好久。

这样，我们算真正步入了英国那种温煦、友善、随意、悠然、芬芳的乡土酒吧文化，回味绵长。

最感人的那次泡吧是黄敏生日，那天我们依然走伦敦，中午拎着小蛋糕来到考文垂花园的露天酒吧，黄敏买了一瓶葡萄酒，我们四个女人（加新疆的王永兰）坐在露天酒吧喝酒、听露天音乐、吃生日蛋糕。这个酒吧如四合院，四周是卖酒的酒吧，天井外还有一层连着整个露天广场，客人坐在天井中聊天看表演。平日这里有歌剧，今天是小提琴协奏，6 个人的组合，一个大提琴手，五把小提琴，他们的演奏投入、默契，曲子欢快气氛热烈，其中的主小提琴手几乎是边拉边舞，整个广场洋溢在小提琴协奏曲的欢乐气氛中。一曲终了，我鼓励黄敏上去买一张他们的 CD 作为生日纪念，机灵的黄敏去了，在那个小提琴手拥抱她的瞬间她说了一句话，这句话改变了后来整个考文垂花园露天酒吧的气场，让她的那个生日永生难忘。

黄敏告诉小提琴手：今天是我的生日，谢谢您美妙的音乐！还没等黄敏回到座位，小提琴手突然停下手中的音乐，举着手中的琴对着整个露天广场大声宣布：亲爱的朋友们，今天是这位美丽女士黄敏的生日，我们一起为她唱首生日歌。于是乐队拉响了歌曲的前奏，整个广场掌声一片，几百人齐声高唱“Happy Birthday”，天井里喝着酒的，楼上围观的，旁边路过的，更感人的是整个乐队一边演奏一边来到我们的桌旁，把黄敏半包围住，深情演奏，那个小提琴手单腿

跪在黄敏 面前，亲切倾情演奏，我们完全被镇住了，那个场面，那些陌生的人，那个乐队，还有那个小提琴手，黄敏感动得热泪盈眶。那时的气氛与热血，沸腾了。

这样华丽，这样浪漫，这样隆重的生日，除了在这里，今生恐怕再难得遇见了。考文垂花园露天酒吧，黄敏带走了。

我去得最远的酒吧是与来自新疆的同学陈燕一起去世界最大的二手书市场海伊小镇（Hay-on-Wye）。我们从雷丁火车站出发，倒了两趟火车三趟汽车，当天下午辗转到达。我们把住宿安顿好后就接着享受小镇与书有关的每个细节，39家各具特色各有主题的书屋，让我们一边兴奋一边沉醉。晚上，累了的我和陈燕找到一家叫 Black Swan 的酒吧，把剩余的时光在这里细数。外面下着小雨，雨把酒吧的气氛装点得更加滋润，小镇的书香渗透在酒吧古老的酒杯里，我和安静的陈燕闲聊着，聊着我们相似得惊人的某段经历，我们俩一个在西北，一个在西南，相隔近万里，却经历着近乎雷同的一段故事，听她的叙述如同我的歌，这让原本安静的两个女子有了这次奇妙的旅行，在酒吧，我俩如分享彼此的故事一样分享着牛排、巧克力布丁，那布丁是温热的巧克力点心上托着洁白的冰激凌，做得精巧，时光与冰激凌在口中慢慢化开，加上巧克力甜点的香醇，将心情故事、异国奇遇与酒吧醇厚的历史化为酒一并饮下，醉死。

那点小雨刚好够我们浸润。

在英国三个月，走了多少酒吧我没有数，在这些酒吧里，我遇见的不只是酒与文化，还有所有与酒吧有关的朋友，因为他们，所以精彩。

谈英国酒吧文化，却一直避“酒”不谈，因为实在是没有发言权。像我这样不懂酒的人在英国的酒吧里徜徉，仿佛掉进文化深渊，被英国的酒吧文化深度浸染，在于一种体验，一种情调，一种宽舒，在于一杯夕酒的渊薮，一桌古旧的灯，一杯酿制的时光，几个镌刻在记忆簿里的朋友，那几乎就是酒吧品节的沉淀了吧。

在英国，酒没有醉我，我只把自己醉在酒里，醉在有酒的记忆里，沉香。

我的这点酒吧经历，亦奇亦妙。

“贵州三姐妹” 在 Bell Inn 酒吧

那些最感人的照片

2013－2－16　01：08

在英国期间，我拍了上万张照片，有最喜欢的、有最得意的、有最珍贵的，还有几张被我称为是最感人的。它们在感动我之余，影响着我。

第一张照片在伦敦大本钟对面的泰晤士河畔：一个20岁左右的女孩在路边为婴儿跪画素描。她右手握笔、左手持画板，跪在地，微笑着为一个只有几个月大的熟睡的婴儿画像，那婴儿睡得香甜，她画得专注，她的跪姿、神情引来众多人的围观，我在其中。

第一次，我看见了一个为安然熟睡的婴儿跪着画像的这样的女孩。那一刻，我的感动与她的艺术无关，而是她对那个婴儿的尊重，为艺术的所作所为。身边也有很多学美术的人，也见过很多作画的姿态，却是第一次见到这样的。

我的感动不仅是她跪着的那一幕，更是她对孩子崇高的尊重，尽管孩子熟睡着，但是那份尊重不需要语言、不需要目光交流，是内心自然的一种态势。那与艺术无关，与卖画无关。而那一瞬间她却在艺术与人性之间搭建了一座美好的桥，通过这桥，我也看见了婴儿睡梦中甜美的笑，这笑传递给了母亲、女孩、行人和我。

第二张照片还是与艺术和孩子有关：一个小提琴手跪着为一个 1 岁左右的孩子倾情演奏。他的投入、认真与用情，至今我也不忘。

那是在考文垂花园的露天酒吧。我们坐在那里一边听小提琴协奏，一边饮红酒。在我们听得入神时，一个母亲带着不到 2 岁的孩子走过来驻足倾听，当这个小提琴手看见她们母女时，缓步过去，轻轻跪在那个女孩面前，目光炯炯地为一个不到 2 岁的孩子倾情演奏，其余几个提琴手也围在女孩周围一起演奏。整个露天广场都为之动容、动情。

小女孩听懂多少，其实那不重要。重要的是她如此隆重地被关注了、倾注了、快乐了。

也许，我没有完全领悟他音乐的表达，但是我读懂了他对孩子与艺术之间的尊重、投入与热爱，无一或缺。我饱含泪水地听他的演奏、听他与孩子内心的对白与灵动、听他纯真秉性的演绎。我的感受远远超越听觉收获。这样的画面与那个作画的女孩叠加在我的内心，跪只是形式，但是我感受到的怎是一个“跪”字了得！

若不是身临其境，我对这个“跪”字永远只停留在我们传统文化中"男儿膝下有黄金"的层面，在我们的文化中，只跪天跪地跪父母。

若说前面两张照片都与我无关，那么第三张则足以彻底改变我的教学观。

第三张照片，时间：2012 年 3 月 24 日；地点：雷丁大学教室；主角：老师 Isabelle 和同学黄敏。

那是上午的课间，同学们都放松了。黄敏在问 Isabelle 问题。开始她们站着说，当黄敏打开电脑，Isabelle 为了便于操作很自然地跪在课桌前与黄敏交流，对面的我被这一动作惊呆了，虽然有过前两次经历，但是当我看到 Isabelle 的这个动作时，心还是感动了。从第一节课 Isabelle 就以她的人格魅力征服了我们全部，而这一幕她折服了我的全部。我的同学们也从散漫的休息中集中到这个画面中来，我们面面相觑，感动无语。在 Isabelle 这里，作为成年人，我们得到的是一个学生可以得到的最高礼遇，与年龄无关啊。于是，我用相机抓住了这个感人的画面，让它可以一直激励我和我的教育观。

记得不久以前有一个小学老师为了能够与学生平等交流，便跪在地上与学生对话，这事曾在网上引起一阵热议。当我们还纠结在该不该这样做时，Isabelle 已经给出了最好的答案。

我曾多次观摩过全市、全省的各种优质课。我们的课堂热闹非常、老师表演得淋漓尽致，却每每让我感觉缺点什么。现在想来，我们的课堂往往习惯于往孩子的头脑里塞东西，而忽视其心、忽视心灵的需要与发展。我们的课堂缺失的恰是对孩子的关注和关怀，缺乏真正把孩子的需要、孩子的个性、孩子的人性当作源自内心的崇敬、至高无上的人文关怀，并以此作为自己职业的魂灵，始终坚持下去。

这让我想起在师大我的导师马书红给我说过，教育包括三个层次的内容：物质的、人文的、灵性的。我想，我们的教育大多还停留在物质的层面，人文得不够，离灵性尚远。

物质教育关乎人的生长和健康；人文教育与人的文明发展与进步有关；灵性教育则是“聪慧的禀性得到化育养成”，指教育通过音乐、艺术、诗歌、沉思和感受等手段激发人们的灵性和悟性，使人具有蓬勃的生命活性、灵动的人性、完善的人格和敞亮的灵魂。

灵性教育更关注人、启迪人和完善人，注目于人生的充实与空灵，通脱与超逸，体现出人文关怀——对聪慧人生的构建。教育要能让孩子的“心灵”喜悦地在其中发展出自己的生命，获得对生活与生命的理解，在内心满怀对生命的珍爱、体悟一个充满意义的世界，扩展他们生命内在的潜能。

灵性作为一种心性，是人的内在之物，是经过内化过程而形成养就、沉潜下来的人格中的一种心性要素，是精神状态的素质衡量。灵性教育又是一种融哲学的理趣、人文的韵致、宗教的情怀于一体的教育理念，是一种对于终极价值的追问，进入“充实不可已”的状态，通过对人生的颖悟，把生命点化为至美至圣的最高价值，立慧命以达天命，立慧命以制运会。它是教育的拳拳忧心，守护生命的灵性胚胎，是永恒的圣职啊。

“灵性教育”一词置于我心很久了，一直不敢碰触，是怕清浅了它的厚重。如今想来，我当时的理解只是粗浅，Isabelle 的诠释恰是及时。今天重拾，我有了自己的见地，犹如剥洋葱，一层一层，最后看见真谛，也许灵动，也许把实，也许温蕴，也许盈满。

那种尊生之情，山高水远；灵动之心，经久不竭。于我，即便不能做到十分，也有万千会心，在远不忘，真切可感。

考文垂花园为小女孩倾情演奏的小提琴手

从凡·高到莫奈

——记我的一段心灵成长历程

2013－12－22　17：25

从小受父亲的熏染，我一直独爱油画。

第一次看凡·高的《向日葵》是多大我不记得了，只是一直保持着他的色彩带给我的那点视觉冲击和共鸣：温暖热烈到令人目眩的黄，静谧安宁到让人黯然神伤的蓝，如土地般厚重而凝重的深红……

为了那一簇向日葵，我在大学期间读了欧文·斯通写的《凡·高传》（Lust for Life 渴望生活）。读完这本书，我不得不承认，我最后迷上的不仅是凡·高的画作，更是他相伴一生的苦难，和他孤独高旷的心灵，从那份旷世的孤独再看那簇向日葵，那是从他深刻的内心开出的花，透着阳光流泪，那是怎样的锤炼与升华啊！

凡·高和那簇向日葵就一直居住在我的心灵深处，时而忧伤，时而绽放。

在我的成长中，一直这样。

直到2012年3月3日，我终于在伦敦国家美术馆真正见到那簇向日葵。

英国国家美术馆坐落于美丽、宏伟的特拉法加广场北侧，是荣耀都市伦敦中的一处散发着浓郁气息的典雅的美术殿堂。堪称汇集了文艺复兴的经典名作的艺术宝库，主体部分自1838年开始向公众开放，伦敦国家美术馆分为西、北、东三个展览室，保存着从13世纪至今的众多名画，大大小小60个展馆的墙面被挤得满满当当，甚至连走廊也被充分利用，包含了超过2300幅的作品，其中包括许多著名的作品，如凡·艾克的阿诺菲尼人像，委拉斯开兹的洛克贝金星，特纳的战斗，波提切利，还有达·芬奇、米开朗琪罗、塞尚等人的作品。在这里你可以免费享受世界上最伟大的绘画作品。最不可错过的当然包括凡·高的《向日葵》了。

因为固有的向日葵情结和提前做好的功课，因此，第一次走进国家美术馆，我便向工作人员询问了《向日葵》的位置，然后直奔45号房间。

站在那簇向日葵前，我心潮澎湃，它与我心深处的花吻合：1、2、3、4……一共14朵形态各异的向日葵，或绚烂或枯萎，或隐或现，以淡黄色为背景，以深黄色为向日葵的主色调，另有几朵含苞待放以淡黑色点缀花蕊，颜色上给人一种强烈的对比，画面总体上给人一种明亮而又强烈的生命力，让人感到生活充满希望，阳光是那样的明媚，天空是那样的广阔。在观看时，我的内心为那激动人心的画面效果而感应，心灵为之震颤，激情也喷薄而出，融入凡·高丰富的主观感情中去。在此，凡·高的这簇向日葵不仅仅是植物，而是带有原始冲动和热情的生命体，一切形式都在激烈的精神支配下跳跃和扭动。

站在那簇向日葵前，我的内心感觉那份隐忍背后的悲伤、呐喊和焦灼还在，压抑着欲望，燃烧着激情。没有妥协，只有不甘，没有屈服，只有挣扎，一如他饱经沧桑的一生。

那向日葵的目光将我慢慢牵引，回到它曾经盛开的旷野，我开始奔跑，朝着内心的呐喊一直向前，仿佛回到我的那段青涩岁月，感悟着凡·高人生的苦难、绝望、希望和抑郁的心路历程，还有汹涌在自己青春岁月内心的孤寂、感奋、灼热和压抑。那时的我一边怀揣着凡·高的寂寥，一边还怒放着向日葵的光芒。

是否可以这样说，今日遇见，恍若隔世，相逢恰是曾相识啊！

这样一段心灵的愁寂之旅，藏在那簇向日葵的花里，没有公开过，没人阅读过，也不曾与人分享过。若不是今日遇见，这点情怀必将随我一起老去，永不与人说。

因为国家美术馆内不许拍照，离开那簇向日葵前，我深情抄下美术馆内的为《向日葵》写的那段文字说明以作纪念：

Sunflowers Vincent Van Gogh 1888

Van Gogh associated the colour yellow with hope and friendship. He suggested that his four Sunflowers canvases, pained to decorate his house in Arles, express an idea symbolising gratitude! He seems to have been especially pleased with this picture, which he hung in the guest bedroom in anticipation of the arrival of his friend, the artist Paul Gauguin.

走出美术馆，我抑制不住内心的激动，迫不及待地给父亲和妹妹打电话，“我看见凡·高的《向日葵》了”。这份欣喜需要有人分享啊！

关于莫奈，我要感谢房东的女儿Esther。

Esther是Alison的四女儿，17岁，读高三。

Esther微黄的长发衬出白皙的皮肤，五官轮廓分明线条柔和，那双眼睛会笑、会传神。Esther性情温和，处事相当低调。她在校各门功课A等，钢琴八级，小号七级，还喜欢打架子鼓，擅长绘画，尤其是油画和水粉画；平时爱好游泳、骑自行车，闲暇时她还是教堂的义工。对她的了解越深，越能感受她的人文素养和文化内涵。Esther是我在英国认识的最美、最具英国情怀和韵味的女孩。

一天晚上与Esther交流，说到了艺术，于是我与她分享了我在国家美术馆看《向日葵》的感受，她说到了法国印象派画家莫奈（Monet），谈到了莫奈的《睡莲》（*Water-lily*）。对于莫奈，我在很小时从父亲那里看过他的《散步，撑洋伞的女人》，印象很深。可是，关于他的《睡莲》，我一无所知。

Esther 给我详述了关于莫奈和他的《睡莲》细节。

莫奈最喜欢画水。1883 年晚年的莫奈，从西北巴黎移居到吉维尼（Giverny）生活，直到他去世。搬到吉维尼后不久，他就引溪水筑池，并在那里建立了一个小池塘和一个花园的日式拱桥。并在那里种了黄、红、蓝、白和玫瑰色的睡莲。他对这些花的爱好，与日俱增，前后将近 30 年，屡画不厌，并且越画越大越抽象。这使他发现了实现他纲领的主题：画一些坚硬的形体、水和空气，尽量使它们融合在一起。这便产生了他的组画《睡莲》，“仙女池，玫瑰色的和谐”。如今，他画过睡莲的这座住宅已经开辟为莫奈纪念馆，珍藏着许多印象派画家的作品。

《睡莲》是莫奈晚年的著名系列作品。为了描绘睡莲，莫奈曾长期探索光色与空气的表现效果，他曾用一天内不同时段、一年内不同季节，在不同的时间和光线下，对同一池睡莲做多幅的描绘，从自然的光色变幻中抒发瞬间的感觉，直到那些睡莲得以真正开在他的画布里，再不凋谢。

Esther 对莫奈不仅是偏爱，她说。为了制作一幅作品，她炮制了莫奈的精神，用了近一年的时间来观察雷丁泰晤士河一小段固定的景致，如莫奈与睡莲：用一天内不同时段、一年内不同季节，在不同的时间和光线下，对同一对象做多幅的描绘。

一次，为了捕捉那个景致的一段夕阳，放学后她骑上自行车从学校疯狂追赶，只为用相机抓拍夕阳落在那个景致的瞬间；还有一次，为了守候那段景致的一场暴风雨，她苦苦等候了几个小时，最后淋了个落汤鸡，大病一场。

Esther 一边说，一打开她的笔记本电脑让我们看她收集的几十幅资料，我发现她为收集到的每个瞬间都记上了时间、标上了说明。她只是轻描淡写地说着那些细节，我却被引得入胜，最后在我的强烈要求下，Esther 才略带腼腆地从房间里拿出她的那幅作品。

当她把作品铺在我们聊天的二楼过道上时，我惊呆了。那是一幅大约 3 米长、1.5 米宽的长卷。我是跪在地上仔细端详着，作品分两个部分：一部分是她对莫奈作品的临摹；另一部分是她自己对泰晤士河那段景致的创作。每一幅作品都配有她的评论或者文字创作。她使用了不同的表现手法：油画、水粉画、素描、摄影、剪纸。

最让我惊讶和感动的是，在她的作品下方正中央是一幅用树叶、树枝、草及石子拼的画，仔细看我才发现那正是那段景致的真实再现，Esther 用那段景致的材料经由自己细腻的心使之跃然纸上，那样生动、立体、鲜活。仅这一点，在我看来她是超越了莫奈的。

Esther 的艺术气质、写作功底、创作才能、勤恳专注，这不是每个普通 17 岁女孩都可以拥有的。

是 Esther 的精致、柔美、谦逊和高雅带我认识了莫奈，然后走向莫奈。

为了莫奈，我第二次走进伦敦国家美术馆，这也是我留英期间唯一重复去了两次的景点。

这次，我就是为莫奈而来的。

这次我专门花了 3 英镑租了一个英文解说器，将关于莫奈的那段录音反复播放。

站在这幅画前看着那池睡莲，内心说不出的宁静，如同那桥下一朵半开的莲，静静开放，还有那幽深的一泓水，仿佛那阵阵莲花的淡淡幽香也会从画里溢出，流到我的脚边。这是莫奈的 The Japanese Footbridge and the Water Lily Pool，统一的色彩风格很自然地遍及整个画面：远景和近景，物体、水和天空，把这一切改造成了一种美妙动人的景象，而浑然一体、不分层次的空间透视，则把这远景和近景连成一个整体。紫色和黄色的调子同河水和天空的蔚蓝色交织在一起，这些颜色的调子差别把这些自然现象区分得清清楚楚，而且平静如镜的河面，仿佛就成了天穹的基础。

走近这池睡莲，我结识了莫奈。

此刻，我想这样说：我完全从凡·高的向日葵中走出，在莫奈的一池莲中沉淀，开得鲜而不艳，不呻吟、不慌张、不奔跑。

这次来美术馆，我是应着一种召唤吧。

那弱弱的召唤来自那池睡莲，它没有向日葵的朵朵张望，只是远远弱弱地融入一池生命中，那是一池静静地生长、默默地完成、饱含生命的一种张力。甚至当你走近它时，它不过是某个色彩的点，辨不出花瓣；当你把对它的打探放在远处欣赏，它恰是心中的一朵莲，倾情开放，朵朵向上。

我以为，到这里就完成了我对莫奈的结识。其实不然。最后在海伊小镇我才算完成这场结识。

在海伊小镇最大的也是小镇二手书创始人布鲁斯的书店里我用 8 英镑买到了 1979 年日本出版的《莫奈在吉维尼：超越印象派》，这本画册详细介绍了莫奈在画吉维尼的作品，包括他最心爱的 81 幅作品，其中有《干草堆》《杨树》系列，《上午在塞纳河上》，我最喜欢的还是《睡莲》系列。

这样，我就完全可以把这池睡莲带回国，让它在我后面的日子里静静生长、宁静开放。

这样，我想我是完成了由 14 朵向日葵向一池睡莲的蜕变；完成了一个由向外伸展到向内收敛的过程：这个过程是手捧着向日葵到心开睡莲的过程；这个过程，是让心灵从一种姿态更新为另一种姿态的花开，是放下的一种舒缓；这个过程，是完成了一个怀揣着凡·高结识莫奈的心灵成长历程；这个过程还是放下青春、提携成熟的一次成长；这个过程，不用煎熬、不用涅槃，只在自然中慢慢生长，不悲不痛。

Esther 对泰晤士河景的部分作品

莫奈《莫奈在吉维尼：超越印象派》

Shirley 与她的老师

2014－2－10　02：57

作为老师，我还不敢说好；但作为学生，可以算我一个吧。

记得2012年6月回国后，给雷丁大学的大国老师发邮件，他这样回道：很高兴收到你的来信，我们的明星学员（Very pleased to hear from you, our star participant!）。“明星学员”这四个字，我理解为是对我那时学习态度的一种肯定吧。

其实，回国以后，我还一直保持着做他们的学生。

自回国后，我坚持着把自己写的每一篇与英国有关的文章发给大国老师。至今快有20篇了吧。大国老师毕业于山东师范大学，广东外语外贸大学研究生毕业，雷丁大学应用语言学博士，现任雷丁大学国家语言与文化中心副主任（国家留学基金委驻雷丁大学项目负责人）。在英国期间，学员们都习惯把大国老师看作祖国的代表，很亲切；回国后，在学员们心里他代表着英国，很怀念。对大国老师，在近30

期学员中没有一个不敬重他的谦和、厚重的，也许是移居英国多年，他既有国人的谦逊腼腆，还有英国人做事的严谨和浅幽默。

在英国期间因为得到大国老师很多帮助，无论是课题研究的问卷调查，实习期间的帮助，还有诸多生活琐事（如网上购买芭蕾舞剧票）等。

把文章发给大国老师，一方面是与他分享旅英的那些点滴；另一方面也是想向他或者说国家留学基金委交一份迟到的答卷吧。我的第一份答卷是回学校后与学生一起做了一个"English Corner-Poems and Flowers"，并用这个"English Corner"与在雷丁大学的学习内容结合上了一堂汇报课"Poetry"，然后把"English Corner"和汇报课的所有文字、图片及影像资料全部寄给大国老师。

发给过去的每一篇文章都得到大国老师的认真阅读，而且每次都提了意见，记得在《拨一卷青书》中大国老师这样回复：I read your article long ago and thought it was very nicely written—there were a couple of small factual details which may need to be edited.（读你的文章很久了，写得很好，只是有一两个事实细节需要修改一下）。

我最感动的是《与莎士比亚的那场邂逅》，发给老师后一直没有得到回复，这不是老师的性格。后来才在雷丁的学员那里听说大国老师回国出差了，我也就不再等待。然而，大约一个月后，我收到大国老师这样的回信：“Hi，Shirley，终于拜读了你的美文，赞叹你细腻的观察和优美的文笔。你对文学这么热爱，不读文学专业，有点可惜啊。”感动我的不是老师的赞美，而是老师很慎重的阅读，“终于”两字让我感受到老师在百忙中的尊重，没有一丝敷衍。

在《从凡·高到莫奈》发出不久，1月5日得到大国老师的回复：

Shirley，

多谢分享你的新作，读来受益匪浅。英国短短三月好像为你提供了取之不尽的素材，激活了你无数深藏的文学细胞和创作灵感！当然，机会只眷顾那些有准备的头脑。有些人来了，又走了，不一定会有如此刻骨铭心的体验和收获。我想人文色彩这么浓厚的英国（以及欧洲）是你的心灵之乡，你会时时在你的文学梦中把玩品味。

你说你的英语教、学和文学爱好滋补相长，实为难得。你的行为情趣一定会感染你的学生甚至会使他们受益终身（当然也可能会让他们误入歧途！谁知道呢?）。你好像也激发了我的灵感，我在思考，也许你是外语教师中一个非常值得研究的个案。这个我稍后会进一步跟你沟通，看可行性如何。

再次感谢分享你的文采！

老师的这封回信让我兴奋了好一阵：有理解，有肯定，还有鞭策。

后来，《未见康桥》《走出“文化差异”》还有汇报课“Poetry”录像都在雷丁大学与后面的学员一起分享了。

大国老师永远想不到，无论那时或者此时，他对我的帮助、鼓励和影响，可以与英国于我相提并论。

在雷丁的老师中，交往甚密的还有 Karen。Karen 是雷丁大学 NCLL 的图书馆馆长。我与 Karen 故事的开始正是在图书馆。

因为在雷丁大学我一直泡图书馆，这引起了她的注意，她目睹了我三个月的阅读历程。也许是我读书的热情打动了 Karen，也因为读书，我和 Karen 成了忘年交。

在雷丁大学期间，她在 4 月 26 日给我们上了一节课：Creating an English Language Environment，给我留下了深刻的印象。课后，我还专门为在教室里创建“English Corner（英语角）”这个新理念与 Karen 进行了深刻探讨，最后她很好奇地问：“你确定回国后你能做到吗？”我笑着点头：我一定会试一试。

回国后，我真的做到了，而且还在她的观点上有了自己的创新，学生的表现和创作能力超出我和 Karen 想象。我把整个“English Corner（英语角）”的制作过程、图片及运用本活动所上的公开课文字资料、上课录像全部发给 Karen。不仅我，还有我的学生都得到她的大力支持和鼓励，她还给我的学生发来邮件和问候，以至这个活动及公开课取得了意想不到的成功。后来，Karen 把我们整个活动的图片、过程发到雷丁大学的网站上，并发来图片。

这让我的学生们兴奋不已。

从那以后，我和 Karen 的交往更加深刻，更加广泛。每次我的邮件都得到她最诚恳的回复。她做事的严谨、认真、真诚都是我还没有做到位的。因此，与她的交流于我就是学习，一直学。

2013 年 8 月 14 日，Karen 给我发来 Mixcloud 广播电台对她“关于促进儿童读书习惯养成”及她对读书一些个人见解长达 57 分钟的采访。

聆听了她的这次采访让我对她的认识和敬仰更深了。为此，我们还有约定，我在这边做个研究，她给我提供一些帮助，这让我很欣喜。2013 年 10 月 9 日，我又有幸分享了 Karen 在 BBC（英国广播公司电台）做的节目。她在职业上的追求与进取，对我很是鼓舞。

这样，我与 Karen 的交往穿越了国界和空间；我向老师的学习也超越了教室和课堂。这让我很满意，也满足了我的

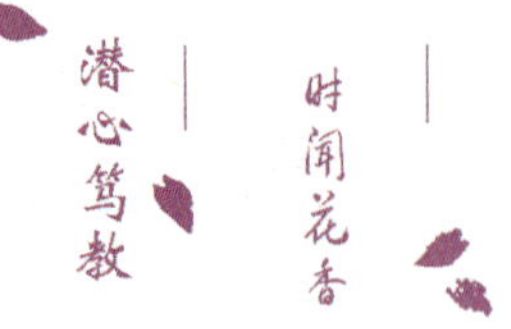

一直学习。

我也把我在学校的每个努力、学生的每个进步发给Karen，特别是2013年冬天的第一场雪我和学生跑步的场面让她兴奋不已，为此，2014年1月8日，Karen发来邮件，说她在博客里为我写了一篇题为“对于鼓励教师和儿童来说距离不是障碍（Distance is no barrier for Inspiring Children and Teachers）”的文章，并把文章发来让我看是否需要修改，我相当吃惊，只是修改了几个时间上的细节，她经过多次修改最后征得我的同意发表在她Facebook的博客里。

在她的文章中开头和结尾都是关于读书的。“From that moment she stood out as a passionate educator who was an avid bibliophile; her enthusiasm for reading resulted in her travelling throughout the UK, consuming books.”（从那个时候起，她从一个狂热的藏书者和一个充满激情的教育者中脱颖而出，她对读书的热情让她在英国期间畅游在书籍里）。

最后Karen这样写道：“What I ‘astonishing’ is Shirley's determination and commitment to do the best for her students. China has a bright future in terms of developing more original libraries and I know there is one dedicated teacher who will be determined to visit even if it is many miles away; distance is no barrier for inspirational teachers whose passion and support for their students enable them to ignore obstacles of space, time and culture. 我对

Shirley 一切为了学生的承诺并不感到惊讶，事实上，我觉得她的决心让我惊讶。中国在开发更多的本土图书馆方面有着光明的未来，因为我知道，无论多远有一个具有奉献精神的老师将会下定决心去做；对于用热情支持着学生的老师来说，他们忽略了空间、时间和文化的障碍，距离不是障碍。”

诚然，我一直关注和担心着如今孩子们的阅读感（在 2014 年 1 月 23 日去柬埔寨的飞机上，全机 175 个国人，除去我和女儿外还有一个中年人在读书，再除去睡觉的其余都在玩手机和 iPad，特别是孩子），但是，如果因为我的一点点努力，可以让 Karen 对我们阅读的未来增进一层了解和信心，这样我是欣慰的。

到如今，我向老师们的学习还在继续，我期待着可以一直走下去。这样的学习对我来说很是珍贵，也很清贵；能遇到这样终身的老师，是对我的偏爱和眷顾啊！

我愿意一直这样做着学生，一直有他们的扶持。

附 Karen 的文章：

Distance is no barrier for Inspiring Children and Teachers

by Karen Goulding

I met Shirley in 2012 at Reading University; she was

studying on a Chinese Scholarship Course for senior English teachers. From that moment she stood out as a passionate educator who was an avid bibliophile; her enthusiasm for reading resulted in her travelling throughout the UK, consuming books.

In my previous blogs I discussed working with teachers and children from a local Primary School, highlighting the challenges and possibilities of working together to support "reading for pleasure". The activities we planned involved visiting the library with the pupils, something that in Shirley's case was not feasible as she was visiting the UK for independent study.

However, the passion and enthusiasm that Shirley both displays and generates has ensured that distance has not been a barrier. She has regularly emailed me with updates of her work with her class; especially interesting are her attempts to blend the educational theories she engaged with during her time in Reading with the practices from China with which she's familiar.

One of the ways she has adapted her classroom environment is through the use of an "English Corner" display themed around "Poetry and Flowers", based on her school's new curriculum standard in Module 6 of Book 8 "The Tang (Tang Dynasty in China) Poems" . Thebook has a short introduction to the topic of "Daffodils," specifically as evoked in Wordsworth's poem, which provided Shirley and her class with the inspiration and content necessary for the creation of a thought-provoking display.

As the photo above demonstrates, the area included, images, written scripts, objects to touch and listening activities, their purpose being to stimulate her pupils to engage with the English language independent of her control; students are able to interact within the language corner using the skills that they personally find appropriate, be they written, spoken or kinetic.

Shirley is creating a personalised learning environment within the system she is familiar with; she has adapted her classroom ambience based on her studies in Reading, but without disrupting necessary curriculum and course book material. She found that this was highly beneficial for her students and she intends to develop another English corner with her new student intake:

"Next spring I will create another English corner in my classroom. I got the theme from your mails, picture."

I am really looking forward to this next development and will be detailing this in a future blog.

Since Shirley has returned to China we have been emailing each other with information regarding our respective roles and reflections regarding these:

"It is marvelous to hear from you. I enjoy reading your mails very much, which give me a lot of pleasure. I hope I can do more on reading with your help, from which my students can benefit a lot in their future life. In two weeks, we will have our final exams. I with my students have a morning running together every Monday."

Again, another pragmatic adaption from Shirley, jogging with her students prior to their end of year exams, as she states:

"The purpose of running with the students every Monday morning is to train their perseverance. We will continue to do it for three years. It's to help them know to persevere a small thing to an end."

Perhaps Shirley is aware of the pressure all pupils feel with regards to testing and sees physical exercise as a way of promoting "perseverance" under these especially trying conditions.

In a recent article by Designboom, listing the world's "best" libraries, a library from China was included: Top ten libraries of 2013 " the most astonishing is the crystal-form four-storey helical concept for Datong library in China" .

What I find "astonishing" is Shirley's determination and commitment to do the best for her students. China has a bright future in terms of developing more original libraries and I know there is one dedicated teacher who will be determined to visit even if it is many miles away; distance is no barrier for inspirational teachers whose passion and support for their students enable them to ignore obstacles of space, time and culture.

旅英的那些囧事

2014-2-13

在英国期间，因为文化差异，我也遭遇了诸多尴尬，至今回味，仍然窘迫不堪，与其遮掩不如拿来分享，或许还可博取一点心安或者一笑。

一　关于排队

在英国，我们学的第一课就是排队。在英国，排队是一种本能，即使只有一个英国人站在公共汽车牌下面，你都能感觉到那就是一支一个人的队伍，威严十足。

英国人善于排队：等公交车、买火车票、超市付款、上洗手间……同样的规则也适用于地铁、商场里的自动扶梯，伦敦更是这样。电梯上，如果你站着不动，那么请自觉靠右边站，这样其他人可以从你的左边穿过去，这是一种约定俗成的惯例，如果因为站在左边又不动，那些急于赶路的人会很无奈地说声“Excuse me”，或者是一声“嘘”。

这种秩序是极其神圣的，外国人如果搞错了就会很尴尬，很少有什么事能够像排队时“加塞儿”那样让英国人发出“嘘声”的了。

关于排队的这些细节，我一边感受、一边学习，一边遵守。在自以为是做得很好时，却没想到在离开英国前两天洋相迭出、狼狈不堪。

那是发生在伦敦的切尔西花展。

2012 年 5 月 22—26 日是一年一度的英国伦敦切尔西花展。切尔西花展始于 1862 年，是世界上久负盛名的花展，由皇家园艺学会在每年的 5 月举办，为期 5 天，其中两天只对英国皇室及皇家园艺学会会员开放，公众只有 3 天参观时间，展出面积仅 4 万平方米左右，只有上海植物园的 1/20 大小，却吸引赏花者超过 16 万人次，相当于每平方米展区迎来送往 4 名赏花人。由于当年是英国女王伊丽莎白二世在位 60 周年的钻禧年，那年的切尔西花展中还特别设置了向伊丽莎白女王表示敬意的展览单元。

25 日是我在英国滞留的倒数第二天，也是花展对公众开放三天中的倒数第二天。

如第一次闯伦敦一样，那天，我也是独自去切尔西花展作别伦敦。走出斯隆广场地铁站（Sloane Square），不用问路，只是随着如涌的人流我就顺利找到位于切尔西皇家医院（Royal Hospital Chelsea）的花展了。

那是一个少有的明媚春日，我一个人看花、闻花、照花、恋花，很是沉醉。慢慢走出花展大棚，被一个游客手里奇特的冰激凌吸引了，它看上去比平日我在英国吃的冰激凌都大，淡鹅黄的颜色，上面插着一颗巧克力棒，在特别明媚的阳光和花香的映衬下，尤其夺目。顺着她来的方向我看到卖冰激凌的店，在花展最繁华的路边，我顺着目光对直走去，有三个人在排队。我靠上队伍，很快就轮到我了，递上5英镑，这时我发现售货员脸色很不友好，而且递冰激凌时有点不耐烦，嘴里还在嘟囔着什么，我很纳闷，感觉有点反常，特别是她的服务态度是我在英国从来没有遭遇到的。心里自我安慰道：也许是今天人多天热的缘故吧。

当我拿着冰激凌转身向左时，我眼睛看见的让我想死的心都有了：排队买冰激凌的队伍一直延伸到我目光所不能及的远处，100多人这个数字还是保守的，为了不阻碍交通，队伍紧紧沿着路的边缘延伸，而我看见的是为了便于付款稍稍摆直离开队伍的三人。顿时我的羞愧、尴尬、窘迫、懊恼一拥而上，这景象简直让我无地自容，恨不能钻地缝里去，套用现在一句流行语：这让我情何以堪啊！

无奈，我手拿冰激凌，倒回店前向售货员解释我的失礼(与其说是无礼不如说是无知)。她浅浅地笑耸耸肩表示无奈。然后，我又沿着队伍，一个一个地给他们解释、道歉，100多号人的队伍，我把他们目光所能看到我插队的都说到了。他们都显得很宽厚、理解，有的笑笑表示谅解，有的客气地说没关系。我很感激，在我加塞儿的当儿，没有人出来指责、谩骂，也没有愤懑；那个售货员也只是嘟囔了一句，遗憾的是她好心的阻止因为那时的嘈杂我没有听清！我倒希望她当时拒绝卖给我多好啊！

后来我得知它的确是伦敦最好的冰激凌，可是我被自己插队的尴尬弄得无地自容。那个冰激凌，我吃得五味杂陈啊！那样的窘迫，我真是难当啊！

这次插队经历让我终生难以释怀，想起一次脸红一次，它也从此被载入我的史册，成为后来我告诫学生使用的活生生的教材，真心难忘啊！

二　关于拍照

在英国我们学习的第二课是拍照。

英国人很忌讳被人随意拍照。如果需要拍照，必须征得对方同意，特别是孩子，如果要拍照或者与孩子合影，必须由大人同意。即使是我们在教室，如果要拍老师也要事先征得同意。我们在实习学校与那些孩子合影，都是学校事先征得了学生家长的同意，我们实习的学校也是唯一一个足够幸运可以与学生拍照的实习点。

作为一个“照相控”，关于拍照这点，我一直牢记，一直注意。然而，还是发生了两次尴尬。

在拍人方面一直谨慎，却忽略了动物。

那是在卡地夫的一个小巷，我一路走一路兴奋地拍街景，突然看见一条小狗，被打扮得很是可爱，它被放置在一个考究的花篮里，更要命的是篮子又放在一个特别为它做的精致的小推车里，这让我欣喜极了，于是忍不住驻足给它拍照，这一拍不得了，从车边橱窗里走出一个高大愤怒的男人，对我大声斥责，挥手舞拳地，吓得我一个小跑溜掉了，都来不及道歉，只是边跑边惊魂未定地把狗狗照片删除。当时的惊恐让我牢记拍照的礼数。

其实是我忽略了，在英国，动物的待遇几乎与人同等，包括拍照。打那以后，就算要照个水果蔬菜什么的，我都学会征求别人同意才下手。

另一次拍照尴尬是在温莎城堡。

在英国，人们很忌讳身体之间有接触，我们在街上、商场里如果与人擦肩而过时都要道歉说“Sorry”，然后才小心过去，而且衣物之间坚决不要有接触。

当时城堡脚下有一值班女警，身着英国特有的红色警服，很是飒爽，大家都在排队与她合影。轮到我时，为了方便与她站着，我随意将右手抬起，象征性地放在她肩上，虽然没有与她有实质上的身体接触，但是仅这个象征性的动作立马引来旁边等待的人一片不满和“嘘声”，俨然有冒犯的嫌疑，我立刻意识到自己的失态，赶紧向那个女警道歉，她包容地笑笑。我勉强照完，逃一般地离开。

那些礼节，看似明白了，却不知践行时细节才是礼数，才是风度啊。

三　关于冲水马桶

乍一看，这个话题似乎不够雅不宜在此细说。其实不然，正是这厕所文化体现着一种文明。

在英国，所有家庭和公共场所都使用马桶，公共厕所里都免费提供手纸。其实，问题不在这里，问题在于，所有马桶都被打扫和使用得相当洁净，没有一点污渍，使用时让人相当放心。关键更在于没有人在离开时不冲马桶，这个细节我一直很关注，也很让人感动。

当时还听说了一个关于“英国女孩与马桶”的故事。话说一个英国女孩上完厕所后发现马桶的冲水系统出了问题，怎么都不能正常工作，她尝试很久都无济于事，几个小时过去了，最后她只好坐在马桶上面哭，直到有人听到哭声来帮助她。我当时一边听一边笑，其实心里还是为女孩的诚信与坚守感动，至少她没有就此离去。

然而，万万没有料到这一幕也发生在我身上。

那是 4 月 13 日，我独自在雷丁 The Warwick Pub 里泡吧，在随后上洗手间时我发现马桶的出水系统有问题，我试着按下键，出水量很小，根本达不到冲洗的效果，我只好冲一次等很久，让水蓄足再冲，可是这样的努力效果甚微，我这样反复一次一次地尝试，大约过了半个多小时，依然不能处理到位。我被强烈的心理负担和长时间努力却收效甚微的懊恼折磨得精疲力竭，同时还有点担心自己的物品放在外面桌上长时间没有人看管。于是在万般无奈之下，我放弃了。

这事至今想起来我还有愧色。虽然不是为自己没有继续坐在马桶上面哭而自责，但还是为自己的放弃感到不安和羞愧。就这一点而言，我远远不如那个女孩。差一步有时就离了千里。

这样的囧事，终于放在这里接受检阅，也算是我的一种自我检讨吧！

四　关于“黄牛票”和小费

“黄牛票”一事也发生在切尔西花展。

去切尔西花展，实际上，一是怀着离别情绪告别伦敦；二是能遇切尔西花展是幸运；三是这是女王伊丽莎白二世在位60周年的钻禧年，切尔西花展里有浓浓的庆祝元素，而且据说昨儿她老人家也来过。作为一个外国学生在留英短暂的三个月里能遇上与她相关的庆典活动，这是要有缘的。我断断舍不得错过。

由于人气太旺，花展是需要提前在网上订票，票价高达49英镑，我当时是横下心要看。所以困扰我的不是票价，而是能否买到票。既然赶上了，我就决心试一试。

那天上午我 11 点赶到售票处，来自全世界不同国家的几百人在那里等候。他们都显得很沉稳，拿着书坐在售票处门口静静阅读，仿佛坚信：票是会有的，只是时间问题。我也去排队拿了号：167 号；我也坐在草地上等待叫号。可是到 12：00 时才叫到 67 号。我是真有点坐不住了：一是因为自己下午要赶回雷丁收拾行李；二是因为这次错过就是终身不再啊！我哪里还有资格等待呀！

这时我想起来的路上有人在路边轻轻叫“要票吗”。我按捺不住了，站起来朝着那个方向走去，这时我听到身后有个声音问：“要票吗？”我转身看见一个高大男子手拿三四张票，我按照他的要价给了 60 英镑（票面价格 49 英镑），生怕动作慢了就没了似的，顾不上讲价，如获至宝，一趟就进了检票口，直到安全进去后，我心里的那块石头才落地：一是担心票的真实性；二是害怕被警察抓。

今天想起这张“黄牛票”我还是相当感激。但是，那时的心里既是担心的，又是恐惧的，毕竟是在他国做这等苟且之事，心里发虚。今天写在这里也算是一个良民的忏悔吧！

最后说说小费这件小事。

在英国的餐厅或者酒吧消费一般会给服务员消费总额的 10%—15% 作为小费。

记得每次外出就餐，如果是我请客，待我付完账后，英国朋友 Sam 或者 Tony 会很自然很友好地在服务员的托盘里放上小费。说来惭愧，记忆里，我自己在英国就餐消费时就没有给过小费。不是抠门，的确是没有习惯。虽说这也可以用文化差异来搪塞，但是他们的这个细节恰好可以弥补我的不作为。

没有给小费的事实大小也算件囧事吧。

在英国学习，首先学的也许不是知识，简单点说是礼数，深刻点说是文化。当然，关于文化，这只是一个面，但至少它可以帮助我们从侧面了解英国人的绅士风度从哪里来，从某种程度而言是来自“他们无论做什么首先想到别人”这个细节上。仅仅这个细节，却要用多少文化内涵才能涵盖啊！

这些囧事，说在这里也算我的一个态度。若是博你一笑，我也心慰；若是能给读到的你一点借鉴，我就是释然与放下了。

世界杯外话足球

——也说英国的足球文化

2014－6－23　03：31

2014 年巴西世界杯足球赛开赛 10 天了，我是一个彻彻底底的“足球盲”，对于一个连一场完整的电视足球赛都没有看完过的人来说，在世界杯期间大话足球，一来担心被笑话；二来还真担心挨打呢。

在此斗胆说足球，完全是借了世界杯的胆，说说在英国期间与英国足球相关的那点话题。

在英国第一次与足球有关的接触是在 2012 年 3 月 5 日在第一次独闯伦敦的火车上。三月初的伦敦还相当冷，那是一个雨天，我还记得我在伦敦遇的是一场雨，黄敏她们在雷丁见的是一场雪，坐在我对面的三个英国人身着防雨服、防寒服带着雨伞兴致勃勃地从牛津坐火车到伦敦只为看一场足球赛。谈起足球和他们的足球俱乐部，三人眉飞色舞。其中一个小伙自豪地亮出他穿在里面的白色 T 恤球服，同时拿出他的足球俱乐部会员卡，那是托特纳姆热刺足球俱乐部（Tottenham Hotspur)，简称热刺（Spurs 或 The Spurs）是英格兰超级联赛的球队之一。由于传统主场球衣为白色，热刺球迷被称为“白百合”（Lilywhites）。俱乐部成立于1882年，主场位于伦敦北部托特纳姆的白鹿巷球场，其名言“Auder est Facere”意为“敢作敢为”。热刺是20世纪首支成为联赛及英格兰足总杯双料冠军的球队，是三支可以连夺两届英格兰足总杯的球队之一，亦是唯一曾两度实现这一成绩的球队。看得出，仅这张会员卡就足以让它的拥有者骄傲无比。

一路上，我被他们对足球的热情感染着，若不是因为门票是早已预订好的，那天我还真打算放弃自己的旅游计划接受他们的邀请去看足球了。那天恰是“热刺”队（Tottenham Hotspur）与“曼联”队（Manchester United）在伦敦的一场比赛。在英国，能有机会去看一场真正意义上的足球赛，那简直是感受英国文化的最好场所了。虽然我不懂足球，但是我自以为懂足球对英国人意味着什么。但是，在英国我才真正懂得足球俱乐部对于他们来说意味着什么。

在英格兰这块弹丸之地，如今仍有2000场足球联赛和40000个足球俱乐部，遍地都能见到足球的影子。在尼采宣布“上帝死了”之后，足球俱乐部在英格兰就成为社区新的教堂。在工业革命时期，很多英国人都被迫背井离乡，涌进城市工作。他们发现社区内的足球俱乐部成为他们共同的精神维系，让他们这些来自四面八方的他乡之客迅速融合成一个新的生活共同体。支持足球俱乐部，让他们甩掉忐忑不安的移民心理，迅速融入一个新的社区，心安理得地成为一个社区乃至一个城市的体面公民。

如果俱乐部消亡了，那么球迷的精神支柱也就不复存在，他们就会感觉自己又变成了无家可归的羔羊。

如此，英国人狂热于足球的原因也就不难理解了。英格兰 2018 年和 2022 年世界杯申办形象大使贝克汉姆 2009 年 12 月 3 日在接受媒体采访时曾说："足球渗透在我们的文化里，存在于我们的 DNA 之中。从我们降生到这世界上，足球就和我们在一起，永远不分离。"足球已经渗透到英国人的骨髓之中，英国人血液里流淌的都是足球。

因此，在英国不可能不遇到足球；到了曼彻斯特就不可能不去曼联看看。曼联、切尔西、曼城、阿森纳，这是英国足球送给世界的礼物。对每一届 CSC 的学员来说，参观曼联也是必修课。

曼彻斯特足球俱乐部（Manchester United Football Club）位于英格兰西北区曼彻斯特郡曼彻斯特市，简称 ManUtd 或 MUFC，中文简称曼联，其前身"牛顿·希斯"于 1878 年由兰开夏郡和约克郡铁路公司的工人在牛顿·希斯工地上成立。1902 年球队改组并改名曼联，现为英格兰足球超级联赛俱乐部，曼联的球队主场为"梦剧场"老特拉福德球场，1910 年启用至今。

曼联是英格兰足球史上最为成功的俱乐部之一，也是欧洲乃至世界最具有影响力最成功的球队之一，共获得 20 次英格兰顶级联赛冠军，11 次英格兰足总杯冠军，4 次英格兰联赛杯冠军（除英格兰联赛杯外均为最高纪录）。在欧洲赛场上，曼联共获得 3 次欧洲冠军联赛冠军，1 次欧洲优胜者杯和 1 次欧洲超级杯冠军。

4 月 10 号那天也是大雨，不巧，我们的到来没有与曼联队的训练相遇，只是远远参观了他们的训练基地，感受了曼联文化，从视觉、听觉到嗅觉，无不涉及。那种足球文化渗透在每一个细节、每一个角落。那些与曼联相关的体育用品、文化用品、生活用品，一应俱全，让人眼花缭乱、目不暇接。我不是一个准球迷，但却被眼前的足球文化冲击着。

足球确是英国一种特殊的文化现象，涵盖了英国社会的许多特质。这项现代运动起源于英国，在英国成长壮大，并传播到世界各地，成为当今世界第一大运动。体育文化是一种亚文化，与社会文化息息相关。英国足球运动的起源与发展植根于广泛的英国社会背景之中，渗透与折射着英国文化的特点。英国足球的核心标志是绅士风度，英式足球的打法、风格反映了绅士文化的核心——公平竞争和骑士精神：绅士的形象植根于中世纪的骑士精神。在中世纪，青年男子（往往出身于贵族——经济上才能支付得起成为骑士要满足的条件）要从小接受严格的训练，经过严格的程序才能成为骑士；骑士在受到召唤时要挺身而出，勇敢地为道义而战，率领、鼓励人们英勇顽强地奋战到底。与骑士精神紧密联系的历史事件是长达200年的十字军东征，英国军队挥舞红底金狮的旗帜以鼓舞士气，英格兰国王理查德一世因其骁勇善战而获得“狮心理查”称号。狮子在西方文化中也成为勇气、忠诚与高贵的象征。英格兰足协的徽章“Three Lions（三只狮子）”非常鲜明地体现了英国足球对骑士精神的继承：勇气、力量与自豪。狮子（lion）和狮心（lion-heart）是英国报纸描述足球运动员时常用的词。

尽管绅士文化在20世纪的英国开始没落，这一彬彬有礼的国度甚至从20世纪60年代开始出现了骇人听闻的“足球流氓”现象，但绅士文化的核心精神“勇气与自豪”一直与足球相伴。英国足球运动风格以英勇、凶猛、直截了当著称；也许英国足球不是最优雅华丽的，但却是最纯正最具激情的。

我始终没有走进英国足球赛的现场，但也用力感受了一把英国球迷的激情与疯狂。

记得在5月20日，我们在去伦敦最著名的“Old Spitalfields Market”市场，这是传说中欧洲最著名的市场，这里的服装都是由英国或者伦敦在校的服装设计专业的学生设计并亲手制作，据说在外面不会出现同款。在路上，看见路边一家酒吧外站了近100个英国男人，在高齐胸、厚实笨重的木质桌旁每人手举着一大杯啤酒，一边喝一边谈论，脸上洋溢着兴奋、快乐、自豪和满足。我很诧异：第一他们都站着，没有凳子；第二全是男人，没有一个女子。于是，我好奇地走近打听，原来是他们俱乐部的足球队下午比赛赢了，他们在庆祝，以男人的方式，以球迷的方式，以很英国的方式，庆祝！这让我想起一句话“足球让女人走开”。

更壮观的场景在回来时的伦敦地铁里，整整一列车除了我们三个另类外，载的全是球迷，身着他们球队的球服，脸上画满队徽，兴奋地谈论着属于他们的足球，见我们上车都抑制不住兴奋与我们交谈，说他们的足球，说他们的球队，说他们的快乐。那种只有足球才可以有的氛围和激情感染着我。

那时只恨自己不是球迷！我分享的只是一份热闹，他们享受的才是球迷心底独有的那种幸福、精神和归属感！

英国足球专栏作家大卫·考恩曾说：“足球赋予了人们一种归属感和神秘的终极崇拜意识。”原来，这才是英国人自己独特的英式早餐：那就是遍及整个英国的足球！这才是英国人的精神所在和精神依托。这是足球赋予英国人的一种精神财富、一种信仰，一种值得他们终生效力、终生不渝的信仰，它流淌在英国人的血管里，散布在不列颠的空气中，那是一种丰富、深邃且值得穷其一生去追随的精神和信仰。

仅足球赋予他们的那种精神和信仰，我无论如何是走不进去的啊！

在英国的那一场足球赛，我终究没有看到。也许，今生我再也不会有去看一场足球赛的念头了。

英国热刺球迷

一点爱意

2014－12－27　23：53

昨晚张琛发微信说她要上一节诗歌单元的课，让我帮她查我们在英国雷丁大学学习时老师 Isabelle 给我们上课时的一个活动资料。于是我把我们在雷丁大学的讲义和笔记又重读了一遍。这次的读我注意到上课时自己在笔记本的页眉页脚上做的一些脚注，它们都是上课时老师们不经意间说的一些话，当时因为喜欢都记录下来了，如今细读，它们透着一种自然的教育理念和人文精神，也许还不够系统也不够深刻，不能成为一片森林，一棵大树，甚至连茂密的一束也称不上，但是，当我把它们一枚一枚拾起，原来也是一地金黄。

今天闲来，我把它们整理出来，重温和感受这些教育理念，于我也是一点自勉，让教育多一点爱意。

The best way for a person to learn is：let people make mistakes．（让一个人学习的最好方式就是让他犯错。）

People who don't make mistakes never learn.（不犯错

就永远学不到。)

Mistake is the best teacher. (错误是最好的老师。)

Taste it and correct it. (尝试错误然后改正它。)

When they make the mistake, then you come to them. (当学生犯错误之时正是你帮助他们之时。)

Congratulate for the students to make mistakes. (祝贺学生犯错。)

Respect everyone and every opinion. (尊重每一个学生及每一个观点。)

Travel inside the theory. (徜徉到每一种理论里。)

Make sure everyone can see you clearly in class. (确保课堂上每一个学生都能清楚地看见你。)

Make your lesson creative. (让你的教学充满创造力。)

The teacher is not the boss. We both find a way to adapt. (老师不是老板。我们彼此都找到一种方式来彼此适应。)

Imitation is not the sigh understanding. (模仿并不意味着理解。)

You are hearing. You are learning from them . They are teaching you. (你在倾听学生时，你也是在向他们学习，学生也是在教你。)

Students teach students. (学生教学生。)

The process is very important not only the result. (学习过程非常重要，而不仅仅是结果。)

Learning is how to learn. (学习就是学会怎样学。)

We need to teach how to learn. (我们要教会学生怎样学习。)

Learning should be whole, authentic and real. (学习应该面向全体且应该真实可信。)

The biggest source in the classroom is your students. (教室里最大的资源是学生。)

Teach the students to listen to each other. (教学生学会彼此倾听。)

Teaching is not for exam. (教学不是为了考试。)

Education is their future. (教育就是学生的未来。)

Everyone is important in the classroom. (教室里的每个学生都很重要。)

Value everyone's experience, then it is success. (重视每个学生的经历，这就是成功。)

Teach the students how to write, they learn how to write forever. (教会学生如何写作，他们将永远学会写作。)

If you don't feel in your heart, you can't write. (如果你的内心没有真实的感受，你就不会写作。)

Improve what they are good at. (去提高他们所擅

长的。)

Whatever you teach, all students will benefit something. (无论你教什么，学生总要能从中学到点儿什么。)

When you don't surprise your students, then you lose them. (当你不能让学生惊喜时，那么你就失去了他们。)

Don't think what they can't do, think what they can do. (不要想他们做不到的，要想他们能做的。)

Give the skills to the students, they will be independent. (交给学生学习的技能，他们将学会独立。)

Learning is an active process. (学习是个积极的过程。)

Don't give them answers, but problems. (不要给学生答案，而是给他们问题。)

Open your eyes for some disabled people. (请为那些残障朋友睁开你的双眼。)

外 篇

The least said, the soonest mended. (少说为妙。)

The less you say during a quarrel, the greater chance there is for you to patch up later. (吵架时你说得越少，后面你弥补的机会越大。)

Have a share life , the people will feel a lot. (分享一份生活，那么就能感受更多。)

We are never too experienced to learn. （无论多么有经验都不能不学习。）

TGIF: Thank godness, it's Friday. （谢天谢地，今天星期五了。）

Life is not just happiness. （生活不仅只是快乐。）

Let 's make slowly, it may go further. （慢一点，生活可能走得更远一点。）

——以上语录来自雷丁大学老师

David, Isabelle, Karen, Li Daguo

无　题

2015 - 7 - 24　06：52

如果你没有见过地铁或者火车上读书的英国男人，那么你就不算真正见过英国绅士。

我一直很想给女儿展示英国人的读书姿态，特别是在地铁上，在英国男人。

今天在海德公园地铁站里我们遇见了：一个男子身着深色西服，系着领带，手拿一本书，坐在地铁站的椅子上，身子坐得笔直，双脚并拢，书自然摊开，书是黑色的封面，质地很厚很好，两手轻轻把书托在膝盖上，上身与腰之间、大腿与小腿之间形成两个漂亮的90°直角，一个双肩包轻轻倚在脚边，神情静默，只在沉浸。

这个画面，女儿感受了。

关于读书的画面，我想我做到了。

可是，让女儿感受我的感受、看见我的看见，这样我做得到吗？

此行因为角色不同，我的感受完全不同。如今我只是向导，一个合格的导游，帮助她在这里渐走的路上渐觉生活如书，渐见另一种文化和生活方式。可是我发现我做不到。因为没有足够的文化知识作为背景，没有细微的生活细节过程作为支撑，女儿的吸收是有限的。我不希望她只是一个游客匆匆一游，而是一步一点也感受英国、走进英国、体验英伦。慢慢地，我发现，我的经历可以分享却不可复制！有些东西仅属于我自己，不可复制给女儿！那些经历犹如情人，只适合自我回味，却难以与人共享啊！我想，我要感谢2012年我在雷丁的那些生活和学习经历，感谢和我一起走遍英伦的张琛、黄敏，我的回忆里都有你们的身影！

尽管如此，我还是会尽量引导女儿，也许她吸收的会与我的期望相去甚远，也许会背道而驰，甚至会发生碰撞，但我想让她学会快乐体验。生活如书，每一次领悟都是幸福。

我能看到女儿在改变、在突破，从阿联酋机场第一次开口与外国人说英语，到这两天可以独自完成问路、购物活动，从第一天我开始教她如何搭乘地铁，如何转乘火车往返伦敦和雷丁，然后我会把伦敦交给她自己去经历，我也停下来细细温一壶往事，独自慢饮那些只属于我的温软，在雷丁的情怀里醉去。

我相信女儿会有着与我不一样的英伦时光，仅属于她自己的那份不同，只能分享不可复制！各自精彩！

伦敦海德公园地铁站（2015 年 7 月 23 日）

碎景·宠爱

2015－8－4　08：36

火车行走在
牛津大学的路上，
一路捡到好多田园碎景，
将它们拼在远方，
让阳光、天空、草场、野花
和我们在一起吧！

未来，有一天，
如果阳光不在，
天空一定要在；
如果天空不在，
草场你一定要在；
如果草场不在，
野花啊！
你一定要在；

如果，阳光、天空、草场、野花
你们都不在，
我一定会，
在眺望得到你们的地方，
对四季充满宠爱。

牛津路景（2015 年 7 月 26 日）

当你老了

2015－8－1　08：10

当你老了，
白发是你身后最柔的风景，
皱纹是你眼角最美的微笑，
那被岁月蹉跎的背，
是坚强的依靠。

陪你，
看湖面平静的时光，
不叹息不懊恼，
两头的心绪，
依然半笑半娇。

老了是生命的宽弛，
生命乐生，
老时乐老，

不折断不零飘。

当你老了，
陪你一起，
听生命轻轻的剥啄声。

今天在苏格兰巴洛赫最大的淡水湖罗蒙湖畔，远远看见这对老人坐在湖边，仿佛什么都不用说，只是静静感受生命的默契，享受老了的宽弛，敬意油然而生，让我不禁想起威廉·巴特勒·叶芝（William Butler Yeats）的诗当你老了（When you are old）。

附：

When you are old 当你老了

——William Butler Yeats—威廉·巴特勒·叶芝

When you are old and grey and full of sleep,
当你老了，头发花白，睡意沉沉，
And nodding by the fire, take down this book,
倦坐在炉边，取下这本书来，

And slowly read, and dream of the soft look
慢慢读着，追梦当年的眼神
Your eyes had once, and of their shadows deep;
你那柔美的神采与深幽的晕影。
How many loved your moments of glad grace,
多少人爱过你昙花一现的身影，
And loved your beauty with love false or true,
爱过你的美貌，以虚伪或真情，
But one man loved the pilgrim Soul in you
唯独一人曾爱你那朝圣者的心，
And loved the sorrows of your changing face;
爱你哀戚的脸上岁月的留痕。
And bending down beside the glowing bars,
在炉罩边低眉弯腰，
Murmur, a little sadly, how Love fled
忧戚沉思，喃喃而语，
And paced upon the mountains overhead
爱情是怎样逝去，又怎样步上群山，
And hid his face amid a crowd of stars.
怎样在繁星之间藏住了脸。

苏格兰罗蒙湖（2015 年 8 月 1 日）

再别康桥

2015－8－4　06：53

今天上午出发去剑桥大学。尽管有点远，但因为这是女儿的心愿，是一定要带她去的。

仔细算起来，在这里逗留的时间不长了，心里有些急了。因为还有老师没有去看，还想会会我们的朋友 Host Family。昨晚与大国老师联系，要见他一面才可以离开英国的。没想到大国老师热情地为我们联系，让我们与雷丁大学的学员们一起去剑桥，内心骤然间很温暖感动，因为我知道这样会方便很多，后来因为我的时间与他们的安排有冲突，我决定明天自己带父亲和女儿去。但是，对大国老师的那份感激却一直没有退去。

这次自己带着父亲和女儿游英国才深刻感受到当年我们在雷丁大学学习的时候，学校为我们安排的每次活动、每个细节都那么细致精心，让我们一边学习一边几乎走遍英国，从不同的维度不同的地域不同的细节，充分完整地体验。而此行我安排的行程明显零碎许多，很多地方都没有办法到达，这是我的遗憾。

根据大国老师昨晚提供的信息，我们倒了几次车到达 King's cross 火车站，在工作人员的建议下，11：14 我们坐上去往剑桥大学的快速火车。火车速度相当快，每次进洞时耳朵有明显不舒服的感觉。我们那年是乘学校的包车去剑桥大学，因此这次经历对我也是考验。从伦敦到剑桥的快车历时 45 分钟。12 点到达剑桥。我们从雷丁到剑桥共用了两个半小时。

吸取去牛津的教训，下了火车我们花了 7 英镑打车直接到达剑桥的国王学院，从这里开始了剑桥行。

天气遂人愿，越走越明朗。国王学院的古朴典雅高贵的气质深深吸引着女儿和父亲，沿着悠悠的康河，踏着徐志摩的足迹。女儿之所以一定来，很大的因素是因为平日对徐志摩和林徽因的阅读，她想感受他们那段旷世情缘、他们的康桥之恋。见到康桥和康河（River Cam）的柔波，女儿甚是喜爱，我想她是在心里默默念了一遍《再别康桥》的经典句子。看到徐志摩《再别康桥》的石碑，那份亲切扑面而来。其实，我也是第一次与这块石碑谋面，上次因为贪恋拍照错过了它，心里一直留有遗憾。今天我也是满足了。我对他和他的诗的偏爱可以追回自己的高中时代，当然，比女儿晚了几年。那时，他的这首诗和《雪花的快乐》我完全是手抄的，而且都可以背诵全诗。只是，那时不知自己有一天会亲自来这里轻轻吟诵一遍，然后再吟一遍！这是何等的宠爱啊！宠爱到女儿了！

在这里我和女儿分别都买了《再别康桥》的纪念卡，还特地给女儿买了一本徐志摩的中英文诗集。

依依惜别康桥，我们沿河乘船游康河，这又是另一番景象：泛舟清丽的河上，两岸的国王学院、女王学院、圣三一学院、圣约翰学院；数学桥、叹息桥（牛津大学也有一个叹息桥）随着柔波荡漾，撑船的小伙是剑桥的学生，帅气十足操着纯正的英语，一路侃侃而谈，与这河这两岸的垂柳花园相映成景。

从女王学院出来，时间尚早，陪父亲在剑桥街边的酒吧喝一杯咖啡，慢时光、慢目光，在这里逗留一两寸脚步，温一杯咖啡浸润时光的馨香，这是剑桥的绵长。

6：15，我们顺利踏上回程的火车。车上女儿悄悄拿出刚才买的《再别康桥》英文全诗朗诵起来，用她在英国感受到的语调，也许不够正，也许不够准，但是她可以这样用情朗诵出来，我默默打开手机把她尚还稚嫩的英文声录了下来。这个细节，于依然腼腆羞涩的女儿是一种莫大的超越，一次自发的表达，用英语、用诗歌的语言。

康桥的那片云彩，在女儿的内心片刻停留。身为母亲，我的内心升起一抹康桥之光。

老爸历险记

2015 - 8 - 3　07：16

今天的伦敦好天气，微微有些热，颇夏天的。因为苏格兰的五日行，父亲留在雷丁，独自享受那里泰晤士河的慢时光，也算是个小休整。我和女儿是断断舍不得留下的，我们今天走格林尼治天文台。

不幸的是，今天伦敦地铁 Circle Line 和 District Line 两条线都临时停运，又是周末，还有足球赛事，我还是第一次从雷丁一直站到 Paddington（帕丁顿）。一路辗转了四条地铁线，在 Elephent 和 Castle 站时，女儿因为慢了一步，错过了这趟地铁。我俩一下被分开，车子开动的那一刻，我俩的目光相对，有惊讶，有无奈，还有油然的担心。所幸上车前我们交流过在哪一个站下车再转乘，我想她会乘下一趟地铁尾随而来。尽管如此，内心还是有些担心（她没有电话）。我独自下车，在站台上静静等待。过了一会儿，我看见女儿果然在下一趟车上，交错间我们的目光相视而笑。这场小插曲算是有惊无险。这场小考验女儿是平稳过来了。

从格林尼治天文台出来，一路去了格林尼治集市。这里曾经是19世纪的一个批发市场，从1985年开始逐步成为一个有不同主题的集市，一周中每一天都有不同的主题，周末尤其热闹，有100多个摊位及各种饮食。

从集市里出来是河底步道（Greenwich Foot Tunnel）。这是1902年正式启用的河底步道，由Alexander Binnie爵士设计的，位于泰晤士河下方15米深处，全长大约370米。穿过隧道颇有穿越时空的感觉，却没有感觉泰晤士河在头上流淌，里面感觉厚重凉爽，女儿很是遗憾，因为从隧道里看不到河景。其实，我也是第一次穿越这条步道。

中途因为不放心父亲，几次打电话想确认一下，几次都关机，这让我很担心。与Sam联系，他说父亲尚未到家，这让我更担心。后来，父亲的电话终于打通了，他说马上就可以到Sam家了，我这才放心下来。

晚上回到家，我详细问过父亲才知道，他上午到了Sonny Village，在那里拍了很多照片，回来的路上看到一个超市，他进去买了些食材准备晚上给Sam一家做红烧肉和贵州特色菜——凯里酸汤鱼。结果出来走错了方向，往反方向越走越远，迷路了。这时他拿出我在他笔记本上写好的地址问路，问了几个人都没有用，因为他根本听不懂他们在说什么。走了很久，父亲遇到一家母子四人，那个母亲见父亲听不懂英文，于是和她的其中一个儿子一起陪父亲走了几个站的距离，一直把父亲送到我们住的附近，在确认父亲能够找到 Sam 家才离开。父亲非常感激。

父亲讲得虽然轻描淡写，我却心惊肉跳！虽然是安全回来了，但是想起来还是后怕。毕竟父亲是八旬老人，又是身处异国他乡，这样的经历对他来说实在是不该发生的。为此我很内疚。

虽然父亲一再安慰我，可是，我的内心除了担心、后怕、内疚、感激之外还有一些复杂的情绪。自以为画了地图、写了地址、留了电话号码，一切都可以万事大吉了。然而，现实与我的设想相去甚远，残酷得多。我想我下次再也不会这样做了。保证安全，这是我的职责！

至于父亲，那些不必要的经历不用去体验。

苏格兰朋友

2015 - 8 - 1　19：52

我们今天离开苏格兰巴洛赫热情好客的 Karunaratne 和 Malkauthi 夫妇。我们三代人在朋友 Sam 和他女儿 Anushka 的陪同下在他们家度过了愉快的两天，感受他们的热情、他们精致的豪宅，让女儿目瞪口呆。宽敞的空间，细致的内装饰，奢华的后花园，勤勉的主人：男主人 Karunaratne 是水库高管，女主人 Malkauthi 博士毕业，是当地优秀的妇科主治医生。夫妇俩性情温和，话不多，略显腼腆，有两个优秀的儿子分别在伦敦和瑞典工作。几年前，他们大儿子曾经踝骨骨折，在伦敦治疗很久都不能痊愈，后来他们经人推荐，在格拉斯哥找到一个中医治疗，两三个星期后奇迹般地好了。他们至今提起来还激动不已。当时他们夫妇俩动情地给那个中医写了一封感谢信，那个医生后来还常给人提起那封信。

昨晚在他家提及此事，于他于我仿佛又多了一层意义，让两个陌生的国度、两个陌生的家庭一下子走近了很多，多了一层情谊。在他家我才了解到中医在英国可以合法行医了。因为印象中还是《北京人在纽约》那个电视剧里的某个细节：王姬演的那个母亲因为用中医给年幼的儿子治疗骨折而被告上纽约法庭。

如今，国家强大了，中医也国际化了，我也可以带着父亲走天下了。

一次难忘的会面

——与大国老师的会面

2015－8－4　08：48

与大国老师的见面是预先约好的。8 月 4 日那天下午他开车到 Sam 家来接我们一家三代人。老师亲自给父亲开车门，并用自己的手挡在车门上，这个细节让父亲一直感动。

见到老师，心中很激动也很亲切，就像三年前在雷丁大学时的感觉。我迎上去说：李老师，我又回来了，见到您太好了！老师还是像以前那样，温暖的笑容，给了我一个 Big Hug。

在去老师家的路上，我滔滔不绝地向老师汇报自己的工作，汇报自己从雷丁大学回国后做的一些尝试。大国老师还是如从前，谦和地笑，耐心地听我的滔滔不绝。那一刻，我觉得自己兴奋得像个小学生。

进门就受到大国老师一家的热情欢迎。邹姐是广东人，是个很温情的女子，笑起来尤其真挚、甜和。让我们不感拘谨。女儿静静已经在英国工作。

邹姐不仅人很甜和，做菜的手艺更是了得：意大利 Spaghetti、凉拌三丝、炒西蓝花、特色豆腐、烤鸡翅，更有技术含量的是梅州梅菜红烧肉和清蒸鱼……长长的西餐桌上摆得满满的。菜既照顾到了父亲、女儿的年龄特点；又兼顾荤素搭配，还考虑到我们贵州人爱辣的口味，更体现了中西餐的完美结合。这情景让人很是惊叹。

这桌精心制作的菜与老师自家珍藏的茅台酒，整个待遇让人好生感动。

用餐时，老师和师母特别关照父亲和女儿，很多话题都是围绕他们，也很在乎他们的每一点感受：对英国的、旅行的、食物的等每个细节，让人觉得饭菜可口、话题轻松、气氛亲和。整个晚餐融洽温暖，让父亲感到备受尊重，女儿感到备受关爱。这样的气氛是老师和师母的学养温出来的。

饭后的水果和师母亲自做的甜点把这餐饭的西式风格点染得恰到好处。

本来以为与老师的会面到这里就恰好是结束的时候。那天巧了，饭后正好是英国 BBC2 电视台播出今年 2 月中国 5 位中学教师被邀请到英国汉普郡一所顶尖中学——博航特中学对英国 50 名 13—14 岁的 9 年级孩子进行为期四周的中国式教育模式教学，节目全程跟拍，正好今晚首播第一期。

刚好前一天我在伦敦地铁的报纸上也看到了这个节目的介绍。这个节目在英国的反响很大，这样的机会真是可遇不可求啊！虽然吃完饭时间不早了，但是我真的不想错过这样的机会，我接受了老师一家的邀请，欣然留下了。

这5位老师都是从国内精选的具有一定教龄优秀的中学老师：一男四女，邹海连（男，杭州外国语学校，班主任）、李爱云（南京外国语学校）、杨君等。其中有语文、数学、化学、物理、体育科目。

老师们的英语水平和口语表达都很出色。

这5位老师将在四个星期内对50名英国学生 Year 9 相当于我国初二的学生（完全按照中国学生的人数编班，在英国一个班级16—30人；因此50人对于英国的班级来说是个庞大的数字）进行传统的中国式教学。

一是作息时间：每周升旗仪式（升五星红旗）；早上7：30上课（英国孩子上午9点开始上课），上午四节课，中途做课间操、眼保健操；下午三节课；放学后自己打扫教室卫生；晚上晚自习。

二是课堂教学模式：选班干；上课前班长喊起立，并且全体起立向老师问好；上课完全是填鸭式教学，老师讲学生听，并要求不时做笔记；晚自习写家庭作业。

三是教育理念：权威式教育模式，上课不许说话，不许睡觉，不许走动，回答问题举手，违反纪律者接受老师体罚。

四是考试模式：四周学习后进行考试检测。

这些在我们学校里看似司空见惯的东西，对于英国的孩子们来说，第一天新鲜，渐渐感觉这就像魔鬼式管理，其中一个学生甚至用了 Ridiculous（可笑的）来形容。

我们的眼保健操、课间操让他们新鲜了两天，但是接下来每天重复做相同的事，孩子们显然失去了耐心。每天上九节课，英国孩子们简直要崩溃，中途课间休息时孩子们只好用他们自己的方式放松。最糟糕的是课堂和考试。

我们的课堂孩子们完全不知老师在讲什么，不是我们的中国老师的英语表达出问题，而是这种教学模式注重教学结果，忽略了学生参与和了解知识的过程。孩子们的注意力在上课 15 分钟后完全解散，这时我们的老师也基本崩溃：孩子们开始说话、玩手机、打游戏、睡觉……老师开始罚学生站到教室门口，然而这并没有什么用。

最感人的是关于一个小男孩的细节：在对全班学生进行我们国内初中学生的体能测试时，这个男孩各项指标都在班上排名倒数，一是他身体胖一点，另外他不擅长体育。但是这样的测试让他很沮丧，完全丧失自信，在节目中多次为此哭鼻子。最后，他完全是在同学和中国体育老师及英国老师的鼓励下才勉强完成整个测试科目。但是，在后来的数学课上，老师让他们解九连环，谁解开了，那个九连环就作为礼物送给谁。孩子们都很有兴趣。可是，全班 50 个孩子，只有那个男孩解开了，节目中他第一次开心自信地笑了。这个孩子给我和所有的观众留下了深刻印象。

节目中，我们的中国老师非常认真，尽职尽责：每天备课到深夜，中午在办公室商讨教学，晚上开碰头会总结。可是，课堂不是他们熟悉和想要的课堂，纪律和学生的调皮自不必说，受到重创的是感觉老师的尊严受到了前所未有的挑战，而教学结果完全与他们的付出背道而驰，第一次考试结果让他们痛哭流涕。这个镜头让我比那些英国观众感受更加深刻。

虽然这只是第一期，是整个项目的开始。但是，文化和理念的碰撞，从一开始就发生了，让人印象深刻，发人深省。

这样的尝试，对于老师来说，带来的不仅是考验，更是思考，不仅是课堂形式上的思考，更是教学体制的倡导。对于学生来说，不仅是一场挑战也是经历更是成长。

我不知道后面的节目会怎样，也没有机会再看了。但是，这期节目对我的意义与别人都不同。

看完节目从李老师家里出来已经很晚了。这顿晚餐给我们一家留下了深刻印象：老师的谦和学养，师母邹姐的真诚热情魅力，一家人的暖洋洋，还有中西文化在这个家庭的完美融合。

老师一直开车把我们送回 Sam 家。下车时，老师先一步下来为父亲开车门，同样用手挡在车门处。这个细节后来被父亲多次提到。

这次与老师会面，我的收获满满的。成了我这次重返雷丁的一个重要内容。为我重返英伦添了浓墨重彩的一笔。

后记：在送我们到家后，老师在回家的路上发生了一个小小插曲：拐弯时轮胎让路沿儿划破了，刚上了坡转到大路上听着声音不对，下来一看，轮胎瘪了。叫了交通拯救，本来说12点稍过到，结果1点钟才到，足足等了两个小时！老师到家已是凌晨1：30。

女儿的牛津之旅

2015－8－6　07：29

这是特殊的一天，女儿今天独自重返牛津大学。

如今，牛津大学在女儿这代人眼里出现的画面不再是古色古香的校园，或众多从这里毕业的历史名人，而是“哈利·波特”和霍格沃茨魔法学校。

一说到霍格沃茨魔法学校，给人印象最深的一定是那迷人壮观的大礼堂。霍格沃茨的礼堂也是所有7部电影中出现频率最高的场景，也是这座魔法学校唯一让人印象深刻的“标志”。因此，霍格沃茨本身也一直是全世界哈利·波特迷们渴望“寻找”的，并希望前往“朝拜”的圣地。当霍格沃茨大礼堂的外景地原址被揭秘后，牛津的基督教会学院也就成了不仅是全体哈利·波特迷们向往的地方，也是世界各地游客们追寻的地方——哈利·波特电影中的那个“大礼堂”就是在这取的景。去牛津，都会先直奔那里，如果在英国的其他外景地不知是在什么地方，但“基督教会学院大堂”这个地方一定会知道，因为这里，似乎就是全部哈利·

波特外景地的“代表”，就算是其他的场景没去成，只要来过这里，也不枉在英国进行过一次“哈利·波特游”。

女儿这次重返牛津大学，正是为了这个霍格沃茨魔法学校。我们上次到牛津大学的时候已是下午4点多，牛津大学的基督教会学院关门了，女儿与全世界哈利·波特迷们一样：没有亲眼见到那座大礼堂，就等于没有到过牛津大学啊！

女儿今天起了个大早，我核查了她背包里要带的东西：眼镜、钱夹、手机（我把自己其中一个手机给她带上）；与她核对了一遍乘车路线：公交车站—雷丁火车站—牛津火车站—牛津大学。一切准备就绪！我把她送到公共汽车站。并在去车站的途中给她一路拍照。

目送女儿上了公共汽车，我转身准备回 Sam 家，当我伸手准备拿东西时惊讶地发现我的两个手机都在包里，刚才我给她拍完照片后忘了把手机交给她！我一下子吓得脑袋一片空白：天哪！女儿没带手机！这怎么可以！毕竟是在国外！女儿才 14 岁啊！我怎么和她联系啊！万一遇到什么事怎么办啊！我急得团团转！在车站来回走了几圈，完全乱了方寸。稍微冷静一下，我赶紧给 Sam 打电话，把情况简单说明了，十万火急地请他赶快开车过来送我到雷丁火车站给女儿送手机。

Sam 听完马上开车赶往 St. Barnabus Church 公交车站接我。也许他已经够快的，但是对我而言，每过一秒都是煎熬！如果不能在女儿登上从雷丁开往牛津的火车之前赶到怎么办啊！不知道她是否发现自己忘带手机了？如果她发现了会不会像我这么着急？她会不会在火车站等我送手机？如果赶不上女儿对我来说这与丢了女儿没多大区别啊！

当 Sam 赶到时，我已经急得胃疼，跳上车，我们直奔火车站。Sam 告诉我先去售票处，再去站台。他的车刚停稳我跳下去就直奔售票大厅：没有！我看大屏幕，最近一趟开往牛津的火车还有两分钟发车：10 号站台，二楼。因为没有买票，我进不去。只好给工作人员解释情况，工作人员很善解人意放我进去了，我在电梯上奔跑。因为担心错过这趟火车，我来不及查看候车区直奔站台，可是站台上寥寥几人，就是没有女儿，我再次确认她没在站台！可能已经走了，可能还没有到。我只好从站台又冲回二楼候车厅，四处张望，最后在大厅尽头看见女儿悠悠地在星巴克排队买咖啡！我的心这才定下来，我满头的大汗。

看她的背影，敢情她根本没在乎这事儿。

远远看着她，我平静下来并没有打扰她，耐心地等她买完。我问她：你知道电话在妈妈这里吗？她说：刚才买咖啡之前发现了；你不着急吗？我不急啊！有什么好急的啊！大不了我自己回去就好了！听完这话我一半窃喜，一半明媚。

女儿在成长。在所有的成长过程中，担心的那一半叫“母亲”，走远的那一半叫“游子”。自古如此。

我打算送女儿到站台，被她拒绝了。我只好怏怏地回去了。

女儿来电话说已到达牛津火车站；在步行到牛津大学；到达基督教会学院。过了一会儿，女儿又来电话说她进不去，因为是未成年人，必须有成人带着才可以参观。过了一会儿她又来电：她进去了，她买了成人票。我又舒了一口气。

后面的故事都如期望的那样发展。而且在规定的时间女儿按时返回。

有了牛津基督教会学院的霍格沃茨魔法学校，对女儿来说本次英国之行才真正完整。我也不留遗憾了。

这是多奇妙的一天啊！今天，我终于做到了：给女儿一段仅属于她自己的英伦时光。

在以后的日子里，更多时候，我将默默退到后面，只在她需要的时候出现。

牛津大学基督教会学院

（2015 年 8 月 6 日女儿摄）

英国地铁工人罢工，场面堪比中国春运

2015-8-7　07：32

在英国地铁里还没见过这场面！今天下午在 Jubilee Line 地铁里看到这场景：整个电梯停运，人流堆积在站台上，电梯上，人多堪比中国春运！但是秩序良好，无论车子来还是不来，队伍一直排在那里，不喧哗、不拥堵、不抱怨。让我感觉兴许是遇到下班高峰期了吧（下午 4：25）！其余也没多想。安静地顺着人流排队、等候，不急不慌，井然有序。两趟地铁过后，一切恢复正常。

等我们出了地铁站接到 Sam 的电话，他用很严厉的口吻几乎是命令我们必须马上返回 Paddington（帕丁顿），越快越好！否则我们今天将回不来了！如果地铁太挤就立马打的回 Paddington 并且赶紧乘火车回雷丁。

我虽然不知道到底发生了什么，有点儿半信半疑，但是听他的口吻我还是乖乖往回赶。回程一路顺利，再没有出现刚才的现象。Sam 一直在雷丁火车站等着，直到见到我们那一刻他才舒了口气。

在车里，Sam 才仔细给我说，地铁工人罢工，地铁在今晚 6：30 将要停运直到本周五。他在上班时听到这个消息，赶紧给我们打电话，因为在上班，又不便详说。

晚上，新闻里说，地铁工人们罢工因为希望得到每年 40000 英镑的工资和每年 50 天的休假。在上个月来英国之前在电视里看到过伦敦地铁罢工的场景，那叫一个壮观！没想到，我在伦敦亲历了！这对我来说完全是一场新的经历，难得一见！

因地铁工人罢工，伦敦 Jubilee Line 地铁一景

（2015 年 8 月 6 日）

因为今天请 Sam 的女儿 Anushka 在网上为我们三人预订了明天中午 2：30 在皮卡迪里广场附近的女王剧院看一场歌剧《歌剧魅影》的票，无论如何，明天是一定要去伦敦的。我现在不知道，在没有地铁的情况下，明天的我们怎么可以准时到达伦敦？

这场罢工于我，完全是看热闹！看英国人的绅士风度此时如何挥洒！

这样的经历于我也是难得！

老爸老棒了!

2015－8－7 02：13

今天尽管伦敦没有地铁，但是我们还是前往，陪父亲和女儿看歌剧。

在雷丁火车站，把父亲安顿在候车座椅上，我和女儿去洗手间。等我们出来时却找不到父亲，我俩四处张望，都不见父亲的身影更不见父亲的红帽子（在这次英国行父亲的红帽子成了我和女儿能够在茫茫英国人中准确地一眼找到父亲的重要标志）。我们开始分头找。

当我回头时，看见从电梯那里慢慢升起一顶红色帽子，我肯定那就是父亲了。随着电梯的升起，我看见父亲一手扶着电梯一手在帮一位女士抬着婴儿推车，那位女士一手推着一个小孩、一手牵着另一个孩子，那个小男孩3岁模样，自己拉着自己的小小行李箱。当她下了电梯，她对父亲的帮助表示感谢。原来，父亲在等我们的过程中发现这位女士在准备上电梯，但是一手牵着小男孩，不能把婴儿车推上电梯，父亲见状赶紧下去帮忙抬婴儿车。

我站在一旁笑着拿出手机想记录这一刻，虽然我的动作晚了一点，但重要的是我为父亲感到骄傲。

我的老爸老棒了！

雷丁火车站：父亲和那个 3 岁小男孩（2015 年 8 月 7 日）

伦敦地铁工人罢工了

2015－8－7　07：32

今天伦敦地铁彻底罢工，从帕丁顿到皮卡迪里广场的地铁大门紧锁。我们从帕丁顿出来，大街上一路交通井然有序，并没有出现我期待的那种拥堵，更没有像电视里的那种爆棚。人们都很淡定，街上的人群没有骤增，只是公共汽车和的士有些缓行。

我们走出帕丁顿，来到的士招呼站，这里聚集很多人排队等候的士，人们神情平稳，不慌不乱，长龙一般的队伍却因为有序而不叫人恐惧。我们都很耐心。在英国，要学习的第一件事是学会排队；第二件事情是学会等待。

我们排队等待的时间要比想象的短得多。坐在车里，我一路观察，可是真的没有什么异常之处。摄政街、皮卡迪里广场，人员并没有太大变化。这情形多少让我有点儿失望。因为，本来就想看看热闹，居然没有得逞。

对于这场地铁罢工，看来伦敦人是不以为然的，倒是我这个老外有点儿大惊小怪，有唯恐天下不乱的嫌疑。

女儿逛伦敦

2015－8－9　05：56

今天，女儿终于自己去伦敦了！一次仅属于她自己的伦敦深度游。

女儿今天的主要任务是去参观伦敦海洋馆，另外两个附加任务是到摄政街帮她小姨买围巾、在 Waterstone's 帮张琛买《百科全书》。

昨晚我让她把今天的火车、不同地铁线分别找出来，并用笔画出来。出门前我特别确认了手机在她身上。看似一切准备就绪了。上午我和 Sam 送她到火车站。出门一切顺利。

今天女儿的伦敦行非常顺利。我几乎没有怎么管她。我自己去拜访我的朋友和房东家。父亲与 Sam 在雷丁的中国朋友陶陶的父母去泰晤士河边散步、遛弯。我们各自行动。各自精彩！

晚上 7 点女儿顺利返回家。所有任务圆满完成！玩得开心，累得其所，玩得尽兴，饿得有形（一整天喝了一杯 Lemone Juice 和一杯香草柠檬，外加一份冰激凌）。

回到家里，顾不上全身的疲劳，女儿直奔楼上拿起日记本奋笔疾书，我心中窃喜。吃完晚饭，她居然主动把她写的东西给我看，并同意版权借我所用。这在女儿进入青春期后还是第一次。

后天就要回国了，我终于实现了让十四岁的女儿独览伦敦的愿望！这次的尝试让我和父亲兴奋不已。女儿也找足了自信，体会了成就感，用自己的目光感受了伦敦的魅力。这次经历算是达到了我陪她看英国的目的，从她的诗里可以读得到。

孩子她爹，你完全可以放心了，你的钱没有白花！

附女儿诗：

请不要惶恐，
请不要离开，
让我再看看你的容颜，
我想，
我想，
那春风十里，
不及你的颜。
请不要离开，
我们一定要再见。

雷丁大学，我回来了！

2015－8－9　06：44

从雷丁的 Town Centre 沿着运河，街边的建筑、河边的杨柳、水里的天鹅，一路寻去，仿佛离开只在昨天！我的记忆卡中所有细节都慢慢浮现。踏着记忆的脚步，我是真的回到了雷丁大学。

今天的雷丁很夏天，满满的阳光，温暖了我所有关于这里的春天！我们的教学楼、图书馆、草坪、过道、花花草草都回荡着我们的记忆。

放假了，这里安静了许多，而且，我们曾经学习的西部项目也搬回雷丁大学主校区了，唯有我们的记忆还停留在这里。

在阳光的照耀下，校园里金灿灿的，其实秋的色彩也慢慢爬上了树梢。我回母校的那点情结也被温得很动情。我一边走一边拍一边回忆。

我所有关于这里的那些美好，你们还好吗？

英国，我们注定要离开了

2015－8－10　07：19

是真的要回去了。女儿万分舍不得离开了！

今天，我和父亲商量好让他留在家里休整一天，Anushka（朋友 Sam 的女儿）和我们去伦敦：Farewell to London！

到了伦敦以后，我把时间交给两个十四五岁的少女，让她们去度过自己的假日时光。这次来我才体会到，在英国，人们尤其是家长，特别看重 Holiday（假期）这个概念。因为是 Holiday（假期），似乎孩子们可以享受很多不同的特权，比如可以偷偷懒、可以多给一些零花钱、尽量不惹孩子生气、可以小小地任性等。这段时间我听得最多的一句话就是“Anyway it is your holiday.”这话听起来很温情，甚至可以化解很多别扭。而我们似乎对 Holiday（假期）这个词的理解还只停留在时间意义上，远远没有上升到，因为是 Holiday，所以更关注和尊重孩子的需求，让孩子真正感受到 Holiday 的不同与魅力。感觉“Holiday”真好！

我独自一个人在牛津街与摄政街间徘徊。

在规定好的时间我去接两个孩子一起回雷丁。

从 St. Barnabus Church 下车我们在暖暖晚霞的护送下踏上回家的路。这条路很美且幽静，却刚熟悉就要离开了。

这时女儿的离别情绪随着霞光的浓烈而浓郁起来。她一个人走在最后，一路走一路高歌，还一路问我可不可以改签晚点回去。我说反正签证是半年，你留在这里好了。这个回答当然不能让她满意。

来到路边的草坪上，这里开满蒲公英，据女儿说：这里是她的秘密花园！每次她一个人回来的时候她都要在这里一个人玩上很久。今天是最后一次她可以坐在这里撒野……

女儿主动要求我在这里给她照相。这对于我而言简直是妄想，因为女儿很反感我给她照相，能得到这个邀请，作为母亲我有点儿受宠若惊！

我不知道在镜头前女儿可以这样放松、这样高亢！她完全无视我和 Anushka 的存在，一个人要么奔跑、要么躺下、要么满地找蒲公英，每找到一枝就对着蒲公英高声歌唱：这枝考上某某高中；这枝考上某某大学；这枝与好朋友谢雨杉读同一所高中；这枝与谢雨杉是一辈子的好朋友……她漫山遍野地跑，来回地疯，一改她平日的羞涩。Anushka 听不懂她在嚷嚷什么，我给她解释，她也被女儿一反常态逗乐了。

女儿在这片草地上疯了近二十分钟。后来我直接照不动了，改为录像，这样随她，我只需要举着手机，不言不语。

夕阳慢慢移到身后，英国也将如此。女儿的离别愁绪被晚霞染成了金色，晚霞把女儿的离愁抹得更加柔和。

此刻，我是观众。精彩由女儿自己操纵。

英国，我们注定要离开了！

第五篇

绕地游慢

丽江日记（一）

2007－7－1　23：04

今天是年三十，我居然在丽江。丽江！是的，就是丽江。而且是三个女人：尹巍、毛春红、我，在丽江。一个魂牵梦萦的地方，一个烂漫的地方，一个我唯一愿意来第二次的地方。

天高云清，丽江以她宁静、与众不同的格调期待我们。

闲散地在丽江的大街小巷漫步着，也一样办年货，吃年夜饭，坐在樱花屋，懒懒地看窗外如织的人流，这就是丽江！你可以奔放，与完全陌生的人对歌，饮酒；你可以孤独，坐在河边的窗外，不言不语，看行人的过往匆匆；你可以安逸，读酒吧留言簿里的心情，看来自世界各地的留言；信手写下几句，你便是了这里的主题，丽江因你而丰富；抑或，你什么都不想，什么都不做，只是停下匆匆的脚步，忙碌的心。其实，无论你是怎样的，丽江的包容都可以让你找到一个适合自己的坐标。

又见丽江，依然深深地眷恋着，眷恋着她的每一条街，每一段溪水，每一座桥，散落在每一个小巷。

丽江日记(二)

2007－7－3　00：15

拉市海。水蓝如天，被山环抱着，有草甸一片。虽然是冬天，草是黄的草，如果可以，想象夏天的这一片草甸，衬着拉市海，蓝蓝的水，绿绿的草，蓝蓝的天，美是一定的。

没有骑马，也不划船，三个女人，在拉市海悠悠地漫步，投入地照相。就这样，停停走走，照照歇歇，或坐或躺，如童年一般嬉戏，欢笑，不需要理由。那空旷的草甸仿佛只有我们仨。因为匆匆的都是游人，忙着骑马，划船，却没来得及停下脚步，好好望一望这片海。甚至，有人只站在门外感叹：“就这啊?”然后转身离去。这是不懂拉市海啊!

放眼一看，也是山，也是水。那水，是湖，蓝如海；那山，像一道屏障，却延伸了你的视线。海子前的树不多，长得格外有形，衬着天海一色，每一棵树与拉市海站在一起，草甸的黄透着点深沉，构成一幅浓墨重彩的绝美油画。如果你有幸成为画中人，那么你和画便一起生动起来。

拉市海的美，不是惊世骇俗的那种，却是细腻的，在于有心人点点滴滴地去体会，体会她的细节，去懂她的一草一树，懂她的一海一天，懂她的一举手一投足。

细腻的美需要细腻的心才能懂啊！

丽江日记(三)

2007－7－4　22：36

特地早起，一个人去感受丽江。清晨，独自走在光滑的石子路上，阳光透过清晨，散落在街上，没有喧嚣和人流，店面都是关着的，红红的门，狭长的巷。刚刚苏醒的丽江，梳洗过的丽江，清清朗朗，心情飞扬……

回安居客栈的路上，找回了赞布饰品店，是去年来过的，虽然门还关着，我仍是激动，因为，与这个店相遇是要缘的。它不如四方街的店面，是你在丽江的必经之路。小店在五一街，一个深深小巷里，如不是深入丽江，是不能谋面的；如不是有缘，会擦肩而过的。赞布饰品，风格简约、明朗、细致、有灵气。这里，男店主温暖，女店主柔情，让小店充满温情，人情味浓过商业气息。

记得去年我寻遍了丽江的大街小巷，只为拥有一个别样的手链。最后在这里如愿的。当时，寻得这条手链后，一直戴着不曾离手，在返程的火车上突然发现链子不见了，看我急得快哭的模样，几乎全卧铺车厢的人都来帮我找，仍然一无所获。有人问

“很贵吗?”我黯然。也许金银贵些，但丢了可以在任何一个城市再买。它不同，虽然算不上昂贵，如果走出赞布饰品，它就是唯一的。当我带着遗憾和深深的痛回到家，打开行李箱时，奇迹般地，它竟悄然躺在里面，那份感动让我至今记忆犹新，对它也因此深爱至今。因此，要找回这个店是我此行的一个心愿。

中午，三人一起，我又来这里，一切如昨，店面没变，男女主人的年轻没变，温馨也没变。这次要编四个相同的链子，为纪念四个女人（还有伍春华，没能来）从学生到少女再到女人，嘻嘻哈哈一路走来，相知二十载。给店主讲述着我们和他们手链之间的故事，店主静静地听着，微微地笑着，细细地编着，满足着我们每个人不同的细节。就这样，一边聊，一边编，感动着他俩的静逸、和谐、精致，每件饰品在他们指尖仿佛都流淌着一个故事，有一种情结编进了这些链子中，平添一分灵气，更加爱不释手。

夕阳下，小河边，左岸吧；小桥，流水，音乐，书。三个女人闲坐窗边，或读书，或听音乐，或喂鱼，或发呆，一幅典型的丽江风景。丽江的美，美在柔软，柔软的是心情。点点滴滴，丽江流进眼里，握在手里，留在心里，融在生命里，在记忆中挥之不去。

仿佛丢了什么在丽江；又仿佛，从丽江带走什么：是生命里的一米阳光。

匆匆是丽江的行人，丽江不属于匆匆。

丽江日记(四)

2007－7－9 23：53

登上玉龙雪山的4580米，一生到过许多雪山，有过很多感动，却都不如玉龙雪山这般。

顺着索道，惊喜、感动，随着海拔的上升而升华。天晴朗着，没有雪飘，但那满眼的雪，如沙，似纱，倾泻着；柔、软，流淌着；在蓝天、白云、阳光下，灿烂着。那远远不只是雪山，有松林，有冰川，有峰，有蓝得纯粹的天。看那雪的柔软，柔软地散落在松林间，柔软地堆积着，高高地沿着蔚蓝的天从巅峰倾泻而下；雪，柔软地被踩在脚下，再柔软地越陷越深。踩在上面竟找不到底。生平第一次一脚踩下去，雪没过膝盖，而且还在深陷。那种惊叫，那份兴奋，还有一点点恐惧，一下子涌出。还有冷！鼻，耳，手，是通红，脸，唇是紫的。登上玉龙雪山的高峰，其实，打动我的不是雪山的至高无上，是雪！是层层叠叠的雪，那厚厚的雪啊，超越着我的想象……雪是这里的天堂，那峰就是天堂里的上帝。

站在这样的高峰，放眼望，只有蓝天很蓝，雪山很雪。

我看见，我的生命从此纯洁起来，未来从此高大起来。我，也从此蔚蓝起来。

从江日记之序

2007－10－15　01：56

国庆长假应邀参加初中同学会，我如期赴约。二十三年了，自从随父母举家迁离之后，与同学，从江一别，我竟未曾回过。

30 日下午，上完最后一节课，匆匆拎上简单的行李，我跃上最后一班开往贵阳的大巴。这样，我的旅行在没有完全准备好的状态下开始了。车上的我，说不出什么样的心情，对未来的旅程，我只是浅浅地期待。

离乡多年，初中毕业后同学之间一直失去联系，是几经偶然，今年 8 月才全部联系上。如今，彼此在着不同的城市，虽然电话已经通过，模样却有些模糊。第二天，几个同学在贵阳终于全部凑齐，见面时，恍然大悟，陌生了的面孔，笑容如昨。毕竟同学，一见如故啊！中午，开着同学杨的两辆轿车，一行六人上路了。

这一天的旅行是漫长的。1：00 从贵阳出发，途经凯里，同行的队伍由两辆车增加到 3 辆车，同学也从熟悉的笑容、陌生的心境中经过一路的颠簸，开始找到那份原本就有的亲近，从简单的问候到试探性的玩笑。最后，终于又成为年少时的玩伴，一如未曾别过。毕竟儿时的欢笑始终珍藏记忆中，一经呼唤，竟一呼百应。

车在蜿蜒的雷公山上绕行，一路开车的黄焱该有些累了吧，始终专注地开车，她的沉稳未改。同车的男同学女同学却有些兴奋了，一路的笑语又回到二十三年前，一幕幕在山间穿行。回家的感觉愈走愈浓，愈绕愈长。浓郁的原始森林熟悉依旧，绿色的空气沁入心脾。夜很黑了，却没有倦意。前面的车灯照在路旁开着的茅草花上，像月光洒上的淡淡晕光，从身旁滑过，轻舞飞扬。偶有水声，是小河潺潺流过。夜的黑看不见流动的水，但可以看见静的水面。夜，越深，故乡的气息越浓，连呼吸都有儿时的味道。

00：30 我们赶到从江，不曾料到的是，所有在的几十个同学一并在宾馆等着我们，这一幕让我感动着，直到现在。

我是来参加同学会吗？犹如赴一场人生之约啊！

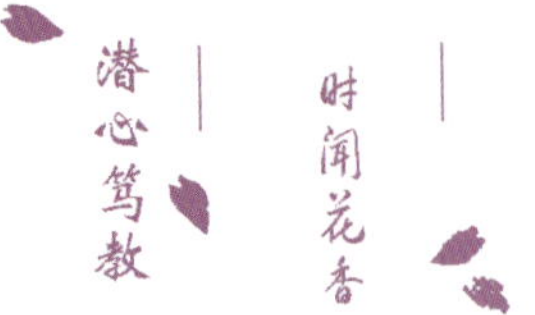

从江日记之母校篇

2007－10－15　23：30

同学会的第一个内容是回母校！

“母校”，这两个字于一个离开二十三年的我而言是什么概念啊！记得当年离开之后，曾多少次梦回这里啊！

一早，我们班有名的三Yan：黄焱、石筱燕、张晚艳，和余欢谢绝了筹委会安排的车，特地一起从宾馆步行去学校，一边走着那已匆匆过去的青春岁月，一边搜索着记忆中的片断。那时这一段上学的路好长，足够我们消磨好多单纯的快乐时光。今天再走，只是匆匆的一瞬，来不及回味啊！

顺着通往学校的几十级台阶往上，越走我的心跳越快，抬头再见我们的教室依然默候在前，我的眼几乎湿润了。没变啊，这长长的台阶，这教学楼，是旧了些，苍老了些，却熟悉得想潸然泪下。今天，它们终于抚平了我心中那折折叠叠的思念啊！

站在楼前，任蓉告诉我，那棵高大的梧桐曾是我俩亲手种下，我心一惊，我是真忘了！我与树相望，两陌生啊！这一细节如今提起有多暖啊！其实，我就未曾离开过！

坐在教室里，见到老师，我的情绪又涌起高潮。老师们老了，我看见了白发，但永远我也抹不去离开时他们刻在我脑海里的形象。如果可以，我是想拥抱他们的，但最后还是用了传统的握手礼，其实，无论何种方式都不足以传达我自己。

座谈会后，我特别找了我的语文老师和英语老师：杨正贤和杨春，因为这么多年来，我一直对他们心存感激，语文和英语成了我一生的爱好和职业，与我相伴一生。这是他们所不知的，却正是我一直以来想告诉他们的。今天，我一定要说出口："因为有你们的引领，我终身享受着这两门学科的乐趣！"

现在，我想我的心可以安稳些了，我终于有机会和勇气告诉你们："老师，我感恩着你们，爱着你们！"

从江日记之五道小溪

2007－10－20　14：51

五道小溪。

离开得太久了，对五道小溪我连名字都是陌生的。

走在大山里，层层叠叠的梯田，黄澄澄的，摇曳着喜悦的丰收。我们一路谈笑着，一如当年的郊游。同学周、陈的笑话，一路幽默得我们乐弯了腰，像田里秋的谷穗。

“草木如织，我行其野；秋以为期，载笑载言。”想不到，在这里，我竟然邂逅了生命中期待过的景。

山路走了仿佛九九八十一道弯。同学们的脸走红了，脚走痛了，回头望：女生的包全背在男同学身上，一双双各式的高跟鞋挑在男同学肩上。她们赤脚走在大山里，泥是红红的，软软的，润润的，赤脚也是心情哪。几十个身影，红红绿绿、稀稀拉拉地镶嵌在山腰上，绕在田埂间，打着，闹着，那是阔别很久的笑声啊！

记不得走了多少山路，但我清楚地记得是蹚过了五道小溪。因为，每逢过溪，场面最是温暖：一路走散的同学在这儿集中，对岸过完河的同学，有的小憩，有的穿鞋，有的回头望；河这边刚到的，有脱鞋的，有犹豫的；美，莫过于小河中的那一景：有男生背着胆小的，或者脚不方便的女生过河；有男生牵着女生走在河中；更有甚者，在河水最湍急处，将女生轻轻一推，那看似掉进河里，又似扑进怀里的一个趔趄，笑彻整个山谷。

我是认真地蹚过了每道小溪。于我而言，每蹚过一道小溪，就是一次体验，体验缠绵的溪水，体验同学情怀，体验一次激动。每一次坐下、脱鞋、挽裤腿，我都像在做一件最心仪的事。在同学的帮助下，笑着，又谨慎着，踩过脚下的每一块鹅卵石，轻柔软滑，体验着欢畅的流水的心。这样的场景，是久别重逢啊！

如果不累，那完全是因为开心！事实上，我们一路走了两个多小时，后来的路我完全是在同学不断地鼓励下走完的。最后，当我终于看见坝子上的炊烟，听到前战同学热情的高呼时，我的心松懈了，一脚踩滑，身子突然往后倾，我吓得只剩尖叫，走在身后的同学杨光涛一把将我拽住。当我回过神来往下看时，那是看不见底的山谷！杨以他军人的敏捷救我一命啊！

我是最后到达坝子的。那热烈的场面啊，撩人心怀！这是一片形状各异，高低错落的大青石，三面环水一面靠山，坐在任意一块青石上，放眼望去，满眼是秋，金灿灿的。前战的同学煮好了糯米饭，烤了腌肉、腌鱼，还有久违了的凉拌麻粟豆腐。我几乎是一口气把自己吃饱的，是饿了，更是香了！

我歇着，欣赏着同学们玩儿时的游戏，看他们因为获胜得到小礼品时的快乐；顽皮的男生一如当年，一边游泳去了；困的各自选了一块平整的青石晒着疲惫；还有爱美的，和这儿的一风一景站在一起，狂拍照，和天气一样，到处暖融融的。

当我吃好，歇好，静下来时，心里却有阵阵感动和不安涌出，感动着我的同学，不安着他们的付出。这几个小时的山路，我们边走边丢盔卸甲，走到最后我已是三条腿（加一根拐杖）。而我的同学们8点就提前出发。我想象他们扛着、挑着食品和炊具，走在这山路上，那样的艰辛我能说不知道吗？一样的路，一样的鞋，一样的山山水水，不一样的是我的感怀！

这一天，同学之间的交流最广，最深刻。一路走来，所有的情愫都渗透在这山风里的一草一木、一山一水、一呼一吸、一颦一笑中，让60多颗心啊，盛得满满的！

从江日记之岜沙

2007－10－26　22：41

岜沙。一个距县城7公里的苗寨。苗语意思是“草木繁多的地方”。

印象中的岜沙人，男子身穿左襟右开黑色高腰衣，裤腿大大的，像裙裤，头顶盘着辫子，四周剃光，手里扛着火枪，身上别着腰刀。儿时同学一起常来这里，有茂密的森林，还有一个毛主席纪念亭，是当时每年清明时中小学生的必修课。那时只是远远地看着岜沙寨，岜沙人，从未走进岜沙。

再见岜沙，它已是一个闻名中外的小寨，可称“中国最后一个枪手部落”。山还是那山，树还是那树。岜沙已不是那个岜沙，寨门已向世界敞开。岜沙人以他们原始的风貌笑迎各地的客。火枪依然扛在肩上，辫子还盘在头上，裤腿还大得像裙。他们敞开的是心，是民族，是文化，那独特的“树葬文化”感动着每一位来者。

岜沙人视树为神灵，每个岜沙人生下来后家人会为他种上一片林子，当这个岜沙人死去时，人们就在这片林子中砍下最粗壮的那棵为他做成棺木，然后在葬完的平土上会再种上一棵树，以纪念他的魂灵。在岜沙，不曾有过坟头，只有一棵棵的参天大树。我长在从江，自以为了解过岜沙，今天也和这些匆匆的游人一样，第一次走进岜沙文明，以“苗族原生文化”的活化石而走向世界的岜沙人，却在此将其他文明远远抛在身后。

其实，岜沙还是岜沙！它是开放了的岜沙，却不改那一分质朴，你可以随意地和任何一个岜沙人合影，走进任意一个岜沙人家，你可以随心观看他们所有的表演……在这里，你就是客，而不是别的。这里没有旅游商店，没有纪念品，更没有小吃。因为岜沙还是岜沙人的家。

只是，如今已没有人提起，这里曾有一个毛主席纪念亭！

从江日记之欢宴

2007－10－20　15：57

会餐。

今夜的会餐，同学们疯狂着。是因为离别，也是因为相聚！

整个餐厅沸腾着，酒杯一次次斟满，又一次次被饮尽。彼此借助酒力表达着心意。我的同学们看上去似乎都有些酒量，举杯便可饮，抑或是他们的生性坦荡吧。两杯之后，我已不胜酒力，脸上因酒泛起红晕，加之有酒精过敏史，我是真不可再喝。但面对一杯杯斟得几乎溢出的热情，我举杯，将酒偷偷换成了白开水。这一幕最终被我细心的同学发现了。我深知，这样的举动是有悖于这个情景，更愧对同学坦诚，于是，我放弃了作假。

同学们的情绪高涨着，热情舞动着。这时，地点也由餐厅转到都柳江边的茶座里，激情和酒一起在挥发着。而我已渐渐感觉不适，酒在我的背上散发，想来是红成一片。终于，我忍耐不住，午夜去医院急诊。这样的插曲也算是意外的收获吧！

或者说，这就是醉吧！醉在如此轰轰烈烈的同学会上，人生几何啊！

从江日记之后记

2007－10－26　22：56

为期四天的同学会，七天的旅程伴着长假结束了。

回来后给同学们报平安，他们这样回了我的短信："因为有你们的到来，我们的工作才更有意义。""你们快乐了就是给我最高的奖励。"我的泪几乎又要脆弱起来。此刻，我是真的想代从外面来参加同学会的同学向王顺红、曾寒梅及所有为此付出心血的同学们道一声谢：谢你们的热忱，谢你们的率真，谢你们的辛劳，谢你们的厚道，还谢你们的用心良苦。

直至写到这里，我才算是真正完成从江之旅，心安毋躁。在执笔过程中，每每写到动情处，我能感觉有泪浸透我的眼。这时我停下笔来，为了不让泪留痕啊！

其实，文字表达的只是片断。在我的内心，它与当年离开时的乡愁连在一起，构成一幅长长的画卷，展示在我的生命中，始终眷恋。第一次别在少年时，第二次别时已近中年。虽说我是用心地承诺会常回去看看，却不知再见是何年。

这一行，于我，除了带回照片（同学笑我可出写真集了）、记忆，还有感动未来的东西。也许，在某个漆黑的夜，点缀我的星空，如一月在水。

行走凤凰

2009－10－10　23：14

凤凰城，我随着长假的人流，涌入。

凤凰城，落入人海车潮；我，落入凤凰。

走在沿河的堤上，看对面旧木的吊脚楼，有大红的灯笼点染，楼与灯的身影投在江中，那条叫沱江的水，浅浅绿，缓缓淌。这样的景很入画，尤其在举起相机的刹那。如织的人流逆水而上，流速比沱江快很多。这让原本可以宁静的城，无论如何静不下来。只是，无论喧嚣如何拥挤，江边的浣衣女，随着棒槌声，把凤凰的江景打得此起彼伏，撩起些许水花，落在凤凰边上。晚上，沱江点亮了红红的灯笼，挽住了往来的客，弥留在凤凰的每个角落。

云溪客栈，楼上有凉台，眼前有小桥、流水，有绿色植物在对面墙上绕，雪白的床单在那里也晒成风景；转过头来，层层叠叠的灰墙黑瓦，错落有致；翘起的檐，与屋角红的灯笼一起让蓝天生动起来。如果，把两幅画连成景，就很凤凰，很湘西。我坐在那里，可以很宁静，可以很凤凰。

来了凤凰，就一定要想起沈从文，想起《边城》里那个很翠的翠翠，背着竹的篓，走过。

我沿着山路，踏寻沈从文。其实，是缅怀，缅怀一个朴实的、很文的作家。他的墓—— 一块巨石，并无墓冢，唯一从上面两行题字“照我思索，能理解我；照我思索，可认识人”中，可以证实，此地确有此事；这样的简朴，让我有些怀疑，是否此人确有在此安息？也许，这些都不重要了，重要的是凤凰养育了他，他成就了凤凰。

于是，我在此找寻，沿着他的文字，循循而上，想见见翠翠，那个“在风日里长养着，把皮肤变得黑黑的，触目为青山绿水，一对眸子清明如水晶”的朴素的很善的女孩，又很悲剧的女孩。从她清清的目光中，找寻沈从文朴素的理想主义，浪漫的悲剧色彩。因为沈从文，凤凰笼上一层文化的薄雾；因为凤凰，我走近沈从文。在那本《沈从文精选集》里，我把凤凰和沈从文的文字一并带走。

在凤凰城，没有人想起涅槃的凤凰。因为古旧的吊脚楼，背竹篓的苗家女，还有那些散落的巷子，黏黏的鸭血粑，拔不断的姜糖，苗王的牛肉粉……塞满人们的眼和嘴，偶尔还有些关于土匪的遐想，印象凤凰便与涅槃的凤凰无关。

当我随着人潮退出凤凰，还她宁静与青翠时，兴许，那样的时刻才是沈从文熟悉的呼吸，而我，也只有在他的文字里才可以读得透彻、清晰。

其实，在我的内心，我更愿意聆听一场雨的凤凰，淡远中透着忧伤，走进去，有湿湿的念想，让生命中的一些过往顺着雨，丝丝流淌。

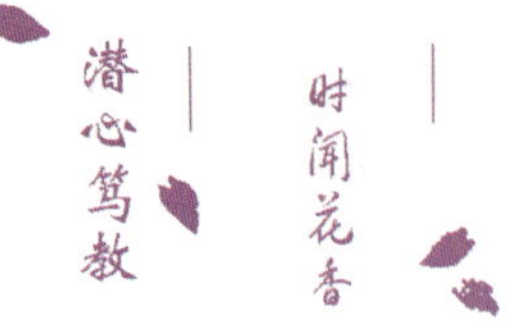

开花的星星

2013－6－20　01：28

据说，在草原上看的不只是星星，是一条银河。

晚上00：00，与同事在希拉穆仁草原上疯累了，她们睡去，我悄然走出蒙古包，信步走进茫茫草原，一个人看星星。

坐在蒙古包外，一望无边的草原和夜，寂静、空寥、安宁，可以听见夜晚呼吸的声音。

天空与草原一样辽阔，呈半圆形，刚好将草原罩住，仿佛银河里的每一颗星星都来了，尽收眼底：那星星原来是颗颗挂在天空，高高低低、大大小小、远远近近、深深浅浅，一边眨眼，一边摇曳，风吹过，灵动有致，像一幅巨大的星星做的风铃，风过时，叮当作响，煞是动听。这是装满星星的整整一个天空啊！原来，草原的夜空真是一条银河，是开满星星的一地白花。

那条银河里的星星离我很近。偌大的草原，只有我与星星。我站着，目光与星星之间只有彼此呼吸的距离。

这是一个星星的世界，一个有生命的世界，一个生动的世界，一个会说话的世界。星星与星星之间在对话，星星与我之间也在对话。每一颗星星你都可以看见一副鲜活的个性：或大或小、或明或暗、或深或浅、或来或往、或顽皮或深沉、或喜动或喜静……我看见两颗星星慢慢走向彼此、牵手、转身，然后离去；我看见两颗星星相隔遥远，却彼此心灵微笑，无须言语；我看见另外一颗星星，一直眺望：我在看你，你在看别处。

我看见它们生活在草原的天堂上，恬静，内心盈满。

星星是开在草原天堂里的花，一地白。

站在希拉穆仁的夜里，一望无垠的草原睡了。草原很黑，星星很亮；草原很静，星星窃窃私语，草原有风，吹响了星星的对话。我没有遇见草原上很多的花，我却看见草原天堂里一地的星星花，都开了。

可以站在草原上看星星，真是莫大的奢侈啊！看草原上的花开在天堂，看整条银河淌在脚下……此刻，草原上没有我，我不过是开在草原上的一颗星。

今夜我是醉了，先醉在马奶酒里，再醉在开满星星的花里。

借我一个草原的夜，我便是开在草原上幽静的一颗星；借我满天的星，我便是银河里弱弱开放的一朵花。

你若是来，我便盛开。

2013 年 6 月 12 日凌晨 1：30 写于内蒙古希拉穆仁草原

行在泰国记

2015－2－11　04：12

贵阳　　2015. 2. 2.

今天，一行6人（王芬女儿已先到贵阳）从水城出发，中午到达贵阳，明天上午12：50的飞机，中午在酒店慵懒地睡了个好觉。起来准备一起出去吃晚饭。

这时，春华来电，约去她家吃饭，因为随行的有6人，我不便独自离开，所以极力拒绝她的邀请。但是经不住她的再三劝说，还是放下同伴带着女儿赴约。

进了家门，春华在包馄饨，顿时欣喜，因为女儿爱吃，我也爱，而且这画面就是感觉温情，闺密就是闺密，怎么吃、怎么聊都是快乐，特别喜欢在家吃饭的这种温暖，这是在外吃山珍海味都找不到的亲切。

我们热烈地聊着各自，地点一会儿在客厅、一会儿在厨房；话题一会儿在儿子，一会儿在女儿；时间一会儿在过去，一会儿在将来；说话间，她已将馄饨煮好：豌豆尖、小葱、龙骨汤，热腾腾的香味暖融融的氛围一起吃下。

女儿一直在客厅看电视，同时她更在感受着我们这绵长的闺密情、同窗意，对女儿，也是种感染和分享。

泰式文化第一站 2015. 2. 3.

贵阳飞往泰国的飞机。机组人员都是泰国人，泰式空姐长得很泰国，泰式微笑很美。

上了飞机，大家等了很久都没有送水和饮料。在送完简餐后，终于看见漂亮微笑着的泰国空姐推出水和饮料，心里算是舒了口气。这时，听到飞机广播里在说：要喝水或者饮料的旅客请准备好钱。这话我听着怎么就这么别扭呢？飞机上喝水还要钱?！我整个人完全不好了，我从座椅后背抽出一张单子，这是一张价目表，上面明明白白写着：开水 10 元（50 泰铢），矿泉水、可乐、啤酒各 10 元（50 泰铢），这确实证实了我没有听错。

飞机上这样的待遇我也算是头一次遭遇，且称之为“泰式文化”吧。这泰式文化从上了飞机就开始体验了。

湄南河 2015. 2. 3.

下了飞机，我们直接被送到湄南河——泰国的母亲河，又称“妈妈的水”。

我们都还没有来得及把从国内穿来的厚厚冬装卸下，就被这湄南的河景深深吸引了。

湄南河（Menam River），在泰国又叫昭披耶河，发源于泰国北部山地，流到南部平坦地区，形成湄南河三角洲，最后注入曼谷湾，全长1352千米，流域面积17万平方千米。我们到达的这个时候正是泰国的凉季，河岸开阔，水流平缓，碧波涟漪，风吹浪不涌。

夕阳下，河水安静、清澈、深厚，那夕照倒映河中，微微荡漾，远远流淌，不曾惊拍一朵浪，不曾被谁打扰，水面微微笑。

湄南河——一条微笑的河。

我们的晚餐就在这条河上一条叫昭帕雅公主号的游艇。没待我把晚餐吃够，举头发现湄南河上升起一轮金灿灿的圆月，我抛弃美食，在湄南河上追赶月亮。

那满满的月挂在曼谷的夜，楚楚投在河面，款款身姿，妖娆有致，河景与月色随着船的行驶慢慢变换，不急不缓，把远处的曼谷一一深情倒映在湄南的河里，微微笑，轻轻漾，柔柔吟。夕阳、明月、湄南河，笑笑的夜，心不醉不算到过这湄南的河啊。

可以在这湄南河上遇一轮金色的明月，真好！

体验泰式按摩　　2015. 2. 4.

游览大皇宫和国会大厦之后，晚上安排我们去离酒店不远的按摩院按摩。

我这人，平日极少按摩。这次也算是体验一次地道的泰式按摩。

因为游人太多，按摩院生意太好，我们临时被转移到另外一家按摩院，这家条件设施显然弱了很多。

我们9人一组被安排在一间按摩室，地上铺着软垫和枕头，灯光昏暗，这时进来男男女女不同性别的8个按摩师，留在我身边的按摩师是一个花季少女，瘦瘦的，皮肤微微有些黑，长得很泰国，我们互道了“萨瓦迪卡”（泰语：你好）算是问候。这时，听到同行的王芬大叫老板：“我要shui jing jing（水晶晶，泰语：女孩）!”我回头一看，原来她旁边站着的是一个男按摩师，我们都被这场景逗乐了。在她的强烈要求下，最后还是给她安排了一个胖胖可爱的“水晶晶”。

泰式按摩蜚声全球，是泰国的国粹，是泰国的宝贵文化遗产之一，泰国政府大力推广自己的国粹，使这个从古印度传过来的技艺在泰国形成了产业，达到了享誉世界的程度。

我向来是个重口味的人，因此，一开始我就用刚学来的一句泰语请按摩师手法重一点（nang nang nai）。于是她的手逐渐加力，并一边用简单的汉语与我交流征询我是否可以接受。我也不时用泰语回她：sbai sbai（舒服，舒服）。

泰式按摩是从足部向心脏方向进行按摩，按摩师从脚趾开始一直作业到头顶才算结束一套动作，非常注重背部、腰部的舒展。泰式按摩多采用细腻的指压手法，着重对人体四肢和大肌肉群进行拉伸推捏等，使手掌心的力量均匀渗透到肌肉深处，以达到疏通经络，调和气血的作用。手法几乎涵盖了按、摸、拉、拽、揉、捏等所有动作，泰式按摩是跪式服务，左右手双脚交替动作，用力柔和、均匀、速度适中、按顺序进行。这种按摩是对人的交感神经的刺激，使人紧张—放松—紧张—放松，达到舒缓疲劳的目的。

特别值得一提的是柔道式大背挎这个高难度动作，按摩师坐在我的身后，在我完全不知情的情况下我已经被她的双腿和双手腾空举起了。这个动作幅度大、难度高，但很优美。在我这个年纪不是轻易可以完成得了的。但是在她的帮助下，我几乎是轻松做到了，而且还持续了几分钟，让我全身每个神经都完全舒展开来，达到彻底放松。我是后来看到旁边的按摩师帮助身边同伴完成这个动作时才知道，这样下大腰并坚持好几分钟真是需要按摩师的功夫，而不是自己的功夫。

这个女孩的每个动作都是用自己身体某个部位支撑完成按摩动作的，她的按摩是一种投入，一种参与，她用尽自己身体的几乎每个关节和四肢来完成对我的按摩。她的身体与你是一种交流和交融，其实，这个过程，我除了享受，更多的是感动：感动她的肢体参与、全身参与，动作优美、舒展，这也是泰式按摩的另一层享受。

泰国人妖　　2015. 2. 5

在曼谷，晚上观看人妖表演。

泰国的人妖，可以用“美得惊艳”来形容。

在泰国，人妖是一种文化。泰国有四大文化：皇室文化、佛教文化、人妖文化和人体艺术表演文化。因此，“人妖”是泰国的特产，也是泰国著名的城市风景，泰国独特的人文风情。泰国的人妖主要集中在曼谷和芭堤雅。

在泰国，人妖一般都来自生计艰难的贫苦家庭，可以说几乎没有富家子弟愿意做人妖。在泰国，有专门培养人妖的学校。一般是从小孩两三岁时开始培养。培养的方式是以女性化为标准，女式衣着、打扮、女性行为方式，女性的爱好。同时，更重要的一点是吃女性荷尔蒙药，促进体内新陈代谢激素超量发展。一般有十多年的服药期。十多年后，皮肤就会变得细润，有光泽，臀部、胸部会越发达，像女性一样，肌肉减少，皮下脂肪增多，皮肤富于弹性。在这期间，学校便要教授许多技艺。比如让她们学习舞蹈，熟悉声音。练功是极其艰苦的过程，腿功、腰功、头、手、脚等，都要进行严格的规范化训练，这种训练的苦，一般女性是难以承受的。为了培养出一批优秀演员，有的人妖艺术学校或艺术团体，还要选拔人妖送往国外，比如美国、日本或其他国家深造。所以，人妖艺术表演水平是相当高的。人妖的生命和艺术生涯都是非常短暂的，一般来讲，人妖的平均寿命只有35—40岁。

舞台上表演节目的人妖大多身高都在一米七以上，身材苗条，眉清目秀，回眸之间，风情万种，而且都有一头青丝般披肩长发，泛着亮黑的光泽。耳上佩戴着蓝宝石耳环，胸前挂着水晶项链，华丽的衣裙缠绕着莲步，轻盈优美，宛若仙女下凡一般。

泰国的人妖：美、妩媚、妖娆，身段、皮肤，这些就是女孩都不及的！这不能不说是它特有的文化。

然而，把它称为“文化”，在我看来却又有些不相称。文化是指人类社会发展过程中所创造的物质财富和精神财富的总和，特指精神财富。泰国是一个性文化悠久且泛滥的国度，是个典型笑贫不笑娼的国度。泰国的人妖美在外表，却大多粗俗下流，无论是着装还是表演，以俗媚、色情取悦观众。这与“文化”二字无论如何都沾不上边。我想，它充其量就是一种职业或者现象吧。

芭提雅的海——金沙岛　　2015. 2. 6

芭提雅的海，蓝得像宝石，镶嵌在蓝天下，散落在银色的沙滩上，闪烁着阳光。浅浅蓝的海水，下面映衬着白沙，阳光洒下来，海面一闪一闪夺目耀眼的光波，天空蔚蓝。

我是一下子就喜欢上这片海！她如一位妙龄、清纯、婀娜、灵动的少女，款款向我走来，不起风，不煽情、不癫狂，有柔静深情的美。那沙是她柔白的肌肤，那宝石蓝是她姣好的面容，那阳光啊，就是她灿烂的笑容。

两个孩子和黄敏老师潜水去了，邱燕和她侄女踏浪去了，留下我和王芬在这片海上倾情拍照。也许是担心没有别的方式可以留下这海的美，唯一可以把她带走的方式我选择照相，投入地戏一场水，拍一组照，我也算是醉了这片海，拥抱过这片海，踏入了这片海。

你知道吗？我恋上这片海！这海，原来是倒映心灵的一杯水。

萨瓦迪卡，芭提雅的海。

热带水果园　　2015. 2. 6

下午参观完富贵黄金屋、流星花园、太平洋观景台，最后来到热带水果园。

想到可以在一天的劳顿之后享受一顿水果大餐，心里甜滋滋的。进来看到是自助，更是喜滋滋的。

看到摆在面前的十几样水果，于是我做了个决定：吃过的不拿，只尝没吃过的，所以十几种水果唯一没要西瓜。然而，吃下来的结果却是，十几种水果中，唯有没吃到的西瓜是甜的。

这就是生活！你拼命去追求来的原来是苦的；你放弃的原来是甜的。

于是，我坚持：把苦的、酸的、涩的通通吃掉（因为不想浪费），唯独没吃到甜的——西瓜。

很多人和我一样，因为贪恋新奇，所以吃苦。只有少数人，对于自己没有把握的水果象征性地挑了几样，最后选择西瓜。因此，这少数人是笑眯眯地吃完这盘自选的人生水果。

我，只是个俗人，因为贪婪，吃了苦的、酸的、涩的，唯独错过甜的。

人生如此。

是真的可以说走就走吗？

2015－1－28　01：41

从前，旅行是件奢侈的事；如今，旅行是说走就走的范儿。

旅行，自己的经历很早也很多，每每行前都会把目的地的功课做足，所以自以为懂了如何旅行。直到最近读了 *Essays by Francis Bacon*（《培根文集》）里的“*Of Trauaile*”（《论旅行》）才知道，原来，关于旅行，我还在学习。

“Trauaile，in the younger sort，is a part of education；In the elder，a part of experience.”（对于年轻人，旅行是一种学习的方式；而对于成年人，旅行则是一种经验。）第一次读培根的原著，文章第一句就很吸引我。在此，把 experience 译为“经验”也许比“经历”无论内涵或外延都更为丰富。对于中年而言，旅行更是一种经验，而不仅仅是经历。“经历”是一种过程的经过历程，而“经验”却是一种行为经过高度总结后的一种提纯，可以用来指导我们未来的系统理论。

一般来说，旅行是指在观察身边的景色和事物，读万卷书，行万里路，相对于是指个人。旅行要涉及社会的政治、经济、文化、历史、地理、法律等各个社会领域。旅游是指游玩，通常是团体出行，在时间上是很短暂的。旅游就是旅行游览活动。旅游也是一种娱乐活动。

因此，真正意义上的旅行应该是要注意观察这些事物："政治与外交，法律与实施情况，宗教、教堂与寺庙、城堡，港口与交通，文物与古迹，文化设施，如图书馆、学校、会议、演说（如果碰上的话），船舶与舰队，雄伟的建筑与优美的公园，军事设施与兵工厂，经济设施，体育，甚至骑术、剑术、体操，等等，以及剧院、艺术品和工艺品之类。总之，留心观察一切值得长久记忆的事……"（选自何新译著《培根论文集·论旅行》）

而旅游，更多停留在游玩的层面，与文化和深层次人文内涵联系不多。培根文中提到的这么多内涵，我们在短暂停留的几天也许做不到，但是，如今，通过网络，我们可以囊括。我不知道，去旅游的人们，在出发前有没有做过这样的功课？把一个小镇、一个城市、一个国家的历史、地理、资源、交通、人口、经济、文化等做系统的了解和认知；再读读相关的游记文章或者博客，看看拍的此地风景人物照；了解小吃特产就更不在话下了。这点功课，是旅游前的必修课。如果是作为家长陪同孩子一起旅行的话，这就显得尤为重要和必要。在此，培根特别强调了这一点，“假如一个年轻人在旅行中，身边带上一个了解该国语言和风情的向导，那对他将是大有助益的。否则，他就可能像只蒙着头的鹰，到处乱撞，却很难说看到什么了”。在我看来，这个向导不是别人，正是家长本人。出发前的那些功课，最好是家长与孩子一起学习，查阅资料，必要时还要引导孩子（或者与孩子一起）做好笔记。我自己是个爱记笔记的人，我会与孩子一起认真学习并做好记录。一方面是积累知识；另一方面，是养成一种良好的旅游素养，这种受益也许不仅在于孩子，更在于与孩子一起学习、成长的快乐。

旅游，请先静下来，做一场功课吧。

培根《论旅行》里有这样一句：“Let him keepe also a diary.”（在旅行中，日记是应该坚持写的。）这句话重重地敲打着我。那时记录，哪怕就是简单的流水账，笔下在意的是瞬间的体悟，记录的是当时细节和短暂感怀，在日后是一种再现，这种再现别处没有，尤为珍贵。

在我的旅行经历中，很多是没有记载的。回想几十年的旅行，唯有一本厚厚的《旅英日记》，这还得益于英国雷丁大学中方负责人李大国老师，我们进校的第一天，他微笑着告诉我们：记得每天写日记。简单的一句话我记住并践行了，如今，那本日记恰是最珍贵的。那时每天发生的每个细节，如今翻开都可以历历在目。再说了，这样的记载足以留给老去的日子，坐在三十年后的日子里观赏三十年前的景物，曼妙！

今天，重读培根提到的这个细节，我知谨记：在日后的旅行中，写日记！而且，与女儿一起，让她学会旅游时写日记并坚持。这很重要。

旅游，请慢下来，写一束日记吧。

在文中培根谈到了旅行时要有“语言、观察、交往和总结利用”多个层面的接触与收益。这几点中，给我启示最大的莫过于“总结利用”：“When a Trauailer returneth home, let him not leaue the Countries, where he hath Trauailed, altogether behinde him; But maintaine a Correspondency, by letters, with those of his Acquaintance, which are of most Worth.”（在旅行结束回到故乡后，不要立刻就把已去过的异国丢到脑后，而应当继续与那些新结交而有价值的友人们保持通信。）这一点是我未到的高度，如果我们能把旅行或者旅行途中新认识的朋友或者在异地接触的那些事物保持某种直接或者间接的联系，那就是把旅游延伸和牵引过来，这样的渗透回味一生，收获一生。这恰是旅游可以带给我们的最高境界了。

旅游，请再静下来，回头拈笑吧。

如此旅游，便不仅是遇些游人趣事，博个相逢来消遣岁月，更是揽得山中之色，水中之味，城中之精，提取山水人文的灵气，提炼一种经验。

倘若，步履必须匆匆，就让心灵沉落从容，把旅游的境遇化作一种情怀，做一场静慢的行走。

旅游，是真的可以说走就走吗？

（注：为了保持英文的原汁原味，文中引用培根的原文，多是古英语，并非打印错误。）

第六篇

烘春桃李

（班主任工作手记）

写给学生 W

2007－9－6　00：54

那天晚上在离学校很远的路上遇到你，这么晚了，你说是去吃烧烤回来。我笑了，这是第一次没有信你。这个时间你该是在学习的，更何况，校门口就有很多烧烤，其实你不必去那么远的，不是吗？

也许我该信你。因为我不希望你是真的送她回家去了。已经几个月过去了吧？你们几乎做到让父母和老师都相信，你们是真的没有在一起了。这让我们的确感到欣慰，然而，故事却在继续着它不该有的一幕一幕。

做你的班主任时间不长，但是在高一这一年的时间里，我能感受到你快乐得很纯粹，学习得很投入，浅浅的笑容后面透着阳光。你很稳，性格、学习。老师和父母对你的信任几乎达到最高的高度。实话说，事情原本不应该这样发展的。她是后面转来我们班的，性格正好与你不同，可以用漂亮来说她吧，是从内心散发出来的，洋溢着青春色彩的。起初，你们之间有的应该是可以称作朦胧的那种。不知道是我不小心，没有保护好，还是本身它就过早成熟，竟然在老师和同学之间弥漫开来。我相信，这绝不是你我的本意。我了解，你的内心有着最温软的一寸，你不愿意她在这时独自面对，尤其因为你而受伤。于是，你挺身而出，和她站在了一起。

你知道吗？这一幕至今让你母亲痛着。这是天下所有母亲的痛啊！你也和普天下所有的儿子一样，漠视了这一份痛。换句话说，你们都没有试着走进对方的痛，母亲几乎绝望地想：难道这就是我深信不疑的儿子？你也是固执地问着：母亲还是曾经那么理解我的母亲吗？

我一直试图保护你们，保护你们的这份感情不要绽放；保护你们不要因此彼此受伤。遗憾的是我没有做到。结果，你们一起欣赏并吞噬着这朵艳丽的罂粟花。一切只因为它开在不是季节的季节啊！

知道吗？在你的未来，也许，她会站在前方，也许不；也许，在未来，你们可以重新牵到彼此的手；但是，对于你现在必须从事的学业，错过了，它绝不会在未来等你。未来，你再也牵不到这份本该属于你的成功的手。甚至，你要加倍地用青春来偿还。你，都愿意吗？

尽管我不再教你，离你远了些。但是我仍然愿意始终关注着你的成长。

你自己来学会保护这份情吧，用种不一样的方式！

失信的诺言

2007－9－6　21：38

今年我折回来带高一，放弃已升高二的那班学生。原因主要是我的学习明年还要继续，出于对学生和我的考虑，我欣然接受学校如此安排。

自以为这样是源于对学生的负责，于是在剩下不多的假期里就没有参与补课，心安理得地在家休息，等着9月迎接新生，甚至都没来得及告诉同学们这个突变，他们始终还在期待我学习归来。学生杨在听说这个消息后打来电话：张老师，我们在等你，你答应带我们毕业的。我心里突然有什么一闪而过，即使没有勇气去深究，但我知道，原来我一样在牵挂着这帮学生，即使我中途退场。

杨是个可爱的大男孩。我用“可爱”来谈他，因为，他不属于沉默，温顺的，肯定是敢说，敢言，很阳光的一个大男孩。课堂会因为他不断地提问而显得生机盎然；哪怕有些问题有那么一点尖锐，但笑容里始终透着率真。他的眼睛不说谎，在他闪躲的眼神里我读得到他的困惑。每每这时我们会有一次长谈。他的坦率就像他的笑容一样，从不掩饰，真真切切。记得有一次，因为没交作业我批评了他，他一反平日的态度，语言上与我直接交火。我想我是克制的，但是仍然被激怒了。后来，在办公室我们双方都花了一点时间才冷静下来，把各自的情绪抚平，谈了很多，当然，他最后是笑着离开的。其实，那次是最艰难的一次谈话，但打那以后，我开始了解他个性的丰富，性格的多重。我们也因此在彼此之间多了一种情分。因此，我更愿意用“可爱”来谈他。

在电话的那头，杨说得很多，我能听得到他的那份不舍，透着纯纯的学生味。因为不想让电话里的空气过于凝重，我故作调侃地告诉他，没关系啊，张老师不是还在学校吗！我们其实没有分开哪，还可以交流，有困难我一样愿意帮助你的。杨缓缓地说：张老师，我只是个高中的学生，你不要用太多精神上的东西来要求我好吗？我们需要的是，你给我们实实在在的帮助，能把我们送到毕业。我愕然！甚至为刚才的话感到有点愧疚。电话这头我无言，空气沉默了几秒钟。是啊，此时语言该是多么苍白！我，还能给他们什么呢？我想，我错了！

在最后，杨向我道歉。因为上学期结束前他负责的一期黑板报没有完成。其实，我没有怪过他，因为期末是提前结束的。今天他又提及这事，我笑了，说，这是好事啊！亏欠不一定都是坏事哦！记住，你始终欠着张老师一期黑板报。在以后的生活中，你一定要努力去把你人生的这一期黑板报出好，让它如此绚丽，好吗？那头，他笑了，答应了，像平日课堂上提问时的模样，自信地，也是烂漫地。我想我好像又犯相同的错了！又一次用精神上的东西要求他。但是，我是真的想让他欠着，在未来去还。否则，我，还能承诺什么呢？

我，终于失信于这帮学生，无论有意或无意，我伤了他们的感情，也伤着自己啊！

与一个男孩的对话

2007－11－18　14：06

朋友带来她上高一的儿子，让我给他一些关于英语学习的建议。其实，小龙各科成绩都很优秀，只是英语弱些，学得被动。

小龙15岁，有一米八的个头，脸上的笑容洋溢着稚嫩。与他，这是第一次见面。

书房里，小龙端坐着。我看了他的英语书和笔记，书上的批注可以看出他的专注，笔记上也读得到他的认真。这样看来他的问题不在方法上。我没有立即和他谈英语，也不去说学习。只是和他聊一些闲话，关于他的学校、班级、老师和同学。他的话不多，只是一问一答而已。显然，我的问题与他来的目的不吻合，他很是诧异，也就有种戒备。

你想过你的未来吗？我又问。他说，想过的。在未来，我会先挣很多钱，然后再去做自己喜欢的事。我试探性地问，你不想做个学者吗？（我没敢用“科学家”这个词。）他很肯定地说，不！为什么？我真的是想知道这样的孩子在想什么。他说，那样的话成功得太慢，也许我用十几年的时间还看不到成功，而金钱可以让我最快地找到这种感觉，然后我会去做自己喜欢的事业。他不愿说是什么事业，我也就此打住。接着，我问他喜欢哪一科。他很肯定地告诉我，哪科都不喜欢。他说，那些是老师和父母要我学的，都不喜欢。听得出他话里有话。我只是笑，对他的说法表示部分肯定。我又问，那么课余你喜欢做点什么？他淡淡地说，诗词和篮球。这下，我想我可以找到继续与他对话的立场。你喜欢诗词，不喜欢语文吗？不，不一样的！诗词是我自己的爱好，语文是应付高考的。我一惊！

我开始和他说诗词，唐的宋的，他知道很多。小龙的话开始丰富起来，他喜欢大气豪迈的，而且可以背下百余首，他有些腼腆地打开他的手抄本，字迹略显凌乱，却气势如虹，有文天祥的《过零丁洋》，苏轼的《念奴娇·赤壁怀古》，岳飞的《满江红》……翻到后面时他突然有些犹豫，这些是网络游戏上的诗词，你一定不喜欢的，他说。我看看，我肯定地说。是些片断，都有很好的意境，我是真没读出它们和游戏有什么关系。我告诉他自己对网络游戏的无知，他开始大胆地谈这些游戏。我喜欢这个游戏，因为里面的诗词写得有力量。我是第一次了解游戏中的文化啊！这该是身为老师或家长的我们所不知的吧！于是，我们又谈金庸、梁羽生，谈里面的诗词，一路畅通无阻，我几乎忘了自己是在和一个不满16岁的大男孩交流，共鸣和默契让我们都快乐着。他开始随意地半仰在椅子上，眼里绽放着光。

突然，他很惊讶地问，“张老师，你为什么学英语呢？”我是真愣了一下，这么多年似乎从来没人问过我这个问题，就是我自己也没有静想过。我是犹豫了一会儿的，这短短的几秒，我想我也问了自己，也整理着自己。然后坦然地告诉他，原因有两个。一是我的英语启蒙老师给我很大的影响，我想我是先喜欢我的老师，然后喜欢上英语的。另外，我想我是因为喜欢文学，先是外国小说《简·爱》《飘》《约翰·克利斯朵夫》《安娜·卡列尼娜》……后来是雪莱、普希金、华兹华斯……我缓缓地道来，像是在说一段历史，又像在沐浴一次心灵的历程。当我在这些作品中沉醉的同时，我想象着它们原文的精彩，我不要隔岸观柳，我要最真实的体验，我要读原著！就这样，我开始更加关注英语，然后走进英语。当我选择了英语，我发现我在英语中却感悟着我们民族文化的深邃，感悟着我们翻译的精辟，这些又让我回来站在了中国古代文学的立场，重新找到了一个更高的高度——远眺！因为喜欢文学，我喜欢了英语；因为爱上英语，我更爱我们的文化。他听得很专注。

我们说着书，说电影，说翻译。我给他看 *Gone With The Wind* 的原著，让他试译书名，他译为“随风而逝”，当我告诉他译成“飘”时，他有些感动。后来，我们又说到《哈利·波特》，你看过原著吗？我问。他说没有。去读读，也许会有别样的收获。这样，我们顺理成章地聊着英语，说着可以怎样去走进那些优美的英文。

最后，我给他看了《沉醉》这篇文章。我是想让他从对中国诗词的热爱中找到对学习的沉醉，对英语的沉醉。他看了，出乎意料的是，他激动了，站起来，双手舞蹈着，在书房里走来走去，他抑制不住自己的激动。在我的书房里这还是头一次有孩子这般表达着自己。我一如欣赏般地听他说着，感染着。张老师，我想我可以从你的文章中读出两层含义，他搓着双手，仍然来回地踱着：第一，我能体会到你对学习，对你的工作深刻的沉醉；第二，我能读到一种流淌着的激情，贯穿在你生活的每个角落，这恰是我身边很多人缺失的。他的话使我感动着，震撼着。感动着他的领悟，震撼着他的思想，远远超越他的同龄人。

两个多小时很快过去，小龙走了。走时，他是快乐的。送走小龙，我放心了他的未来。

后来再遇朋友，说小龙对英语的态度有截然的改变，自己买了《哈利·波特》原著在读。这在以前是不可想象的。说那个晚上他回去很快乐，问他，只淡淡回了一句“张老师是个好老师，我喜欢”。她很好奇我和小龙谈了什么。我也只是笑笑。

我没有教他如何学习英语，只是和他分享如何走进英语，可以去爱英语。如果说我做了什么的话，那就是，我试着把蒙着他眼睛的那张布摘下，让他看见英语的一种敞亮。

这一段对话，至今想起来，我还有会心一笑。

我 哭 了

2007－11－24　13：20

其实，当了这么多年的老师，被学生气哭，这不是头一回。

那天的英语课与往常有点不一样。在上课前，我让一个学生在班上做检讨。因为前一天的英语课他看小说，被发现后拒不交书。他当时说了一句“老师，课后我再找你”，我就没再坚持，事后他确实来过。为了避免这样的事再发生，我特别让他做了检讨。

后来，我接着上课。在上课的过程中，我发现另一个同学几次趴在桌子上，我用目光示意他的同桌，提醒他。课在继续。最后一次，凭着教师的直觉，我肯定他是在看课外书。这次，我仍然说着课，同时悄然地，却又快速地走到他面前，除了少数目光跟着我的学生外，包括他在内都不知道我的这一细节变化。当我伸手拿到他的杂志时，他猛一抬头，想来是被吓了一跳，却本能地把我的手使劲一甩，打在桌子角上，当时就红了。我是生气了，严肃地告诉他把书给我。他一句话不说，把书死死藏在桌子下，紧贴桌子，用一种冷冷的、狠狠的目光盯着我，牙咬得紧紧的。我连续重复了几次“把书给我”，他只是用同样的表情表示抗议。这时，空气有些凝重了。无论我怎么说，他只是用同样的目光抗拒我，始终一言不发。我想我是愤怒了，我试图把他的桌子往外拉，是想让书露出来。他情急之下把桌子往我身上猛推，这也是我不曾料到的。我想我是气极了，被他的态度。而他的固执、我的理智都告诉我：我必须离开！凭着这点职业的理智，我让同学们先看书，我到政保处去了。

就这样，我离开了现场。在政保处简单说明情况后，政保处老师立即去了教室。我走在后面，还没进教室，我的眼泪像决了堤一样“哗”地全流下来。我哭了，很委屈地哭了。是真的委屈，委屈着他的态度，冷而狠的目光，还有紧咬的牙。

这事交给政保处处理。其实，我很快没事了。这么些年被学生气的品种太多，我已没放心上。不过是当时的委屈没能抑制住罢了，只是吓到了我的同事们，都好心来劝我，心里反而有些不好意思起来。老教师了，还会气哭！

这事于我而言是很快过去了的。事后的感动却整个淹没了生气本身。学生纷纷发来短信，其中一个是这样写的，“老师，您好像哭了。我不喜欢我的老师哭，也不希望我的老师哭。您还要让我看呢！不美了，我们可不看了。老师，笑一笑十年少！”下午上班时，我在办公室桌上看见了五六封信，还有好多棒棒糖。“老师，我们年少气盛，做事也很冲动，是不计后果的。我想他只是一时的冲动。他是无心的，事后他真的很后悔。在这里我代他对您说声‘对不起’”。这虽然不是那个学生本身写的，但我的心充满了感动，为这些可爱又天真的孩子们。这样的天真是我们成年人的心所盛不下的啊！我知道，无论怎么气，即使是哭了，我始终爱着他们的。此刻，我笑了，发自内心地笑了。我的心也笑了。

如果说我承担着对他们的教育；那么，同时，我也收获着他们的赠予啊；在我教他们如何走进知识的同时，他们也在告诉我怎样面对生活。也许，我给予他们多少，我也将获赠多少。

这，是我的学生告诉我的；这，也是我的职业馈赠我的。我为选择了这样的职业而欣慰一生啊！

撕　书

2008－1－16　00：46

书乃圣贤之物，怎能撕得？但我确实撕了，而且还让学生撕。

这，还得从刘奎同学说起。

刘奎是个内向的男孩，因为个子高，坐在教室最后，常被老师忽略。第一次月考成绩很不理想，因此对学习开始失去兴趣。于是上课开始睡觉，不交作业。我找他谈，事实上，他很健谈，说了很多，家庭、过去和现在，还有他的困惑。其实，我主要是在倾听，听他的述说。等他把话都倾泻出来后，我看得出他内心有种空旷和松弛感。我们慢慢地聊着，渐渐帮他找到一些信心，然后给他一些鼓励。最后我和他一起定了目标。这样，他坚实地走出了办公室。

接下来的日子，我始终关注着他，扶着他。常常从任课老师那里收集有关他的每个细节：上课更专注了；回答问题了；背一篇语文课文了。每一点进步我都换成微笑和话语转达给他。

他果然在半期考试中跃居全班第 16 名。超出了我们预定的目标。更重要的是他变得快乐起来，自信起来，明朗起来。

他进步了，我欣慰了。以为把他送上路，我便可以放心了。于是，我松懈了。

最近，我感觉他又不在状态。上课时的眼神找不到光亮。终于，在一天的物理课上，我从窗外发现他在看小说，他的投入以至我在窗外站了几分钟他都没发现。这一次，我又找他。他告诉我元旦放假期间，因为无聊他租了几本魔幻小说看，上瘾了。他同意以后不再看。我信他，没有没收他的书。只是我们俩有了约定。

然而，在这一点上，我过高地估计了一个孩子的抵抗力，或者说低估了这类书的诱惑力。

最后引发撕书一幕是在我的英语课上。课堂上，刘奎没有看黑板，只是专心看自己的书。我一边讲课，一边走到他身边。他仍然在专心地看。直到我的眼睛停在他的书上、声音也停了几秒钟，他终于抬起头。我示意他把书给我。我什么也没说，坚决地撕下几页，然后把碎片放在讲台上，继续上课。同学们看得目瞪口呆，因为这不是我平日的做法。只有我和刘奎心照不宣。我看见他低下头，脸红了。

下课，他和我一起走进办公室。我的第一句话他很惊讶，“我撕了你的书，赔多少钱?”他摇头；“你生气了吗?”他还是摇头。“张老师，我知道我错了。但是我控制不了自己。我完了，一切都来不及了，还有四天就是期末考试，太晚了。我下学期再从头来吧！”

我没说话。拿起撕了几页的书读起来。我是第一次看这样的书，读了几段我已无法继续，里面的语言粗俗，还污浊，我读不下去。看着刘奎，我表情凝重地问，“刘奎，你可以从这样的书中读到什么？”我指着其中几句，“你可以大声朗读这些句子吗？”他不语。我只知道这类书不利于这些孩子，却不料如此拙劣。关于书，我和他说了很多。

“我撕了，你心痛吗？”他摇头；“你可以撕吗？”他看我，我很肯定地点头，他有些犹豫。又看我一眼，“可以。”这次他坚定地回答。开始，他慢慢撕；然后越撕越快，越撕越碎，脸涨得通红，嘴里重复着这句话“我再也不看了”，“我再也不看它了”。他一边撕，我一边从地上拾起落下的碎片，温和地，微笑地。

撕完的书堆满我的桌子，他长长地舒了口气，如释重负。“刘奎，我相信你不再碰这些书。而且我还要告诉你：一切都不晚。我们还有四天考试，四天足够了，你还来得及。即使明天考试，今天学都不晚。如果等到下学期那就真的晚了。”他有些怀疑地问：“真的来得及吗？”我肯定地、有把握地说：“来得及！相信我，也相信你自己！”他笑了，有点天真，还有轻松。

“好，张老师，你相信我。这是租书的卡，给你！我这就去看书。”在他转身的一刹那，我叫住他，“刘奎”，他回过头，我伸出手，他先是一愣，然后会意地伸出小指，“拉钩！”我笑着说，他也笑了，有点腼腆，还有感动。

就这样，书，我撕了；刘奎也撕了。

没有寄出的信

2008－3－7　23：38

在我办公室的抽屉里锁着一叠没有寄出的信。信封上有收信人的姓名和写信的时间，却没有地址。

信，是何厚泽同学写的。大概有十几封了吧。

那是在一个晚自习之后，何厚泽到办公室找我，我问他：有事找我是吗？他只是笑，没有回答。看着他的犹豫和欲言又止，我可以猜出八九分。我也不急着问他，等办公室里的老师都走了，我们的谈话才正式开始。

说说是怎么啦？我笑着问。我也说不出来，就是学不进去。是吗？有心事？我单刀直入。他有些不好意思，低下头，算是默认吧。是班上的同学吗？他摇头；是我们学校的吗？他还是摇头；那是以前的同学吧！他点了头。给我说说她好吗？他开始缓缓说来：我们是初中同学，每天我们一起上学，因为家离学校较远，中午我们一起在教室学习。她的成绩很好，常帮助我；不过我的数学比她好。我们有很多话说，和她在一起，我觉得很踏实，也很开心。只是我们考进了不同的高中，后来就分开了。

你们好过吗？我问。没有！虽然同学们都这么说。但是，我们只是很要好，常在一起。我们真的没有谈恋爱。你信吗？我微微地笑着点头，我信！最近不知怎么搞的，老是想起她，看不进书。这很简单啊！打电话给她！我毫不犹豫地说。他很沮丧地摇摇头，没有她的号码。那就写信呗！他还是摇摇头，没有地址。不知她考到哪里。哦，是这样！我若有所悟。你们俩的家在同一个村子吗？不是，她家在邻村。我去过。

那么，你想和她说些什么呢？我试探性地问。也没什么，只是想和她说说我在这里的学习，还想知道她现在的情况，也有点想她。因为我特别信任她。我从来没有这么相信女同学过，真的，张老师！我是理解他的。因为，从他的口气、表情、眼神，我能读到他的那份纯真。

是找老师出主意的吧？我给你想个办法，你看行不行？你每周给她写一封信，在信封上写上她的名字及写信日期。然后把信封好，每个星期一交给我。我帮你保管，直到放假，你再带回去亲手交给她。我不看你的信。你相信我吗？

对我的这番话，他有点吃惊。很疑惑地看我。我笑着说，在学生时代，能有一段这么至纯至真的情感，是青春的一笔财富，应该学会珍惜和珍藏。张老师不是鼓励你谈恋爱，而是要你学会珍藏，学会善待这段情感；但，记住，爱，不要轻易说出口！他听得很投入。

那天晚上我们聊到很晚，看得出对这个建议，何厚泽很满意。答应每个星期一交给我一封信。就这样，每星期一上午，我会准时收到他交来的信，信封上工工整整地写着姓名，右下角写着时间，没有地址。我认真地为他收藏着。他坚持得很好。

这样，他可以把这份情感完完整整地收集在这些信里。一方面，他不用整天背负着；另一方面，是给他一个倾诉的对象。这样，在情感上他可以再次站立起来。开始，他是真真切切地在对她倾诉；渐渐地，随着时间的推移，在写信的过程中，他收获的远远超越信本身。我不知他可不可以坚持下去，如果可以坚持去做好一件事，于他而言，这也是收获吧！我相信，或许，后来，这些信她看不看，已经不再重要。如果是这样，那就达到我的初衷了。

面对一份情感，是要有寄托的。这些孩子，他们在成长；遭遇情感，这本身就是成长的过程。也许，作为老师，我可以做到的只是给他们一点空间，让他们可以自由地呼吸；因为，我真的不希望他们由于得不到理解和认可，感到无助，从而与成长背道而驰啊！但，那绝不是对感情的挥霍。

临近放假的时候，当他把这学期的最后一封信交给我时，我问他，你要把信带回去吗？他浅浅笑着、淡淡地摇了摇头，回答说，不用了，张老师。我会心地笑了。

我不能肯定，信，他会不会继续写下去！不过，在他毕业的那一天，我会把厚厚的这摞信交还给他，那是他的一笔财富啊！尽管，信没有寄出从来也没有读者；也许，永远不会有读者！

Bao Li 日记(一)

2008－4－27　00：19

Bao Li 是一个大男孩，酷爱篮球，可以把篮球玩到极致。他学习轻松，有思想，语言简练，简练中有幽默；单纯里透着深度。只是，缺乏定性，没有毅力。我想帮他，让他可以把一件事做好，学会坚持。这样，我给他两个方案：一个是晨练；一个是写日记。他犹豫了一会儿，选择写日记。每周交给我批改。没想到，他这一写已快半年。这样的坚持，对我，也是考验。或者说，他可以写到什么程度，一定意义上，也取决于我的坚持啊！

我们都在坚持。读他的日记，于我，也是一个学习的过程。渐渐地，我开始在他的日记中看见很多……而且，我想在我的空间里，为他开一个专栏，摘选他的日记，这样，于他，也是一种鼓励。后来，我和 Bao Li 妈妈也谈了这事，她很支持，Bao Li 本人也愿意。这样做，是想鼓励他继续写下去，同时，也想让大家来了解这样的孩子，他们的思想、他们的生活，还有他们的未来……可以让我们看见一点光亮……

日记基本保持原味，未经修改。后面附上我的批注。

（一）2007年12月1日

今天早上，因为地理作业，张老师认为我没有毅力、恒心。我也认为是这样，我从小到大很少坚持过某一件事。有的也想坚持，没有成功。同时，张老师让我记日记，培养坚持不懈的精神。这便是这篇日记的由来，我也希望能一直坚持下去。

今天早上出门的时候很冷，走在街道上，牙直打战，心里安慰自己：中午便加衣服。不过，中午不冷了，自然没加衣服，下午很快适应了天气。

做事也一样，开始时总会找这样或那样的借口，抑或是想着开始之后就休息停顿。但真正做了后，才发觉并没有那么难，阻止自己的，不是事情本身，而是自己。

（希望你可以坚持下去，从这里成长起来。如果你能始终坚持下去，那会是你的一笔财富。这，也需要我的坚持，坚持监督你！我们一起努力，加油！）

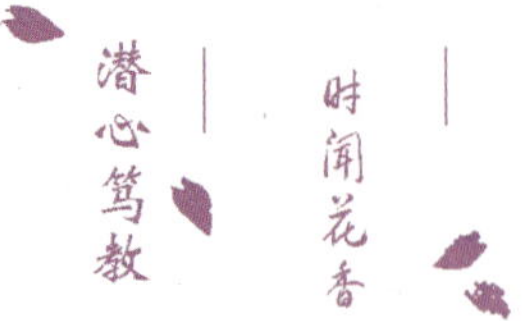

Bao Li 日记(二)

2008-5-29 23:22

(二) 2007 年 12 月 18 日

今日无事发生，但还是要记。

今天看了一本书，书上有一句古语，云，“气象要高旷，而不可疏狂，心思要缜密，不可锁屑，趣味要冲淡，而不可偏枯；操志要严明，而不可激烈”。大意是气度要广阔而不可粗野狂放，思想要周密而不可繁杂，情趣要恬静而不可枯燥，志行要磊落而不可偏激。

我认为它富有道理而且实用。气度广、思想密、情趣静、志行明。按照古人的观点，都是修身之道。如果一个人想立足于社会，首先要有各种品德，而这种品德便是以上提到的，有了之后，处理问题也就得心应手了。

(读你的日记，我亦有所得。)

(三) 2007 年 12 月 21 日

今天下午放学去打篮球。打了一会儿嘴就被撞了一下，顿时裂开一条又长又深的大口子。我把嘴唇含在嘴里，几秒钟血就流了一口，很咸！我吐出来，血很多，还很鲜艳。就这样，满地都是血。一会儿，血不流了，但我觉得下嘴唇肿了一大块。回家照镜子，果然是这样。

（也算收获吧！知道血是咸的。汗水也是咸的，还有泪水。）

（四）2007年12月26日

今天偶然想起宇宙来。运动是星体的基本规律，但为什么会运动呢？是时间带动的？没有时间它们还会运动吗？时间是一个奇妙的东西，它只存在于你的大脑，影响你的思维。所以，我认为，时间是每个人都有一份，带动你做注定的事情。当你没有思想，大脑坏了，身体死了，你的时间就不存在了。

还有，便是空间。空间存在于各处，但却很抽象。如果你在一个“地方”，而不是空间，你会怎样？像黑洞一样，把你撕毁吗？听说一些空间是思维，更不敢想象。

最后是外星生物。也许宇宙中肯定有像人一样的高级生物。几百年前，有一个女人，名字我忘了。她不停地告诉别人将来要发生的事，她当然被当作一个疯子。但她把预言写在纸上，百年后，人们发现了她的预言，果然一一实现。

我想，无论是人类还是外星人，都只是大森林中的几棵树而已。需要思考的不是外星人的科技、地球的能源（虽然这是最基础的），而是宇宙的开始和结束（虽然这些没用），肯定有一种强烈的力量控制着整个宇宙，宇宙只是一个玩具而已。现在提出的无神论、宇宙大爆炸理论、人死不能复生、地球年龄等都是人所了解的知识以偏概全。世界上还有很多人不知道的道理、科技，它或许很高深，总有一天（也许不会）展示出来。人只不过大大沙漠中的一粒小小沙子，地球亦如此。

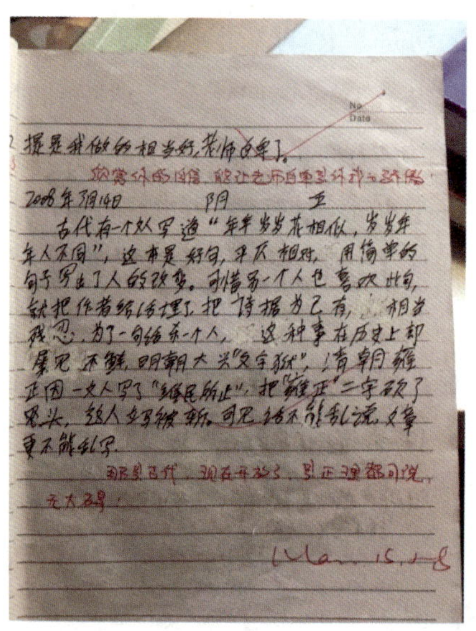

提星我做的相当好，老师多虑了。

[illegible]

2008年7月14日　阴　五

古代有一个人写道“年年岁岁花相似，岁岁年年人不同”，这本是好句，平仄相对，用简单的句子写出了人的改变。可惜另一个人也喜欢此句，就把作者给活埋了，把诗据为己有，相当残忍，为了一句结束一个人，这种事在历史上却屡见不鲜，明朝大兴“文字狱”，清朝雍正时一文人写了“维民所止”，把“雍正”二字砍了头，这人就被斩。可见话不能乱说，文章更不能乱写。

那是古代，现在开放了，有正理都可说，无大碍！

以上都是我自己的想法，没有别人的。因为想太深了，现在没有人能理解，不过也可以当作哲学来读，实在看不懂的就当作一个神经病人的无聊涂鸦。

（欣喜看这样天马行空的思绪，如果其中能有哲理，则不亦悦乎！）

这样的感动

2008－9－11　14：02

今天上午第一节课，我走进教室，全班同学站起来齐声说“祝老师节日快乐”，我先愣了一下，然后才是激动。我知道，今天的教师节会有很多祝福，还是没有过这样的思想准备：齐刷刷的60多张笑脸一起响亮地发出同一个声音，这别样的祝福，我满怀感激收下了。

“老师，您是我高中生涯的第一个班主任，由您当班主任真的很好，只是当初不知道珍惜，离开您以后才明白。为了教我怎样做人，您为我们抄写《弟子规》，我会永远牢记的。”（刘婷）

“老师，很久没和您联系了，也许您认为我记不得老师您了，其实，在范伟心里，一直都惦记着您。只是随着时间的推移，我长大了，忽然间发现，由于曾经年少轻狂，留下许多遗憾，愧对恩师，我不敢面对您，辜负了您的期望和教导。老师，我知道我的过失您不会往心里去，但时至今日，我明白了您给我说过的许多话。如果当初我听您的，我想我

的人生应该是另一番景象吧！”（范伟）

“老师，我很感谢您，因为您帮了我很多，同时也是您教了我很多，让我由坏变好；没有您我想就没有我的今天。”（周昌虎）

“我很幸运，在我人生的低谷遇到了您并得到您的帮助，让我没有放弃。”（刘思彤）

“谢谢上天让我遇到您。”（吴昊琳）

“老师，今天是教师节，想您了所以发一条短信祝您快乐。”

“老师，我还记得您给我们念的《谁动了我的奶酪》，在我失意的时候常常想起它。”（李琦琳）

“最近几天一直想对您说句话，一定要说出来的，最后我决定不能超过今天，必须得鼓起勇气：学生龚惠祝您节日快乐。”（龚惠）

“敬爱的老师，并不是只在今天才想起您，而是今天特别想念您。”（王学碧）

……

这些短信，不断挤进来，来自全国，80 多条，而且这个数字还在变化。每读一条，就像一张笑脸，走过教室，走过记忆，一路，我也仿佛在走过教师生涯的十八个秋。十八年，足以让一个婴儿成长为亭亭的少女啊！

这一天，有太多感动，层层叠叠，筑起我的勇敢和坚韧。这一天，堆积所有的关于教师这个职业的丰厚，我体会着这个职业铸就我，铸就我这如花的事业，开到烂漫时。

我骤然担心，未来，还可以有一个十八年吗？再给我一个如花的十八年吧，让我和那些学生孩子们一起携手走过！

Bao Li 日记(二)

2009 - 1 - 4　22：10

想起 Bao Li 日记。

很久没有登他的日记，大概以为我和 BaoLi 都把它荒废了吧。以为这个坚持没有再坚持吧。其实不然。因为某种原因，Bao Li 暂时转学到异地就读。

我们始终保持着联系，Bao Li 也还在坚持写日记。

在那里的学习，Bao Li 很努力。他依然阳光，面对新环境，他学着调适自己，融入新的环境、新的学习。每次的电话或是 QQ 聊天，他都是快乐的，考得好或不好，他都可以面对。每每我总不忘叮嘱他不要忘了他的日记。

昨夜与 Bao Li 聊了很久。末了，他说，老师，日记我一直在写，从来没有落下，只是时长时短罢了。我告诉他：我空间里《Bao Li 日记》栏目还为你留着，假期回来时记得把日记给我，我还继续。Bao Li 很是讶异，老师，不要了吧，我没有在你的班了啊。我说，我坚持我们的约定，无论你在哪里。

不知我和 Bao Li 的日记可以走多远。但是他坚持到今天，我欣然。

牵着你的忧郁，走出我的低迷

2009－12－20 16：01

这些天尤其疲惫，从身到心，因为工作上的一些细节，我几乎到了沮丧的边缘。于我，这样的局面少有。曾有一个下午试图把自己关在办公室，后来才发现，把别人关在外面，却把自己关在低落里面，无处可逃。后来，找领导把苦楚倒出，以为会好些，却于事无补。依旧倦容满面。

下午放学，高三文科班的女孩赵同梅来办公室，说很久没有与我谈心了，想和我聊聊。仔细一算，从她高二分到文科，我当理科班班主任后，有一年多没有与她这样聊了，虽然每天我都上她们班的英语课，但从前的那种交流却明显断了。她说，每天上学都好希望在路上遇到您啊！这样我就可以和您多说几句话。我听得很内疚，你可以到办公室来找我啊！她摇摇头，您太忙了，我不愿打搅您。

梅是个朗丽的女孩，单纯又自信，为人善良，做事爽朗，心地细腻。平日里风风火火地上学、放学，但是遇事就显露出她最单纯细致的一面。每每那时她就会出现在我的办公室，有她主动找我，有我约她。我们的交谈，高兴时她笑，有两个深深的酒窝荡漾；伤心处她哭，嘤嘤地只是个小孩。

我还记得我们最后那次谈话是在一年多以前的一个下午，从两点到六点多，她笑着提醒我。这回是我有腼腆、歉意的笑。今天找我有事吧？我开门见山地说。她保持着微笑，是啊！好像还有点严重哦！说来听听，我鼓励她。

她先从与父母的沟通说起：我觉得他们都不理解我，所以我不太和他们说话了，放学回家就把自己关在屋里。他们哪些方面不能理解你？我追问。他们只是关心我的分数和名次，根本不知道怎么来评价我。我听懂了她的意思，再问，你希望他们了解你哪些方面？了解我的思想啊！我已经不再是小孩了！我长大了，她强调。

那你说说你的长大。说到长大，她话一下多了很多。我真的长大了好多，我学会观察身边的人和事。你看到了些什么？我试探地问。我看到姨妈他们很自私，不顾表哥的感受，最后表哥毕业后因为在社会上找不到工作，压力过大疯了；每天坐在公交车上，我看到有很多小偷。我特别信任戴眼镜的人，可是，戴眼镜的人竟然也是小偷。

从她的这些话里我听出一些思路来，我肯定地说，嗯，你是真长大了。我接着说，你学会观察和思考了。不过，你的思考没有促进你的坚强，还阻碍你前进。你看见了事物的一面，如果你换个角度，还可以更深入地了解到事情的另一面：表哥的疯，当然与姨妈他们的态度有关，可是，你有没有想过，表哥也有责任啊！表哥有什么错？她纳闷！面对挫折，可以不这样处理的。如果表哥乐观一些，或者积极一些，是不是可以有其他的方式呢？我没这样想过，她若有所悟地点头。你信任戴眼镜的人也没有错，但是，他们中有小偷、有坏蛋，这点你应该接受。更不要因为戴眼镜的小偷否定所有戴眼镜的人。至于小偷与眼镜，两者之间没有必然联系。你说是吗？

梅从刚才略显激动的心情中逐渐平静了些，我从她的话中听出她的困扰。我没有说，继续和她聊。最近学习状态怎样？她显得有些茫然，还好，每天都很忙。怎么忙？上学、放学，晚上下自习后回家看看书，一天很快就过去了。你晚上看书到几点？不一定，有时晚些到十一点半，有时才看一会儿困了就睡了。说到这里，她的困扰已渐显清晰。每天很忙碌，是不是也很充实？她又沮丧地摇头。我也不知道是怎么了，心里空荡荡的。我看到别人都有目标地奋斗着，我整天忙忙碌碌地来来回回，却找不到目标。所以我觉得今天我必须来找您。

你不愿意父母用分数来衡量你，是因为你对自己的分数并不满意，对吗？因为你按部就班地学习着，效果却不是你期待的；表哥的疯你很痛心，小偷的行为你很痛恨，这些可以说明的你善良，换个角度看就是你对现实不满意的一种折射。从高二到现在，你的成绩进步大吗？她重重地摇头。原来和我成绩差不多的同学现在都把我远远甩在后面了，快高考了，我有些着急了。张老师，我该怎么办呢？我每天都在学的啊！没关系，现在，我们改一下学习的内容，我们从现在做起，你一定可以看得见变化的。你手里有高考的复习试题吗？有。她说。你做了没？没做，没有时间。好，现在我要你每天做一套数学、英语和文综。这样，你每天都看得见自己的目标，而且，你的每一分时间都是充实的，通过做题，你也可以知道自己离要掌握的知识有多远。我看见她眼里有光亮，但马上变为明显的犹豫，我怕我做不到，张老师，我中午要睡觉，晚上还要看书，不能睡得太晚，她还想解释什么。我笑了，梅，你可以做得到的！你可以有九十九个做不到的理由，可是，我只需要一个做得到的理由。你先试试，如果真的做不到，我们可以调整。你每天到办公室，我负责检查签字，我来监督你，你看这样好吗？我和你一起努力，有我陪你，你还怕吗？她略想了一下，坚定地点头，好，就这样，我试试！这时的梅，又有酒窝浅浅笑。

送走梅，外面天色已经很黑。我奇怪，我竟忘却了属于自己的疲惫，不仅如此，仿佛与梅的谈话激活了我的某个神经系统，我又找到那份熟悉的职业的快感，心头交织着释然的淡意和黯然的喜悦。走出办公室的那一刻，我从容着坚定。

其实，这场对话，表面上看是我在帮助梅，实则是我受益于梅，这一点，她无论如何不知。只是，她在哪一点上激活了我，我始终不解。

牵着你的忧郁，走出我的低迷；用我的暗淡，邂逅你的灿烂。

假如我再高考

2010-3-30 23:51

从2月27日开始，我和学生们一起进入高考倒计时100天。

孩子们都很刻苦，看着他们匆忙的身影、凝重的表情，我禁不住冒出这样的念头：假如我再高考，又怎样？

这个问题让我认真思考起来。

假如我再高考，我还是选择文科。因为，我相信，物理仍然是我不能承受的重。我班上的女孩子，她们都很勤勉、优秀，语文和英语可以拿到最高分，可是，物理却让她们学到痛。文科是我不变的选择。

假如我再高考，我还会填报师范院校，以教师为职业。因为，这么多年，每每站上讲台，甚至就是走进教室的一刹那，我学会面带微笑，笑着完成每一个45分钟，笑着面对我的职业。因为，是学生的青春点亮我的激情；是他们的稚嫩唤起我的向善；是他们的顽皮练就我的细致和耐心；是他们的无助牵引我的坚强；是他们的梦想成就我的向上；是他们的渴望延伸我的目光。

假如我再高考，我还选英语为专业。与英语相处几十年，交之莫逆。就个人而言，确是英语为我打开了一扇窗，在我封闭、沉寂的内心，投进一缕阳光，让我学会必须与人交流，必须用语言表达，学会向父母、爱人、朋友、学生传递我的情感。在我传承了汉语的保守与内敛的同时，注入一些浪漫情愫。这远远不只是情人节的玫瑰、愚人节的捉弄，而是一种像诗词书法一样隽永的生活态度。

假如我再高考，我没有把握会比昨天做得更好。也许，我多了些学习的方法、技巧，可是，我知道，我的智商没有比这些孩子高；也许，我多了些许坚韧，可是，在拿起课本的那一刻，我还会嗜睡如虫，一如当年，夜夜扰啊！

假如我再高考，结果不一定比昨天好。其实我深知：我不是最出色的那一个，和今天一样，我，只是最努力的那一个。

唯一欣慰的是，这假设，让我看见：原来，回首青春，我可以无悔啊！回首过去，我看见的我还是我自己啊！

就算天空再深，岁月再远，在重读记忆时，我还可以给过去注一些脚注，没有静静泪痕，也没有恻恻轻怨，只有脉脉的写实，经年入味。

2010 届高三毕业寄语

2010－6－1　23：56

尊敬的领导、敬爱的老师、亲爱的同学们：

大家下午好！

今天，我们在这里隆重举行 2010 届高三毕业典礼。首先，请允许我代表高三全体老师，向实验二中的第一届毕业生表示最衷心的祝贺，向顺利完成高中学业、即将跨入高校大门或走向社会的 500 多名同学表示最热烈的祝贺！向高中三年所有的任课老师、所有为我们的生活和学习付出劳动的教职工、家长，以及所有关心我们成长的领导致以最崇高的敬意！

三年的时光，1000 多个日夜，弹指一挥间；回首高中三年路，在整理行装时，你们是否有很多复杂的感受涌上心头？

毕业，意味着高中学习生活的结束。三年来，教室里回响着你们朗朗的读书声；球场上活跃着你们飒爽的英姿；寝室里闪动着你们熬夜的蜡烛；樱花树下记录着你们漫步的身影。回首间，一切仿佛在这里定格。

毕业，意味着离别。三年了，你们朝夕相处，同窗共度；高一的军训，你们一起走过；高二的分班，你们一起经历过，高三的紧张，你们一起焦虑过。在共度的生命历程中，你们一起牵手成长！在1000多个朝夕相处的日子里，你们演绎了多少动人的故事，有泪水，也有欢欣；有误会，也有深情；有彷徨，也有憧憬；有青涩，也有甜蜜；有过多少风雨，就会有多少彩虹。但是，面对今天的毕业，沉淀在你们心里的只有丝丝宽容、深深感动和依依不舍！

毕业，意味着新生活的开始。从此，你们将离开实验二中，走向大学、走向社会、走向更广阔的天地。相信你们一定能够牢记老师的教诲、父母的叮咛、母校的重托，适应生活、适应社会，同时也期待你们无愧于社会、无愧于你们的青春。几年、十几年、甚至几十年以后，母校希望在茫茫人海中能把你们重新认出，那是因为你们对社会的杰出贡献。那时，实验二中因为你们而骄傲，你们因为实验二中而自豪！在此，我有三件事要拜托你们：

第一，请记住你们的老师。

第二，请记住你们的母校。

第三，请记住，将来无论你们在哪儿，从事什么工作，只要努力了，奋斗了，坚持了，你们就能拥有属于自己的一片天空。

同学们，在你们临行前，我想在你们的行囊里再放上我们深深的祝福：记住，在前方，你们走的路有多长，我们关注的目光就有多长；你们的理想有多远，我们爱你们的心就有多远。

同学们，记得要常回“家”看看。因为，你们曾经在这里种下心愿；因为你们曾经从这里起飞……

在此，我提议：同学们，拥抱一下你身边的老师或同学吧，感谢他们陪伴我们的成长。

最后，再次祝贺你们的毕业；再次祝福你们，祝福你们的高考，祝福你们的未来。

谢谢！

写给高三(6)班的孩子们

2010－10－23　01：19

三（6）班的同学们：

你们都好吗？

老张在此问候你们，无论你们是在上大学，还是高四，或者是在远方。

你们离开这个曾为你们开满樱花的校园快半年了吧！樱叶红了，你们走了，我在这里守望。

今天在这里问候你们，不仅是因为想念，更是因为你们让我倍感欣慰。

在大学的同学们，你们已经在践行我们当初的约定，开始你们大学的读书计划。

刘念说："知道吗，在大学图书馆看的第一本书是《傲慢与偏见》，就因为你曾说过女孩子一定要读这本书，确实受益匪浅，女孩子确实应该好好读一下这书，女主人公的那份高傲与自尊确实值得现在很多女孩子好好学习。"

张琦下午打电话说："我现在在去图书馆的路上，我要用我所有的周末，把您说的那些高中没有来得及读的书都读了，只可惜图书馆开馆的时间太短了。”

王琛鹭给我发来留言：“我想着我可是向日葵啊，得坚强！从来时到现在都没哭过。我对自己说我一定能做到的。哈哈。然后就坚持下来了。我在读那些书哦！因为干什么都得像你在的时候那样。”

周郁林也这样说：“我在图书馆，在准备英语四级考试的书。”

还有刘雪梅、武道领、董朝阳、费伟、李兴富、吴泽嫩……

看见你们这样走进大学的生活，我满足也幸福。

还有高四的同学们，你们的奋斗让我感动。刘涛、张来翔节日发来短信问候，却不肯留名，说是等明年考好了再给我一个惊喜；陶乃柱说没考上我不给老张发短信，其实，背着同学他送来祝福；黄鲜、魏贵群、季海粉、王晓丽、杨官敏就算是苦就算是泪，你们都坚强地坚持着，因为我们曾经承诺“将学习进行到底”。

魏贵群又来这里把我们当初一起读完的《谁动了我的奶酪》通读了一遍，她还为我送来三片叶子，分别叫“小嫩”“小夕”和“小希”。最后一片叫“小希”是希望她来年充满希望和信心地朝着自己的方向走去……

那天，课间我接到黄鲜、魏贵群的电话，她们约我在校园的小桥上见。我看了下表，还有十分钟上课，时间很紧，我有些犹豫，再三问她们有事吗？她们笑着说"嗯，有事"。于是我以我的最快速度冲到桥边，只见她俩站在樱花树下对我笑："过来呀，和我们一起欣赏红叶！"我当时就乐了，原来你们是专程来和我一起赏秋啊！我跳下小桥，和她们一起捡落叶，捡起一个深秋。最后，我用四分钟时间从小桥边冲上四楼办公室，再从四楼拿上书冲回二楼教室。

在我回办公室的瞬间，准备把手里的红叶放下去上课，可是我临时改变主意，拿着叶子一路跑进了教室。看着我手里红彤彤的秋天，学生很是诧异，于是我给他们讲了这些叶子的来历，讲你们，讲你们的努力、你们的故事、你们的坚持，当然，还有你们做的那些完形填空和阅读理解啊！对你们曾经的付出，从他们眼里我看到了无限的崇拜。

恰好，这节课有一个编对话的环节，我把这些叶子作为礼物送给每一个到讲台上展示对话的同学，因为有叶子的激励，同学们热情高涨，就连平日从不开口的李方也主动上来了，这节课上得别开生面。

是你们，（6）班的孩子们，给我最多的感动，给我启迪，还有对工作的那份灵性，赠我一抹深秋、让我怀抱着一瓣馨香，那是旁人永远也不会有的独自享受的清趣。

今天，你们都不在我身边，可是，你们的努力我都看得见，因为注视你们的目光始终随着你们的脚步伸延，记得毕业前说过的吗“在前方，你们走的路有多长，我们关注的目光就有多长；你们的理想有多远，我们爱你们的心就有多远”。与你们一起，我也在将读书和奋斗进行下去，你们鞭策着我一直向前。

这个秋天深情走过了，不知她是否也染红了你们的天空？也许，她可以提醒你们找回丢在教室里的一两句诺言，夹在书中的几片深情，或者藏在窗台上花盆下的几许记忆。

假如，秋天是一本书，我便在这里一直翻下去，直到秋尽，这本书也翻完了。然后，再把书中独白均衡地分布在四季……

一封邮件

2011－10－28　01：26

晚上打开电脑，跳出一封陌生又熟悉的邮件，说陌生，是因为这个地址；说熟悉，因为从发件人姓名我认出他是我多年前曾教过的学生董则明，一个认真、勤勉、坚持的男孩。今年他考上天津理工大学研究生。

邮件简洁，却让我为之振奋！

张老师：

您好，最近一段时间我在老师的鼓励下参加了“外研社杯”英语演讲比赛，经过近一个月的准备和多轮评比，最终我获得全校一等奖，并且将与其他几位获一等奖的同学一起代表理工大学参加到与天津市其他高校的下一轮竞争中。

这次比赛准备过程中，您当年指导我参加高中时校内的英语演讲比赛的情景历历在目，很多技巧与经验也受用至今，十分感激。

下面附上获奖后学校网站的宣传该活动的网络链接地址（有我的获奖照片），希望您能分享这份快乐，也表达我对您将我真正领进奇妙的英语世界的感谢！

……

这份喜悦，一方面来自他取得的骄人成绩，其实，更让我感动的倒是他的这句话“您将我真正领进奇妙的英语世界”。这话提醒我，让我找到了未来我教学的最高境界，那就是：未来，我的教学不仅仅是带领我的学生们在英语高考中夺取高分，更重要的是要引领他们在学习过程中体会和享受到英语给他们带来的快乐，可以将他们领进奇妙的英语世界。

我不知道，在现在的教学中，我有没有偏离这个目标。但至少是做得不够的，也许这些年的英语教学有些趋于功利，有些急于求成，我几乎把高考的均分、及格率、优秀率当作我的唯一目标；现在看来，我与那些“唯高考论”的老师无甚区别。我有惭愧！

似乎，连我自己也有些远离英语本身给我带来的美好：英语带给我的那种开放的文化氛围；视觉与听觉的那种享受，虽然每天早上的 VOA 还在，可是那只是习惯，却不是静听；但是，英语给予我的那份敞亮和积极还在，享受学习的那份快乐还在，体味教育带来的职业幸福感还在，这是我一直坚持着的、不敢丢弃的，这一点让我不至于感到太不安。

作为英语老师，我可以给学生的不仅仅是那些繁琐的语法知识，更重要的是带领他们领略英语这个世界的奇妙，是的，就是“奇妙”这两个字！让他们在离开我以后独自行走的日子里依然还可以享受英语这个奇妙的世界，让他们在以后的岁月还可以从容地体验，将它融进他们的生活和精神，参与和塑造他们的成长，这是一件多么美好的事啊！

所幸，我还没有走得太远。在今天董则明成绩的背后我独自坐在秋末的深夜反省、深思，今晚，这封邮件带来的何止是喜悦？

英语，如养了一池星星，在我的心头荡漾。

她们的爱情

2012－9－8　00：49

赵同梅是我的学生，如今大二了。今晚她发来短信，我们聊起了关于理想与爱情的一些片段。

梅：老张，现在还在忙吗？匆匆忙忙，这个假期没去看您，暑期我上了一个多月的班，感觉社会太现实，自己太渺小。还有，我真的很想知道为什么对您的理想，您怎么可以做到那么坚定？

老张：谢谢你的问候。我的坚持源于对未来的坚定，对理想的信任。生活可以很残酷，但是我们永远要心怀美好，充满理想和一颗学习的心。

梅：每次您为梦想所付出的那些努力都在影响着我。但是我很矛盾：要有所作为是不是不能谈感情呢？

老张：傻姑娘，没有爱情的人生是不完整的。

梅：但是，看着身边的傻女孩们为爱情哭哭笑笑，我都迷茫了，在努力为梦想前行时我该执着地坚守一份爱情吗？老张，对于爱情您持怎样的态度来维持它？这个问题是不是好笑啊？

老张：大学的一份爱情是纯美的，珍惜但不盲目。爱得有点自尊，有点距离，还有点唯美。爱了，被爱了，这样就好。

梅：嗯，懂了。和您沟通真好，老张，谢谢！早点休息哦。

虽然，与梅聊的不多，但话题却触及了三个关键词：坚持、理想、爱情。

关于大学的爱情，前几天，也听小丫头说起，意思基本一致：那里的爱情，要么是黏黏糊糊、哭哭闹闹，外加一天24小时里煲14个小时电话粥的缠绵型；或者是建立在买衣、买化妆品、买电影票等一系列活动中的经济型。他们看不见那种若即若离、深刻默契的理想状态中的唯美型。

今天的爱情渐渐开放起来，真情渐渐包裹起来，心灵渐渐脆弱起来，她们也渐渐迷茫起来。

然而，今天的爱情也在丰富起来：不但有西方的圣诞节、情人节；还有后来衍生的“七夕节”，就算是“三八”“六一”都被他们美化成与爱情有关，堂而皇之地举着玫瑰。

爱情，在这些纷繁的节日氛围中泛滥、蔓延。随之也就淡化、轻言。

记得青年时代读过一篇文章，说到爱情的三部曲，也是爱情由远及近的三个阶段即“谈”“恋”“爱”。先谈：交流、交谈；然后恋：喜欢，眷恋；最后爱：对对方日久生情而生厚爱。

对于爱情，这是三个不同的阶段，也是三个递进的过程，是因谈而生恋，由恋生爱的美妙过程。这个过程便是情感的样态，有一种力量，可以穿透生命。

然而，在这个瞬息万变的时代，很多过程是被省略的。

只是遗憾，我实在回忆不起那篇文章的作者是谁，文章名啥。因而不能重温那篇文章，也不可重温那样的爱情。可是，我是真的偏爱那样古旧的爱情。

如若那位作家目睹今天他们的爱情，他会担忧吗？还可以写出那么美的爱的情节吗？

我没有问及梅当下的爱情处境，想必也是在经历着吧。

面对她们的爱情，我是陌生的。

只是，我想无论什么年代，爱和被爱都是相似的吧！

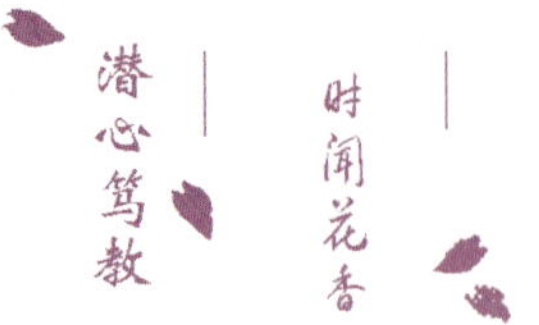

每个学生背后都有一个不为我知的故事

2012－10－20　03：20

走进一个心灵，走进一个世界。

走进Ta，走进一个我完全陌生的世界。

每个周日的夜晚，是我纠结的夜晚，是我躲不开晚自习的夜晚，是我必须说服自己、战胜自己，然后走向教室的夜晚，周而复始。所幸的是，只要是进了我的教室，一切就会不一样，我微笑起来，投入起来，最后快乐起来。

下了晚自习，我在办公室歇息，Ta和同学进来。寒暄一阵，问了道题，那位同学走时，我留下了Ta。

Ta做我的学生两年多了，腼腆的笑容，不高的身材，还有每次与Ta目光相遇时微笑过后迅速低下的头。

我是有意留Ta的，在我这学期人人见面的谈话名单中正是Ta了。我坐在Ta身边，像Ta一样微笑，从Ta的学习、生活、家庭一路说去，说到父母这里Ta停下了、犹豫了。于是，我在这个话题上没有离开。

途中，Ta 的一句话让我一阵寒栗：张老师，当我什么都不能改变时，我只想结束自己。Ta 轻弱的声音说出这话却是坚定、倔强的，也带了微笑的。我故作镇定，鼓励 Ta 说下去：

“我恨妈妈，她在监狱里，因为吸毒。”“吸毒”这词让我震惊，这种事，我只在电视里看过，而 Ta 却是一直经历着。Ta 用低柔的声音，坚定的口吻向我描述了妈妈是怎样进去的。Ta 叙述的事我闻所未闻，只感阵阵寒意袭来。记忆中，从小，爸爸常让 Ta 做些令 Ta 费解的事。现在，凭着 Ta 有限的那点社会知识，Ta 知道，不能那样做，那是违背 Ta 所受的教育、违背 Ta 的心。可是，不做是违背父亲，违背亲情。为此，Ta 在父亲不解的责难中煎熬。Ta 再次重复那句话：“当我什么都不能改变时，我只想结束自己！”

“我恨妈妈，她让我感到羞愧！我恨他们，他们让我感到不安。”我想象着 Ta 的煎熬，在是与非之间，在亲情与正义之间，在黑与白之间。Ta 的弱原来都是用坚强换来的。“但是，我很自豪，我没有因为他们的所作所为丢失我该有的那份善良与微笑。”Ta 说。可是，这份善良与微笑需要多大的能量方可如此去伪存真啊！

我一直听 Ta 叙述，时而悲伤，时而坚强；时而微笑，时而彷徨。但是，无论怎样，始终没有泪光。

我选择从 Ta 妈妈说起，企图让 Ta 从细节上找到一些爱的痕迹，唤回对母亲的丝丝眷恋。起初，从 Ta 记忆里似乎真的唤不出我想要的爱意，其实，那是爱与恨、正义与邪恶的斗争，一场没有输赢的内心战。但是，Ta 毕竟是孩子，对母爱的渴望是内心最温暖的情节，我试着零碎地帮 Ta 拾起，妈妈虽然有难以原谅之过，但爱还在，我想让 Ta 忆起哪怕只是片段，也足以慰藉 Ta 孤单而沉重的心，拉近母爱与 Ta 之间的距离，仅这一点距离于 Ta 是多么奢侈啊，那是 Ta 今后赖以生存的温暖的源泉！也是对 Ta 善良最好的支撑。我唯愿是那一点点对母亲的爱与渴望照亮 Ta 的未来，而不是 Ta 所受的教育与正义，这是一种多么冰冷的支撑啊！

快一年了，Ta 故意没有去探望过母亲；也快一年了，我今晚才走近 Ta（虽然 2—6 月的我因出国留学缺席）。我来晚了，差点来得太晚。我过于相信 Ta 外显的那点沉稳与微笑，让 Ta 独自在黑暗里走了好久好长，躲在时间深处，舔舐别人不懂的伤。而我，在课堂上不知有多少次对着 Ta 大谈风花雪月，并期待从 Ta 微笑的眼里找到芬芳。

在 Ta 的经历中，我的教育尤显苍白。在这场交谈过后，我不敢要求 Ta 从此深爱人生深爱活着的意义，但是，我希望 Ta 在对母亲念想的刹那浮现的是温煦，而不是布满湿尘；在自己的暗淡里，Ta 能看见仍有一道光，切切关怀余温缕缕。

一直以为，我们这个年纪的资深甚解生活的理论，如此看来，不过是只凭自己的偏见去偏爱一些艺术。

今夜，走进一个心灵，看见大海，未必春暖花开。

今夜，走进一个心灵，看见一个世界，因为真切，却也精彩。

——2012 年 10 月 × × 日起笔 20 日落笔

一百个深蹲

2013－1－25　01：18

我有体罚学生的坏毛病。

早读迟到，100 个深蹲。当然，这是在与学生建立了一定的感情基础，并得到他们基本认可的情况下进行的（严禁效仿）。不过就一名好教师而言，我是不合格的，也是违背教师法的。

今天早上是按常规时间起床、锻炼、洗漱、吃早餐。眼看时间还早，在家里磨叽了一会儿，还把地拖了。出门时已是7：55，突然想起，补课期间我与学生约定的时间是8：00到校早读，比学校作息时间提前20 分钟。可是，无论我怎么疾步也不能准时赶到教室了。我必须面对这个事实：我迟到了！这是好多年来我第一次迟到。

8：08，我走进教室，书声琅琅。仿佛我的迟到他们佯装不知，环顾教室，还有两个同学没到。8：10，迟到的同学进来了，我用眼神示意他们出教室，他俩放好书包，我们三人来到教室外。

双脚分开与肩宽，双手十指相扣，抱头，1、2、3、4……我开始做深蹲，和学生站成一排。两个学生开始只是自顾自地做着、数着，一会儿才发现我也在做，他俩非常吃惊，停下来问：张老师，您怎么也做深蹲？这是他们第一次见我做深蹲，别说他俩，就连我自己，也是生平第一次做深蹲，而且是100个。

我很歉意地回答：我迟到了。他们笑了，很宽容地说，老师，您不用做了，我们做就好了。我边做边说，迟到了，我也必须做100个深蹲。看到我的坚持，他俩没再说什么，我们师生三人，一起做深蹲。

教室里的书声依然琅琅，我做到40个时开始气喘，50个时有点腿软，到了60个就有点上气不接下气，浑身出汗，我借故脱掉大衣，做了短暂歇息。两个学生见状满怀同情与善意地劝着：老师，您别做了，休息吧。我用寒冬里发热的微笑说：没事，我可以坚持做完。

这时，其他班级的学生开始陆续来教室，当他们路过我们三个时，都一脸惊诧，有的学生悄悄捂着嘴笑，用余光我看见隔壁（2）班的同学从门缝、窗户挤着探出头来张望，不知是新奇还是颇觉过瘾：老张，你也有今天！

78、79、80……两腿开始打战，抱在头上的手也显沉重，微笑着，坚持着，默数着87、88、89……我不敢放弃，尽管两个学生已经做完回教室，我独自还在外面迎着风：

98、99、100。

我完成了自罚：100 个深蹲。迟到了，我必须这样做。

转身进教室，我若无其事地听着晨读，依然发抖的双腿让我有点步履维艰，而那 55 个孩子不知道教室外面发生了什么。他们只看见我的笑，却不知这笑不同于平日。

我笑我的迟到，笑 100 个深蹲，笑打战的双脚，笑“老张老矣，尚能深蹲”，笑这个冬日的早晨，他们书读得真好。

你若迟到，100 个深蹲。

写在第三十个教师节

——致2013级高一（1）班的全体同学

2014－9－4　00：41

高一（1）班的69个孩子：

你们好！

在教师节来临之际，我怀着感激和动情给你们写这封信，我知道，尽管你们如今还看不到，但我相信毕业后你们会读到的。

今天上午李梦腊和翟巡开心地跑过来告诉我："Shirley，今天是王成丽的生日，一会儿你一定要去（7）班给她 a big hug（一个大大的拥抱）。"我当时很吃惊，不是因为成丽的生日，而是在开学前因为分文理科我们班69个孩子已经被打散到全年级16个不同的班级了，而如今你们还记得 Shirley 的拥抱，还想念她的拥抱，需要她的拥抱。这个小小的要求，传递给我幸福。于是我真的大步走进（7）班教室，当着她们全班同学的面，给了成丽 a big hug，并祝她生日快乐。

于我，这次是你们拥抱了我，用你们对我的爱。真的与从前不一样！

其实，你们给我的还远远不止如此。

前天（9月1日），开学的第一个星期一，也是我接高二（1）文科新班的第一个星期一，按照我的习惯，我也跟他们约定：从今天开始直到2016年6月，每个上学的周一上午都是我们一起晨跑的日子。那天上午，当我7：05分赶到足球场的时候，我的班长罗文元气喘吁吁地跑来说："Shirley，情况太混乱了，我搞不定啊！"我纳闷地问："怎么啦？"他笑着说："老高一（1）班的同学们都来了。"我当时惊呆了，跑到前面一看：天啊！你们69个孩子，除了留在现在高二（1）班的15名同学以外，其余54个在老班长孙交燕和体育委员谢仁园的带领下齐刷刷全部到位，按小组全部站好，一如我们高一时的模样。这个场景让我从来没有过的感动！我们用最快乐的方式和最响亮的声音问候着。那个周一的早晨，我第一次带领着两个（1）班的同学跑在足球场上，我的心哪，壮观！

上周六，因为参加一个研究性学习活动比赛需要补一节录像课，我请两个同学通知你们：周六下午5点到我们原来的（1）班教室集中。没有想到，号令一发出，迅速在整个校园传开，不到一个上午，16个班的你们都接到消息。下午，当其他学生都走了，你们69个孩子整整齐齐地坐在老

（1）班教室，带着我要求的书、课件、发言稿、研学笔记，整齐地穿着校服，69 张笑脸，一张都没少！

那天的课从 5：00 一直录到 7：30，当我们走出教室时，天色尽黑！你们饿着肚子，不仅没有一声怨言，还积极发言、讨论、展示，把课上得充满活力和智慧。

孩子们，我拿什么感谢你们呀！我唯一可以做的只是深深地给你们鞠一个躬！

昨天，老班长孙交燕告诉我：老班，明天中午放学你晚点儿走，有人给你点了歌。而且，你们每人为 Shirley 点了一支歌，每天播一首，将持续这个学期。

高一（1）班的 69 个孩子，我很欣慰，（1）班的精气神还在你们身上，延续着；（1）班的优秀传统你们还记着，传递着；（1）班的坚持你们还坚持着！我也一直在，在你们遇到困难和需要的地方，无论什么时候，我一直在。

孩子们，未来，你们走多远，我关注的目光就有多远。

教师啊，那一个小小的节日哪里盛得下这些细腻的情、稚嫩的爱！它散落在我平凡的日子里，岂是一个教师节说得了！

我的欢愉是无尽的欢愉。别处没有这样的景致。（此处应有掌声！）

中英文化交流项目纪实

——记实验二中与英国 Chiltern Edge School 中英文化交流项目

2015 - 7 - 18　04：31

您说，现在做件事容易吗？那就说说我的这个中英文化交流项目吧！

Chiltern Edge School 是 2012 年在雷丁大学学习时我曾经实习一个星期的学校。学校位于牛津郡雷丁市南部繁荣的 Sonning Common 村，位于 Chiltern 优美的自然风景区，是一所初中，学生在 11—16 岁之间，学校办学特色是语言和体育，是一所专科语言学校。办学目标是：

We aim to enable all students to realise their full potential and to have the highest expectations for their future. We prepare students for their adult life by developing their knowledge, skills and understanding so that they may become well quailified, articulate, participating and contributing members of society.

(我们的目标是能够让所有的学生意识到他们自己的潜力，并且对自己的未来有最高的期待。我们通过发展孩子们的知识、技能和理解能力为他们未来的成年生活做好准备，让他们成为高素质的，乐于参与并为社会做出贡献的一员。)

学校的校训是：Confident，outward looking，creative，flexible learners（自信，卓识，创新，灵活）。

以我们中国人的眼光看，Chiltern Edge School 规模不大，学生也不过 300 人左右，但是，学校紧凑，环境绿美，管理严密。

实习期间，一直是主任 Mary Lewis 负责接待我们，她为我的书法课和环保课提供了很多帮助。因此，回国后我一直保持着与她的联系和邮件往来，主要是感恩她曾经的帮助，却没有想到她终于被我的真诚打动，在去年 12 月 23 日收到她热情洋溢的邮件，邀请我和她一起做一个文化交流项目。

看到她的创意和计划我很激动，也很欣喜。这样的机会是我用三年的真诚养出来的。也是我不敢想象的。

从那时起，我们通过邮件往来进行策划、修改然后达成一致意见，最后我把双方的意见做成项目计划书。她对我的项目计划书表示出非常满意和惊喜，而这一点完全得益于我在雷丁大学的学习，我只是抓住了这样一个机会把自己学到的东西运用出来罢了。在这期间，我还得到雷丁大学主任大国老师的指点，让计划书更加完善。

接下来的程序就是与学校领导之间的汇报沟通，得到学校领导的支持；然后与学生交流动员，我把当年从英国背回来的所有关于 Chiltern Edge School 的资料、图片都翻出来与他们分享，特别是在我出国前，当时 2013 届高二（1）班的学生专门为我做的一本纪念册，里面有他们学习、生活的细节点滴和记录，以及他们写给未来没有见过面的英国学生的寄语，这本册子我带到 Chiltern Edge School，与当时的学生分享了，然后他们也在小册子上留下了宝贵的留言。我又从万里之外背回国并保留至今。

当现在高二（1）班的孩子们读着学长的文字、英国学生的回复时，兴奋不已。我想我是恰到好处地激发了孩子们对这个项目的兴趣和期待，然后，与他们探讨本项目对他们的意义和作用。这样，我的项目可以正式启动了。

我把班上 60 个学生分为 8 个小组，每个小组负责一个主题。每个小组将分别用 PPT 和海报等不同形式展示主题内容、小组介绍、个人介绍。要求每个小组做出特色和个性来。然后给他们介绍项目的整个进程及最后交稿时间。

小组长领到任务后与本组成员磋商，对任务进行细化、分工。我负责提供摄影、摄像工具，修改所有文字材料，定期检查项目进展情况，适当时候进行全面指导。

其实，整个项目最精彩的部分就是同学们开始实施的每一个细节，项目意义也正在于此。同学们利用休息时间在整个校园里踩点、拍照、收集数据、图片，然后又将图片配上文字说明，所有的文字必须由我与每一个同学进行面对面的交流、修改、订正。最有趣的是同学们对学校校训、班规、班训等一系列的翻译工作。在这期间，同学们克服了中文式的思维和表达，有些文稿反复修改七八遍；在收集图片资料时，同学们也遇到了许多挑战，负责 School Day 的第五组，为了表现我校学生早上、下午、晚上的学习情况，他们早上五点爬起来蹲守在校园里，偷偷拍同学们的校园晨读，他们说偷拍的效果会更加真实、生动，还有同学们夕阳下的读书背影、门缝里拍的晚自习……

第八组负责 Canteen Food，在他们去教师食堂拍照时受到工作人员的阻拦，工作人员谨慎地汇报给了校长，然后又打电话到我家核实情况，这样他们才顺利得到拍照。

这些经历，让同学们学会了分工、合作、协调。同学们把他们的英语翻译能力、书写能力、审美能力、计算机运用能力、外交能力、摄影能力、绘画能力、文字处理能力全方位调动起来，项目让他们动起来、忙起来、笑起来，有时也会生起气来。

在整个过程中，我就是一个协调员：协调各种设备（两个相机、笔记本电脑、转换器等）；协调各种关系、协调各种情绪、协调文字……

每到一定的阶段，我利用班会课让各小组进行工作汇报、展示，并了解他们遇到的困难，提出解决方案，继续鼓舞士气。每一次汇报，他们都给我不同的惊喜。孩子们的创作力真是不可估量、超出想象啊！

项目最后期限是六月底。同学们按时完成所有任务。我用了一节班会课的时间让每一个小组展示和分享了他们的作品，小伙伴们都惊呆了：中国结式、书册式、立体式……让人耳目一新。整个过程掌声不断、笑声不断；每个小组有的展示小组海报，有的负责解说，有的解说 PPT 或视频，有的负责操作鼠标，每个细节都有分工，那个场面真是感人啊！

看着孩子们的作品，我分外欢喜。他们几乎舍不得把自己的海报寄到英国了，我也是。

在这个项目的实施过程中，精彩还在最后。

就在我即将把作品寄出前，我请学校领导审批，领导让我找学校主管部门师院，师院负责人出差在台湾，不接听电话；于是我把计划书拿到市教育局备案，教育局说没有遇到过这样的情况，不接管，建议我找市外事办；我风尘仆仆地找到外事办，外事办说你们这个不涉及人员往来，不归他们管；情急之下找到安全局的朋友，朋友说你还是找你们的主管部门吧。于是我又发了几乎近百字的短信给师院老师详细说明情况，他最后回复：你可以寄出。

我们的项目终于可以寄出了。

这一路走来，遇到的人都给我同一个忠告：这种事以后别干了！我哑然。

在邮寄时，也是跌宕起伏：联系多家快递都没有境外业务。好不容易找到申通快递同意寄出，当天他们下班了，可是第二天我要外出。所幸那个快递员很好，同意先到我家取包裹，第二天他回公司帮我包装后称重再寄出。第二天我在火车上，快递员打电话说我的包裹单上没有写对方的电话不能按时寄出。这下可把我急坏了，如果当天不能寄出的话，Chiltern Edge School 的孩子们就可能在放假前收不到包裹，那就失去本次项目的意义了。

情急之下我分别给现在贵师大附中、曾经在 Chiltern Edge School 一起实习的黄敏和大国老师打电话、发微信索要号码。可是，当时黄敏不在贵阳；按照时差此刻大国老师还在睡梦中。所幸的是，黄敏为我专程从外地赶回贵阳家中翻找地址，大国老师一早醒来看到微信也积极在英国为我想办法。最后在两位的鼎力相助下，我人在火车上，包裹也终于在路上了。更让人感动的是，善良的快递员给我预付了邮资：1400 元人民币（本次费用由我个人全额支付）！

在放假前一天，我们也收到了英国寄来的包裹，当同学们亲手打开包裹时的那份期待、喜悦和骄傲，让所有我经历的这些都化作了他们脸上的笑容。我庆幸自己坚定了信念，没有半点退缩。

我们坚持了，所以成功了！

我们的项目结束了！假期也开始了！

您说，现在做件事容易吗？

中英文化交流

教师节写给 2016 届高三(1)班全体同学的一封信

2016－9－10　18：27

2016 届高三（1）班（及（2）班）的孩子们：

很久没有到“班（群）里”看你们了，走进“教室”迎了一脸的祝福和幸福，就像去年过生日时你们在教室里给的一样！满满的！我在这里谢谢大家了！你们是最让我幸福的一届学生！这个教师节虽然在学校感觉冷清了点儿，但是这里你们的热情还在啊！

很高兴地看到你们都到了大学，无论是你理想中的，或者不是你想要的，我都要祝贺你们，因为它是我们一起用力去争取来的。所以，在此你们的 Shirley 有几个要求，不知道你们是否还可以做到：

1. 请同学们给自己一个月的时间，慢慢适应（没有我的）大学新环境和新的生活，慢慢喜欢学校，喜欢专业，喜欢老师，喜欢同学，喜欢那里的一切（包括气候生活和缺点）。并给自己四年的大学生活做一个规划，记得要把大学生活过得充实且美好！

2. 每个同学在大学完成“作业”：“写给 Shirley 的信”时请附上一张你本人在大学校门口（必须要让我看得见你和你的校名）的照片和信一起寄来，照片背后写上 2016 届高三（1）班×××（姓名）2016 年×月×日于××省××市。

3. 记得你们的读书计划（过段时间我会把书目发给大家，没发之前先自选书读），每个期末以给我发邮件的形式交你们的读书书目（邮箱地址：shirley0707@ qq. com）。

4. 高中毕业以后的日子，你们要照顾好自己，要牢记我们的六个“一”：

培养一种兴趣，
热爱一项运动，
坚持一直读书。

做一个品德高尚的人，
做一个对社会有用的人，
做一个生活优雅的人。

当你们在学业上有进步和取得成绩时记得与我分享；当你们遇到困难和挫折时，记得让我分担，我会一直在你们身边。

另外，希望同学们管理好你们的手机和上网时间，切忌沉迷网络荒废学业的颓废和萎靡堕落！否则，“下课后到我办公室来”：做深蹲！

最后，祝同学们的大学生活精彩丰满如同高三（有过之无不及）！因为我们永远是一个坚强团结、能吃苦热爱生活也会享受生活的集体，是永远的高三（1）班！

你们永远的：Shirley

Bao Li 日记

（十年后）

2016－12－21　00：43

此刻我是怀着怎样特殊和特别的一份心绪完成最后的《Bao Li 日记》啊！

今晚在整理自己的文稿时读到《Bao Li 日记》，那是远在 2008 年 2 月的事：当时为了帮助我班上一个叫鲍力的男孩子学会坚持、培养毅力，我们约定他写日记我来批改。坚持了一年多后他转学了。这事就再没提起过。

今晚重读他的日记，那份纯真和活力还很鲜活呢！于是我给如今远在美国南佛罗里达大学就读博士的鲍力发了他其中的一篇日记。没想到他很快回复了。在他的回复中我才知道了一个惊人的秘密：从 2007 年 12 月 1 日我们约定那天起他竟然一直坚持着写日记！这一写再过几天就将近十年了！后来从安顺、西安再到美国读研读博，他足足写了满满的七本，而且七本日记一直陪伴着他至今辗转到了美国！

如今，写日记成了他生活的一部分，感觉不记就会少了什么。有时没有在家，他也会记在手机上，然后回家誊在本子上。时至今日，他的第一本日记还保存完好，并始终跟随着他。

没想到当年一个小小的约定今天成了他生活的一个部分、一份收获、一笔财富！

持此不懈！这是怎样的一份坚持啊！我想鲍力已经远远超越了当年我的那点初衷！这份答卷他得满分！

坐在年末这寒冷的冬夜，我独渊默，心中融融，自有真乐。

Bao Li 日记

第七篇

渔父家风

清晨的那一记耳光

2010－4－17　02：37

清晨，6：40，我洗漱完毕，如平日一样叫女儿起床。这个功课，每天都做得很艰难，显然，女儿的睡眠是不足的。

连叫几声，女儿都在熟睡，我也像往常，伸手拉她，不料，女儿在蒙眬中伸出手，在翻身的瞬间给我一记耳光，不偏不倚，响亮地打在我的左脸，我当时就蒙了，半天才反应过来。这时，女儿也被这一记响亮的耳光吓醒了，她翻身坐起，迷迷糊糊地说了句“不好意思”，而此时的我，泪水在眼里转，几乎要哭了。

我虽是忍住了流泪，但是，我对女儿说：你自己穿衣吧！于是，我转身去给她做早餐。女儿在床上磨蹭了半天，见我是真没有要给她穿衣的打算，只好自己悄悄起床。第一次，我没如往常一样给她穿好衣梳好头。

女儿起了，早餐做好了，这时是6：50。我告诉她，你自己洗好吃完早餐去上学，妈妈上班去了（其实，这个时间上班真的很早！她爸爸仍在睡觉）。我的态度让女儿明白：妈妈是生气了。她心里害怕，却不敢说。

我是生气的，是委屈的。

我不知道，女儿的这个上午是否与平日一样，也许，在女儿勉强独自上学的路上，因为车窗外的某一个景欣喜时，即刻就可把打在妈妈脸上的那一记耳光忘掉，这就是我的女儿，这是她最正常的表现，一个简单的女孩，一个不满十岁的女孩。只是我，是真的带着那一记耳光过了一个上午，隐隐作痛，不在脸上。

那天早上下课后，学生发来短信：老张，你有点儿不高兴，尽管你也笑，但不一样。是不是什么事让你烦恼？但是，我们老张永远都是最坚强 & 最棒的那个，所以，你要学着释怀。也许你无法向我倾诉你的无奈，但你要知道，你一直都不是一个人，我们一直都在一起。这条信息让我很是欣慰，因为，女儿带来烦恼时有学生和我在一起，学生带来烦恼时常有女儿和我在一起。

中午回家，见到女儿的那一刻，我如往常笑着迎她的放学归来。只是，女儿有些怯怯的，我伸出双手接她，她却开口说：妈妈，今天对不起！我眼泪一下涌出，顾不得掩饰，我蹲下抱住她。后来，我与女儿说，说我的生气和委屈。

其实，这一记耳光，可以理解为女儿无意识的行为，完全可以不计较。可是我不！尽管是半睡半醒的行为，但我更倾向于看作女儿潜意识的一种表达。在女儿模糊的意识里，对妈妈叫她起床是极不情愿或是有怨的。我宁愿相信：一个不满十岁孩子的行为同样是她思想的一个侧面，这里面有着必然的因果关系。尽管她可能没有想很多，但不代表她没有思想。至少从归因论上可以把她的行为归因到她内部的心理状态。也许她自己不知，甚至无法意识到，但是这个小小的动作让我真切感受到了。我不想隐藏自己的态度，我要告诉她：妈妈生气了！妈妈也会生气的！妈妈因为你的行为生气了！那一记耳光，重重打在左脸，痛在左心房。

女儿，作为母亲，我愿意为你的成长悉心照料，我可以原谅你的很多错，但是，我绝不同意你因为年幼而无知，我不让你因为年幼而漠视身边人的付出。你要学着去体会、去感知、去享受，无论你几岁，你要慢慢学会。

女儿，作为母亲，我想我是不够伟大的，因为，我做不到，为你付出一切无条件；作为母亲，我想我是不够伟大的，因为，我的付出需要你看得到，需要你因此微笑；作为母亲，我想我是不够伟大的，因为，我做不到，当你的年幼碾过我的尊严时强装不知；作为母亲，我想我是不够伟大的，因为，我不够无私，不够宽厚，不够……

当悲伤来临的时候

2010－5－13　00：43

人在中年，什么悲伤都有可能发生。

悲伤来临，只在瞬间。假如，伤你最深的，是离你最近的。

理论上讲，我懂；在心里，以为，也是有准备的，如果悲伤来临。

当幸福围绕的时候，是想象不出悲伤的样子和味道。虽然，我的是那种最普通、最平凡的幸福，是稍有不慎也会从指间滑落的幸福，可是我是认真的，握在手心的，所以，我幸福一分，珍惜一百分。

其实，伤悲就在身边，只是瞬间啊！

那天，当伤害扑面而来，我的冷静让我的体温从指尖冷，一直冷到脚与地面，我甚至连哭都忘了，当伤害达到沉默的时候。

我以为，自己足够坚强，可以坚强到平常地微笑。所以，我工作，上课，谈笑，每天清早出门我就把悲伤锁在家里，我以为，这些我可以做得很好。因为，我在成熟，在中年。

也许，幸福的时候，我幸福着我的幸福；所以，悲伤的时候，我不宣泄我的悲伤。

悲伤的第一天，朋友碰巧发来这样的短信：你是我身边最幸福的，你把婚姻经营得很好。若在以往，我只笑回她的信息就好了，可是这天，在办公室读完，眼看泪就要夺眶而出，我赶忙起身出去，为了不让眼泪先我一步出来。

悲伤的第二天，监考，一个年长的同事看见我，第一个问题：你生病了？我说：没有啊！第二个问题：你今天没吃饭？我说：吃了；第三个问题：你没午休？我继续说：睡了。他接着说：嗯，你今天气色不好。我简单地说：是吗？他关切地说，别太累了，毕竟不是你高考。我很感动他，因为他的问题，还有细致。

悲伤的第三天，下班路上，袁琼和我一起，其实我们可以同行的路很短，在路口她没有和我分手，特别多走一段，她是要说，你今天面色不好。我实在不可以忍了，我把泪啊，含在眼里，简短地与她说了我的悲伤，我们一直站在路边。

我不信，我就这样隐藏不了我的悲伤，晚上，我对着镜子，很近很近地与自己对视，我看见，我的眼原来是浸在泪中，不哭就已经很红。

悲伤的第四天，我告诉自己，“我需要倾诉”，其实，这是平日我常对朋友说的话。我约了毛红、尹巍，我说了，都说了，说我的伤，我的悲，我暂时卸下了我几天来担负的累。

悲伤的第五天、第六天，我完成一周最忙碌的两天。工作像太阳一样，每天早上照常升起，无论我愿不愿意，其实，悲伤何尝不是这样，它也不需要我的允许。只是，工作，我可以如往日一样完成得天衣无缝。而悲伤，我还无处安置。

悲伤的第七天夜晚，我和他谈，我觉得应该把我这几天所有的悲伤交还给他，告诉他我的悲伤的历程，也告诉他我们曾有过的幸福，我把自己说到泣不成声，几乎用尽我与他在一起走过的所有气力。我没有用我想象的那种气愤，也没有用我预设的口吻，我只用了理智，用真诚，用我柔弱的心。

三个多小时，我说完了，轻松了，至于，我是不是把我所有的悲伤都交还给他了，我想效果是有的。也许，我还做不到，让我们的感情立刻温热如初，重要的是我努力了。

如果，人在中年，什么悲伤都有可能发生，那么，人生美丽和不美丽的景观，就不只是借来消遣的繁华。如果，今生的幸福果然是要用悲伤点缀的，那么，恬淡、温厚的幸福里又包藏了坚韧和沉静，知性的悲伤再深沉也舍不得淡淡一层感性的娇柔。

原来，悲伤可以这样走过，平凡的日子有时也要这样用力生活。

这一个“忙”字，很贵

2010－7－2　02：22

高考过去了，我是真的想歇歇了。

这一年多，用好友尹巍的话说：你不在上班，就在上班的路上；用爸爸的话说：你和我们好像不在同一座城市。

我昨天才得知妈妈生病在医院输液，于是我打电话给妈妈，告诉她明天我去医院陪她，可是妈妈执意不要我去，说：你太忙，不要来了。这是一年多来，电话里爸爸妈妈给我说得最多的一句话。当时我心里很酸，我告诉妈妈，我现在不忙了，可以陪您。

见到妈妈的那一刻，我有点儿心痛，妈妈老了很多，虚弱很多，因为生病，走起路来也蹒跚很多。我仿佛很久没有这么仔细地看我的妈妈了。是真的很久没有用心去看啊！这一年多，我几乎一个月才回家一次（距离只是五分钟的车程）。每次去都很匆忙，几乎都是吃完饭就赶着去上晚自习，就算在家的那一两个小时也是电话不断。看着病床上的妈妈，不再是我记忆中虽然瘦小却始终矍铄的妈妈。在与妈妈慢慢聊的过程中，我才发现：我忽略妈妈已经很久了。这一年，我熟知我每个学生的表情，几乎，每个微小的变化背后就会有一次交心的谈话，我把工作做到细致。然而，这一年，我几乎，不是几乎，是真的不知道妈妈需要什么！每逢节日、生日，我也有给妈妈礼物，每次，妈妈也表现出喜欢的喜悦。可是，今天在妈妈轻言细语的话中，我才发现我根本不了解妈妈想要什么。其实，妈妈的需要很简单，一个水杯，一个可以过滤茶叶的水杯（妹妹买了），这些细节都不在我的眼里啊！

下午，爸爸一直拿着说明书在倒腾他的手机。记得曾有几次爸爸打电话给我，要我拨打他的手机，以便检验他的机子是否会工作。其实，爸爸的手机一直不好用，声音小，屏幕小，按键小，爸爸常接听不到电话，为此，我还抱怨过。看着爸爸专注的神情，我很愧疚。我拿出自己的手机取下卡把机子交给爸爸，爸爸不解地看着我，我说：您用我的吧！这个字大，声音大。爸爸接过去，犹豫了一会儿，又还给我。还是算了，你会不方便的。我拿过爸爸的手机，说：我去给您换一个，转身出去。当售货员问我要什么款式时，我几乎哽咽地说：要屏幕大、按键大、声音大的。

晚上，回到家里，想起出差的姐姐，一定玩得不知归期吧。于是发个短信问候她。可是，姐姐的回信让我意外非常：不想玩也不想照相。这完全不是她的风格，一个浪漫的女人，是什么样的心境让她面对黄山、迎客松无动于衷啊！——怎么了？——心情沉重。——我怎么不知道？——想找你，你又忙！My God！隔着远远的距离，我才细细与姐姐说着姐姐的事。

这个夜晚，心里一直萦绕着这些事，难以释怀，一时间，躁思絮语，踏绪纷来。这一年里，爸爸妈妈常把煲好的汤送到学校门口；姐姐妹妹把炒好的油辣椒、红烧肉放在我们院子的门卫那；这一年，女儿常常是先生带着，她练琴我没有陪过一次。而我，每天陪着学生在教室加上下午第四节自习课，一年来从没落下一次，放学后女儿坐在我教室的讲台上写着自己的作业；当我们牵着手回到家，已是七点多，女儿的晚饭常在八点吃。

这一年，我用一个“忙”字涵盖了很多自己身为女儿、母亲、妻子的责任，忽略了很多不可忽略的细节。我以为，凡事只要等高考完就好了。可是，当高考终于结束以后，我已经没有办法弥补我的欠缺。现在说来，是素纸上谈绘泪影，只与自己的内心平行，不与岁月同步。

苍茫间，这一个“忙”字，很贵。

可是，如果可以把岁月握在手里爱捏成什么就捏成什么，我没有把握，我捏的与过去的不一样。

忐 忑

2011－2－20 01：50

晚上与尹巍在网上遇见，闲聊。无意，她问：冀泽偶尔手机上网是吧？我有些惊讶，回：我不知道。应该是的，你怎么发现的？巍说是在网上看到的，有两次。我立马感觉事情严重，顾不得与她寒暄，匆匆下线。

我把女儿叫到跟前，满面严肃地问她是否用过手机上网。女儿怯怯地答：是。我接着问：上过几次？两次，她又答。我已经抑制不住内心的愤怒，大声斥责她：你为什么要用手机上网？你知道，妈妈不允许你这样做的。女儿当即忐忑地说了一句：你还不是用姨妈的手机上过网！这话让我如五雷轰顶。

平日，我从来不用手机上网，因为在我看来，手机是用来接打电话、发短信；电脑是用来处理文字、上网；手表是告知时间的；MP4 是听音乐的……于是，我的手机不上网，不听音乐，不当手表，不做号码簿（我始终保持着我的号码册）。我就是这么固执、机械。而且，还固执地这样要求着女儿和学生。尤其是手机上网，这对学生的侵害是深刻的：玩游戏上瘾、上课聊 QQ、浏览不健康网站图片、网上看魔幻小说……当手机可以代替电脑时，也是科技伤害成长时。

为女儿、为学生，我的手机只是手机。而且，我也不喜欢自己但凡有时间就上 QQ，不分时间、地点。我以为，自己是身体力行了的，也是坚持了的。可是，就在这个春节初四的那天晚上，因为表哥从异地来给父母拜年，一大家人在外吃饭，饭后他们玩牌，我不会，看上去难免有些无聊。这时，姐姐好心把她的手机给我上网打发时间。就这样，我用手机上了唯一的一次网。

然而，就是这么一次，女儿看见了，记住了，效仿了。

这一刻，我突然意识到：身为母亲和老师，我是一点儿错都不可以犯的啊！在女儿这里，在错误面前，我是什么样，她就是什么样。因为，在错误面前，我们是平等的啊！其实，即便是在学生那里，又何尝不是如此呢！

我把女儿打了。因为，我是痛心的；因为，我清楚她这样做以后的后果是什么；还因为，她知道我对此事一贯的态度是什么。她的手机可以联网，这我是知道的，我也与她达成过协议：妈妈相信你，所以也不用取消联网功能。她答应了，也一直这样做的，除了这次，因为看见妈妈可以用姨妈的手机上网。

我给她讲了很多，与她一起回忆我的那些学生，怎样迷上网络、迷上游戏、我怎样一家一家网吧去寻他们，网吧里又是怎样的一幕幕场景。那些哥哥，很多她都记得，其中一次她还陪我一起去找过，只是，我没有让她上去。

谈到这里，女儿已经忘记痛，停止哭，有泣，偶尔也有破涕为笑。我握着她的双手，与她对面而坐，说到可爱处张开双臂抱抱她，这时她会回我一个吻，尽管亲我时她的脸还有未干的泪，湿湿的。

还有，我向她认了错：妈妈不该用姨妈的手机上网。你以后也监督妈妈好吗？她笑着应了。接着，与女儿商量取消她手机的联网功能，她同意了，还开开心心地自己打开手机检验是否成功取消。

我们一直聊，聊到许多与手机上网无关的事，聊到她不愿睡去：妈妈，再聊一会儿嘛！女儿恳求。我们一直说，一直说……

后来，我陪着女儿躺在床上说。再后来，女儿哼着《忐忑》（这是她这个春节唱得最多的一首歌，几乎可以全部模仿），在我的陪伴下成长着入睡了。

只是，不知梦中，女儿是否还因妈妈的打与斥忐忑着。

我心忐忑。

祝福父母　感恩朋友

2011－7－2　02：05

6月29日早10点，爸爸妈妈乘飞机到达拉萨，开始二老的拉萨冒险之旅。进藏之初，一切顺利愉快。

29日下午3点，电话中得知妈妈开始出现高原反应：头晕，心悸。晚上输液、吸氧。明天准备出去游玩。

30日中午，妈妈出现严重高原反应，并伴有腹泻、呕吐，整天未进食。此刻，决定放弃原旅游计划，爸爸租车把妈妈勉强带到布达拉宫前，把妈妈背下车拍照留影，以了此行心愿。考虑妈妈已经相当虚弱，定了明天下午5时的返程机票。

30日晚9点，再打电话，妈妈已被送到拉萨武警总医院治疗，可是在那里几个小时期间没有进行任何治疗，原因是医院要求妈妈必须住院，如果不办理入院手续，医院不同意采取任何急救措施。而且如果病人明天执意离开，一切后果自负。爸爸提出先救人，只要稍有缓解就可立马离开拉萨。双方各执一词。

我打电话时，妈妈已经虚弱到无力接听电话，浑身颤抖，可是医生还是不同意进行紧急治疗，爸爸已经心急如焚，可是，如果住院，就爸爸在那里照料，他自己也是七旬老人，后果更难想象。从电话里可以听出一向沉稳的父亲也有些发慌了。

我一边给父亲打电话，丈夫在一边给我出主意，因为那里的情况特殊，妈妈不能再折腾，更不能等，这时丈夫建议让爸爸拨打拉萨市的 120 急救电话，实在不行就打 110 找警察。

情急之下，我给姐姐妹妹汇报此刻的情况，然后姊妹仨分别动用自己的各种关系，看是否可以在拉萨找到熟人去看看也好啊！

我最先拨通毛红和尹巍的电话，因为她们的丈夫都曾经是军人，最有可能有战友在那里，可是，对于我们这个年纪的人而言，是战友的都专业出藏了。但是，她们和我一样焦急。因为闺密几十年，我们的父母都成了彼此的父母啊！

挂断与她们的通话，我想起以前的同事陆梅老师，她的丈夫也曾在西藏当兵十几年，或许有办法。我立刻拨通陆老师的电话，把情况给她说明。她马上与丈夫李哥商量，找到他们在西藏的战友，战友连夜从贡嘎驱车前往拉萨，战友最快在凌晨 2—3 点赶到拉萨。

得到陆老师及李哥的这个消息，我心稍安。

于是又打电话给爸爸。这时，在拉萨 120 急救中心的帮助下，妈妈已经被转到拉萨市人民医院并得到妥善治疗，输液、吸氧，一系列的急救措施。这时是晚上 10：30，拉萨下着大雨，爸爸没有吃晚饭，妈妈两天没有进食。

此刻，陆老师又打来电话，他们已经把我父母的电话号码及姓名发给李哥的战友，战友也与爸爸在电话中取得联系。同时，陆老师和李哥同时又联系了一个朋友的女儿，在拉萨特警部队医院工作，专门从事高原反应研究，只是部队有规定，所以她晚上不能出来，她承诺明早到医院。而且李哥凭着在西藏工作多年的经验，得知我妈妈此刻无感冒，无心脏病史，让我转告爸爸妈妈，就是高原反应，放心治疗。

此时 11：30，妈妈在急救室里病情平稳。爸爸分别接到来自拉萨的李哥战友和陆老师朋友女儿的电话。

在整个过程中，我、妹妹、姐姐一直在不停沟通，几乎手边的所有电话都在响。她们都在焦急、在努力。

7 月 1 日，上午 8 点，电话里爸爸的声音明显高了、明朗了，爸爸说，潘姓战友和他爱人沈编辑一早就来病房守护、陪伴妈妈，那位拉萨特警部队医院的陆医生也来了，妈妈吃了一点稀饭，可以下床走几步了。

中午 1 点，是妈妈主动接的电话，电话那头妈妈的声音是笑的，妈妈感动满满地说了很多关于那两个朋友的真挚、热诚。他们从早上 7 点一直陪伴爸爸妈妈到中午 1 点，请爸爸妈妈吃饭，并把他们送上开往机场的车。潘姓战友和沈编辑因为去探望妈妈，只好把年幼的孩子托与朋友照顾。陆医生因为部队搞建党90周年庆典，她在百忙中请了假。

下午4：50，爸爸妈妈顺利踏上从拉萨飞往成都的飞机。

爸爸妈妈的拉萨之旅结束了。果然冒险！远远超出我们预料。

这短短三天，让人惊心动魄。当妈妈从生命线的边缘走过时，我在这里连问候都说不上；当陆老师和李哥一次次打来电话告知我联系的情况时，我心中惊喜与慰藉交加。那一刻，若没有他们的热情相助，不知崩溃的是我或者是谁，我不能想。

这份情与感恩，长毋相忘。

当听到潘战友与陆医生守护在医院时，我的感动骤然沸腾，有泪湿眼。托着他们的深情厚待，我连一个“谢”字都送不到啊！或许，我只有把这种情怀传递到下一个需要我帮助的人手里，否则，我心忐忑！因为：

那是在千里之外，那是素昧平生啊！

那也是叮咛，是重托啊！

如此的人情盈满，我感念深而下笔浅啊！

在《伦敦的春天等你来》里，父亲如是说……

2012－2－12　01：59

晚上10点，父亲打来电话说：你写的《伦敦的春天等你来》一文我和你妈妈看了，我给你留了言，有空你看看。

放下电话，我点开QQ，信息栏里赫然显示这样一段文字："孩子，我和你妈妈都看了，你妈说写得实在。我们高兴。但是，我也要说你是幸运的，因为时代、环境、领导、同事让你有了机会，没有这些条件你也不会成功，所以你要记住感恩。人的才智各有不同，有的外露，就显得聪敏，有的中庸，便显得平常，聪敏者则常勤而不奋，易于早显早熟。中庸者往往资质深厚，勤中加奋，厚积薄发，其力长久不衰。我希望你谦虚、谨慎，好好地学成归来。"

我一边读一边感觉自己有些不安，脸有些发热。

与其说爸爸是在提醒我，不如说是在批评。

我想，我是真的又犯了多年前相同的错误。在这次学习机会中，面对各种祝福、留言、践行，还有学生亲手制作的那些礼物，我想我是膨胀了，虚荣了，我又一次丢失了那份谦逊，还有感恩的心。看到爸爸写："因为时代、环境、领导、同事让你有了机会，没有这些条件你也不会成功，所以你要记住感恩。"

是的，我想，我丢的不仅是"感恩"二字；我想，我放大了自己的认真，也夸大了这次出行；我想，面对自己那点混沌的襟怀，我是有愧于关心和爱护着我的所有人。我脑海里充满着父母姐妹、爱人孩子、朋友同学、领导同事、学生……他们都是我此行的护航者啊！

所幸的是，我还没有最终迈出我的脚步，还没有走得太远。

所幸的是，所有这些关心和爱护着我的人都还在，没有走开。

所幸的是，爸爸一直在，一直在看护着我的成长，不让我在人生轨道上有一丝偏离。

我要做的何止"好好地学成归来"啊！

于是，我把多年前写的《爸爸》一文"翻"出来重读，我一边读，泪一边涌。我也不知为何：是惭愧？是羞愧？还是感动？

我把这段文字一遍又一遍地重温，任凭泪水划过。

"在我生命的历程中，爸爸更是始终提醒我的那个人。爸爸提醒着我的骄傲、自满、颓废，或是停滞，叫我始终不敢懒惰和歇息。爸爸的理解、支持、鼓励，还有尖锐和果敢，是我战胜困难的源泉，使我一次一次地跌倒了站起来……

“无论我走多远，爸爸，您是始终目送我的那个人！无论过去、现在或未来，你是我人生路上永远的丰碑啊！”

爸爸，您的尖锐又一次拂去我心灵深处蒙的那层华丽灰烬，那一瞬间痛的感觉依然逼真可感啊！还好，经您的呼唤，放下轻慢之心，女儿的朴素、谦逊还在。

在赴伦敦的春天之前，我必须先在这儿的春里把自己过滤。

一份礼物让这个生日特别快乐

2012－7－8　00：01

每年的生日都翻着花样过，不像今天，在办公室一边加班改卷一边吃着方便面过。

下午，妈妈打电话说送点卷粉来，家里没人，我一边改着卷子一边应付着说，那就放在一楼门卫那吧。妈妈没说别的，我也匆匆挂了。

我改完卷到家已经很晚，进门就看见妈妈送来的礼物：一袋卷粉，一捆香菜，还有一个红色笔记本，封面写着：六盘水市直机关共产党员建功立业纪实簿。我很纳闷地打开，扉页上写着：晚艳在英国留学来电纪实簿　2012年2月18日。原来是我在英国期间给妈妈的每一个电话记录：

“2012年2月19日　晚艳离开水城，踏上去英国留学的第一步。

“2012年2月21日　午睡时，晚艳在北京来短信：我已住在北京语言学院附近的汉庭酒店，请放心，很安全。

“2012年2月27日　上午11：30，晚艳来短信：登机的一切手续办好了，于12：30起飞。收到短信很高兴，马上给雅筠、苓箐去电话告知，让她们放心，并与她分享快乐。

“2012年2月28日　晚艳在电脑里发来邮件：我平安到达雷丁大学，一切都好。今天上午开始上课了。现在我在学校上电脑课。

“2012年2月29日　晚上10：10晚艳在英国房东家来电话：那里的天气很好，像春天一样暖和，她说了以下几点……

“2012年3月1日　晚上10：41，晚艳在英国雷丁大学打电话回家，讲了1分17秒。科学太发达了，这么远的路程，通话时声音是那么清楚，真了不起。电话号码：4477－78209684。

“2012年3月25日　今天下午6：40，晚艳在雷丁大学来电话向她爸爸咨询写中国毛笔字的要求：拿笔、运笔、坐姿……我家晚艳做事、工作都是那么认真、细心。一节写字课都争取要做到完满、成功。祝愿她明天的毛笔课圆满。”

……

这个纪实簿从2月18日一直记到6月2日全家为我接风。一个本子记了将近一半，每一个电话、每一个内容、每一个细节都历历在册，就在我决定将人生中的这一页记忆翻过去之际，妈妈的这个红本子让我把旅英的日子重温了一遍，依然鲜活。

我一边读，一边体味着我的妈妈：那份仔细、那份关切、那份润物无声的爱，还有坚持。我知道妈妈有写日记的习惯，却不知，妈妈这么用心为我的此行留下了这么多珍贵的细节，这些细节在我自己的日记里都没有痕迹啊！而且，这一切我都完全不知。

我一边读，一边感动，感动妈妈送来一份这么特别的礼物，感动妈妈特别选在今天。

我再也读不下去了，拿起手机拨通了家里的电话，我把我的惊讶、我的感动、我的快乐一股脑儿都说了，妈妈只是听，笑着听，末了，只轻声说："我没想到你这么喜欢，我只是想它为你以后的写作也许可以提供一点信息，或者有用。"

这时，爸爸在一边补充：为了把这个本子准时送到我手里，妈妈从黄土坡走到我家，家里没人再走到女儿练琴的琴行，没有遇到女儿回到我家小区的门卫，把卷粉放在那里（因为不放心，没有留下红本子），在带着遗憾走回去的半道上接到女儿电话，然后又从高架桥上走回来再把红本子交给女儿，这个过程共用了 2 个多小时，而且，妈妈是在身体相当虚弱的时候特别选择走路过来，希望无论如何今天要交给我。

本子握在我的手上时已不仅仅是本子了，是妈妈给我的那份特别的爱：爱在字里行间；妈妈的默契：这本纪实刚好与我在英的日记相映生辉；妈妈的用心：用心记录的那些细节，用心选择今天；妈妈的坚持：坚持每次的记录，坚持要把它交到我的手里；还有妈妈的毅力：用尽力气克服身体的虚弱。

这份礼物，让我的这个生日特别快乐。

有妈妈如您，我幸福、骄傲！

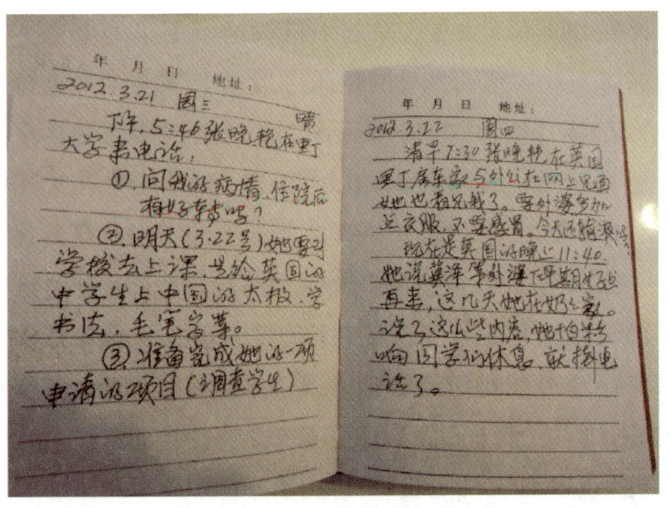

年 月 日 地址：

2012.3.21 周三 晴

下午5:46张晓艳在里丁大学来电话：

①问我的病情，住院后有好转吗？

②明天(3.22号)她要到学校去上课，是给英国的中学生上中国的太极、学书法、毛笔字等。

③准备完成她的一项申请的项目(调查学生)

年 月 日 地址：

2012.3.22 周四

清早7:30张晓艳在英国里丁房东家与外公在网上见面，她也看见我了。要外婆多加点衣服，不要感冒。

现在是英国的晚上11:40。她说冀泽等外婆下星期出院再来，这几天她在奶奶家。说了这么些内容，她怕影响同学们休息，就挂电话了。

妈妈为我写的旅英日记

陪伴一段春

2014－3－16　01：38

中午与女儿一起在护城河边跑步，杨柳青青。

因为感动了杨柳的青绿，我与女儿说起在她这个年纪我的春天：

那时的周末，我们姐妹和一群小伙伴在春天的山上打（割）兔草，漫山青青的，有鹅儿肠、芨芨草、摇摇花、地拱牛、菜花……尤其是那白菜薹，青幽幽的，从地里偷偷掐一节，迫不及待地去皮，咬在嘴里，青汁儿溢在嘴里，甜丝丝的，很满足，也很春天。

那些细节说得女儿艳羡了那样的春天和那时的少年。于是，我提议，不如我们也去寻一段剥去城市外衣的春天，也许会不一样。

于是我们开始商量去哪里可以寻到想要的春天。其实，在我的脑海中，能想得出来的市郊和爬过的山，或者建了高楼或者建了公园：德乌、牛王山、羊场坡、窑上。我一下子还真有点“词穷”了。

跑着跑着，女儿建议，不如乘坐 1 路公交，在一个最荒凉的站下车，任意去寻。

回家换了装备，我们出发了。

其实，要在 1 路车的路线中找一个荒凉的站已经很困难了。坐了 10 多站，我们选择在一个看似偏僻的站下车，往靠山的方向走，都是建筑工地，无法靠近远山。在看似村又不像村的里面走了一圈，发现我们回到了原地。这里叫“鹦家嘴”。

从鹦家嘴出来，我们重上 1 路公交车转战别处，又寻到一处看似可以往山上去的路口。

从小路一直往上，经过一个市场，爬一段山路遇一片建筑，那些房屋一直修到山腰，密密麻麻。偶尔屋后有一簇青菜，屋脚有一垄废弃的地里长着青青的鹅儿肠，我兴奋地给女儿介绍，她只是瞟一眼走了。这让我想起那天在家做菜，我深情地剥一节白菜薹给她生吃，她咬了一口立马吐掉，说了句“难吃”。

就这样我们一直没法靠近山、靠近地，靠近我们理想的春。

女儿对此很是失望。我鼓励着说我们寻找的过程就是春天了。她仍是不同意。

在下山的途中，我引导她欣赏路边的酒家、屋檐的挂件、街边的坛坛罐罐、摆摊的老人、烤得热乎乎的洋芋，同时我边走还边拍照。我发现身后有人在对我的相机指点，这时走过来一个年轻男子，指着我手里的相机问："你干什么的?"我笑着答："来玩的，随便拍点照片。"说完我调出两张烤洋芋的照片，他才放心离去。

这时，女儿被路边一个卖汤圆的小摊吸引了：那汤圆不是圆的，恰是饺子状，酥麻馅儿，热腾腾的，经不住诱惑，女儿决定来一碗。那卖汤圆的妇女也许是怕女儿无聊、也许是看我们不是当地人模样，与我们聊起来，她有三个孩子，靠这个汤圆小摊支付着两个大学生和一个高中生。

不知是汤圆真做得好，还是妇女的故事打动着女儿，她吃得特别香。这碗汤圆完全改变了女儿对这趟寻春的看法，一下子由乏味变得香甜，回味。

临走，关于拍照我征求卖汤圆妇女本人意见时，她说，"拍我可以，但是不要拍那些人"，顺着她的目光去，我看见一群男男女女聚集在一起，很是专心。我这才意识到刚才那位男子的警觉。我心里怵了一下：还好，有惊无险。

离开了这个叫"马窑村"的地方，我们就算完成了这次寻春的旅行。

也许，我不能给女儿还原一个我那时的春天，在她这个年纪，她会用自己的目光感受春天，不一定是我要呈现的，也许就是一碗汤圆；于我而言，是陪伴一段她的春天，陪伴成长。

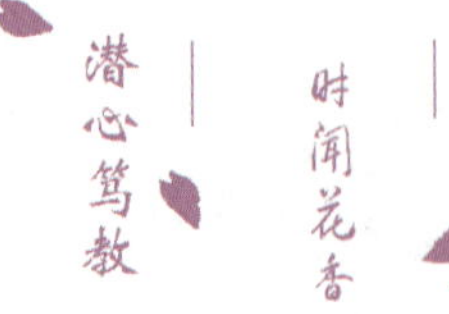

我的读书历程

2014－4－23　22：04

读书是指“看着书本出声读或默读”；《礼记·文王世子》中写道：“秋学礼，执礼者诏之；冬读书，典书者诏之。”唐韩愈在《感二鸟赋》序中写道：“读书著文，自七岁至今，凡二十二年。”

诚然，我的读书经历七岁已经模糊，真正开始阅读书籍的记忆在初中。

父亲就是一个爱书人。父亲丰厚的藏书给了我深刻影响，尤其是中国古代经典著作、诗词和外国名著，这些书让我的少年时光充实了许多。在80年代，几乎所有假期我都把自己淹没在那些书中；若是一知半解，就由父亲解疑释惑。若是父亲出差，也不排除有囫囵吞枣的时候。其中记忆中至今抹不去小说《简·爱》里的那个情景：简·爱决定离开桑恩费尔德山庄和罗切斯特，独自一人走在茫茫的旷野：天灰蒙蒙的，站在天地间，简·爱——回头……那个画面在我记忆中永远定格。那时的我仅有13岁，而事实证明，简·爱给后来的我带来了深远的影响：那种自立、自爱和坚忍。在中学阶段，我把中外文学名著基本通读。这样的熏陶，在我的生命里打上深深的烙印。而我对文学的那点悟性大概一半秉承了父亲的文学修养，一半是这样读出来的吧。

在大学期间，我的下午时光均泡在了图书馆里，那时的读书让我后来的人生坚忍了很多。在师专我读《凡·高传》《弗洛伊德传》《泰戈尔传》《托尔斯泰传》《达尔文传》等。如果说，中学读的文学名著奠定了我的文学爱好和读书习惯；那么大学读的书则帮助铸就我性格中坚毅和坚持的那一部分。

在华中师大期间，我把中学读的外国名著重读一遍英文原版，正是从那时我的购书经历也真正开始。记得为了把所有英文版的“企鹅”丛书全部收齐，我和班长唐性煌把武汉所有大学书店全部跑遍。而且据说那是最后一批“盗版”外文图书，后来的外文书籍因为版权价格贵了几倍，就这一点想起来心中都还窃喜。1994 年 10 月在武汉，我还有幸参加了迄今为止我参加过的唯一一次全国书展“第六届全国书市”，并用有限的生活费买了一套《全宋词》，全套五册，至今仍是手边常翻阅的书之一。

大学期间，因为读书，我还收获了两位笔友：福州的刘昆庸和陕西的徐文亮。在这个网络的时代，谈笔友不知是古旧，还是陌生。但是，在我的人生中，这两位笔友确是一笔财富，至今受益。那时在图书馆还爱读一本叫《博览群书》

的杂志，在每期杂志的眉角都有读书爱好者转让或是求购书籍的信息。那时买书的渠道有限，能在下面发现自己渴望的书，那种心情用现在的心境是不能体会的。其中一本是《宋词纪事》，一本是《罗素文集》，而且更有趣的是，尽管我都寄了挂号信（那是当时最快的邮寄方式），两位书友转让的书都在我之前已经被他人近水楼台先得了，幸运的是我因此收获了两位良师益友，他们的出现为我的青年时代平添几多色彩，我们的交流从读书到人生；从学习到未来，信一写就是十几年，直到后来被网络取代了。

就这样，读书的习惯是养成了。

1990 年工作以后，我就是我们市图书馆最经常的一位读者，那里的工作人员熟悉了又陌生；借书证也换了一证又一证。默坐在那里，那么静，文字、空气、呼吸、心灵弥漫着书的味道。如今，每逢有假，人们旅游去了，休闲去了。想得起这里的人更少了。我，依然保持着那里的借阅证。

在 2012 年 2 月，我有幸被国家留学基金委委派代表贵州赴英国雷丁大学学习，在留学期间，我把书与自己的那点素缘发挥得淋漓尽致，也用力体会了一把英国人的读书习惯。

在英国，在地铁里、火车上、广场中、公园里、咖啡吧看着英国人随处可见的优雅从容的阅读，不由得心生欢喜，“大英帝国”没了，“大英书国”还在啊！最是在英国，才可以看见这静心的阅读。我渐渐喜欢上这样的阅读。如今，电子狂风都吹斜了书店的老房子，荧屏上扫出一页页的电子书我没试过，但是那冰冷冷，没有纸感，没有纸香，没有纸声的阅读，扫得出大学问扫不出小情趣。关于书香不书香的情怀我倔强到底。

在英国，我每天中午不午休，坚持在雷丁大学图书馆里阅读大量关于教育方面的英文原版书，这些书我深知回国后我是无论如何都见不到的；同时我还奔走在雷丁市的市图书馆里。因为热爱读书，让雷丁大学的老师对我格外厚爱，称我为“明星学员”，并与雷丁大学图书馆馆长 Karen 结下了深厚的友谊。

在英国的读书历程中，我还体验了买书的乐趣。我有幸到了英国被称为“世界上最大的二手书之都——海伊小镇”。小镇只有 1300 多人，却有 39 家旧书店，书店的书加起来长达 17 公里，陈列了 100 多万册图书。其中最大一家书店 Richard Booth's Bookshop 藏书 40 万册。在海伊我买了 20 多本英文书。在回国前我把在英国买的 20 多本书最后全部以高昂的邮资寄回国了，加上购书费接近上千英镑（人民币约一万元）。如今，这些书于我格外珍贵，不在书价，不在古旧，也不在路途遥远，只在于它们让我的阅读在回国后的日子可以一直延续，读着读着，文字的曼妙溢出书外。

其实，在英国买的书一半只若盈掌，我是做了准备的，在回国以后的日子，随身的包里除了别的还有一本书的位置，让阅读可以随遇而安，让阅读有点英国范儿，让阅读悄然走过来，不用只在英国。慢然间，包里的英文书读完一本换一本，回国后我做到了：用零碎的时间、零碎的地点、零碎的心情，阅读。

在读书的过程中，自己不知不觉也当了母亲。从认定准备要孩子那天起，为了孩子的阅读就展开了：围绕婴儿的孕育与健康。

从女儿出生，这样的阅读就再也没有停过：女儿的哺乳、成长、教育，从零岁一直坚持到12岁。

现在，女儿的读书习惯也在耳濡目染的坚持中形成。每年给她和自己订几份杂志。即使是生日或者春节，礼物也是书籍。常与女儿一起买书、谈书、读书，读出默契、读出爱，也读出融融的温情，读出心灵的快乐，这种快乐是别样的。

在实验小学举办的读书手抄报活动中，女儿的读书作品《书品月慢》得到学校及老师的好评。

在23年的班主任工作中，我一直坚持用文学作品来对学生进行德育教育和精神引领，效果还好，影响久远。这样的影响也许是终身的。

每一届学生，在班会课上我和他们一起学习、朗诵《弟子规》《论语》《傅雷家书》《爱的教育》《谁动了我的奶酪》等。我的初衷是想引领学生走进这些国学大师的精神世界，与他们对话，享受经典著作的人文魅力，从这些经典名著中学习做人，从而培养学生的思想品德，构建学生的精神家园。渐渐地我还嘱咐他们在今后的大学生活中完成部分书籍的阅读。

同学们到了大学给我写信、发短信说他们在读着我曾经给他们推荐的书。他们依然保持着这样的读书习惯，这让我倍感欣慰。

“己欲立而立人，己欲达而达人”！作为老师，那一点影响和辐射是我预料不到的。如果，在未来，始终把自己当学长一般，与学生一起，终其一生地学习，在对经典的学习中建构自我的文化心灵，当心灵一旦拥有真实的东西，就可自然地活出经典的生命，这生命便不再局限于自己，而是在经典的过程中成长起来。生命在成长，当大人格表现出来时，就不再局限于自我和这个生命，而能成为更广阔的存在，这时，周边的人也会得到影响，更何况学生呢！

原来，读书可以让心灵达到这样的深度，让生命可以走到这样的广度。如此，生命最深层的灵性层面被开发、被唤醒；那么，在这样的生命里，人生才可以担当。

读书养心！

后记：本文是2013年5月23日受好友尹巍引荐，我有幸参加首届全国“书香之家”的征文，今天又逢“世界读书日”，斗胆拿来分享。

窗外书掩一天秋

2014－10－2　15：10

国庆长假第二天。昨儿把计划打理的家务一口气都干完了，这是赖在床上的好日子，懒觉是睡不了的，不如读书。

先生上班，女儿睡懒觉。我到书房拿来两本书：一本是教师节学生杨希航送的小说《逃离》；另一本是董桥的《小品（卷二）》。重新赖回床上，慵懒地读书。这还是大学时代才有的小时光，记不得有多久没捡回来了。

其实我都知道，最后握在手边的准是董桥的。

躺个最懒散最舒适的姿势，读书，读董桥，读秋天。

“秋天，令人忆起甜美的事”“若能杯水如名淡，应信村茶比酒浓，无一语，答秋光”“吟诗秋叶黄一枚”，伦敦的、北平的、香港的秋一色跃然纸上，与窗外我的秋日阳光恰好成趣，这个上午一半阳光，一半书香，应了书里的那句“因心造境”。

读到欢喜处，我实在按捺不住，从床上爬起，去书房拿了新近得的一支白色钢笔还有读书时手边常备的摘抄本，回到床上趴着将那些词句，歪歪斜斜温温软软地抄下：

“今日学术多病，病在温情不足。温情藏在两处：一在胸中，一在笔底；胸中温情涵摄于良知之教养里面，笔底温情则孕育在文章的神韵之中。短了这两道血脉，学问再博大，终究跳不出漭漭荡荡的虚境。”

好个“胸中温情涵摄于良知之教养”！董老写这段文字时想必是还没有发生所谓的“方舟子”等类似的抄袭造假事件吧，他的文字却柔里带刚，把学术界的“病”早入了品。

他写英伦，感情也始终还是中国的。有了中国文学的涵养，他的文字没有病容；有了社会学的修业，他中年的看山之感，终于没有掉进漭漭荡荡的虚境里去；有了现代社会异乡人的情怀，则他勇以针对人类的异化输注理性的温情。那几股浓烈的浪漫情怀，他都能忍住了笔以淡致远取之。这也是饱含传统文化闲处飘香的情怀。用他本人的话叫“中国情怀”。

在他的“中国情怀”里，董桥如是说“文化的庭园万一着火，入水濡羽，飞而洒之。这一点点操守是要有的”。我对董老的这一情怀和这点操守，倍感敬重，甚得我心。

我不敢说，如今我们文化的庭园是否可以算得上“着火了”，但是我是有偏见的。大众文化趋于浅表、速成：有时仅用罗列的几行文字就要道尽人生的种种哲理万象；把一本一本慢慢读来的过程简化为寥寥几行字、几幅图；把只有在阅读了才可获取的涵养简化为微读。这样，是雅，是峭，你说？

如今，阅读还真要肚子里养了墨水才可归趣。

我一边读，一边抄，一边变换着姿势。这时醒来的女儿跑过来，在身边胡闹撒娇：一会儿挠挠我的头发，一会儿抢我手中书。我只是笑，绕过她的干扰。她无趣，信手拿起枕边的摘抄本，自己看起来，一会儿告诉我她喜欢这句，一会儿说喜欢那句。最后说，我最喜欢这句“在心里，放养着一匹马，它什么时候奔驰只有自己知道；在心里，养着一盆花，开得多招摇，也只有自己知道”。我回应着说，这句我也很喜欢。

女儿看了一阵出去了，我仍自顾自地读我的书，不吃不喝，不洗漱。

一会儿，女儿进来，手里拿着德国作家赫尔曼·黑塞的《美丽的青春》，在身边和我并排躺下读书，我看着她，会心一笑。

女儿看到喜欢处，读出来与我分享“山谷底下，太阳照着的沿河的大路上，流布着一种无情的中午热气。照着习惯，我总是在河边走一走，看看河里的游鱼，在那玻璃般明亮的河水当中，那浓密的、多毛的水草波形地蠕动着……”女儿好奇地问：水草怎么蠕动呢？我问：你没见过水草？她摇摇头。我的心“哐当”一下，糟糕，这代孩子的童年很多东西唯在书里才相见呀！……

如果，长假的台阶抵达不了万水千山的高度，不如安安静静地窝在被子里，凭借一双眼的宽度读几页书，读几许秋长午短。

今日秋色何处最丽？不在风山云水，在有书的欣悦，泛起涟漪。

闭门奉书，一室皆秋。

注：“入水濡羽，飞而洒之。”源自“昔有鹦鹉飞集陀山，乃山中大火，鹦鹉遥见，入水濡羽，飞而洒之。天神言：尔虽有志愿，何足云哉？对曰：常侨居是山，不忍见耳！天神嘉感，即为灭火。”（摘自董桥《小品（卷二）》）

“母亲节”琐事

——呵护成长之遭遇青春期

2015－5－10　10：08

昨天与女儿生气了。

上午在学校半期考试监考时，钢琴老师来电说女儿没去还课，我打电话回家，她轻描淡写地说：“睡过了。”

下午继续监考，中午只有一个半小时吃饭时间，我在电话里与她约好在楼下等她在外吃饭。我从学校走到楼下了她还没有出门，电话里对自己的缺钢琴课、迟到行为她毫不自觉，却只惦记着下午要外出与同学约会。

我对她的态度和毫无时间观念很生气，拒绝她外出的请求，不听任何解释。

监考完晚上接着改卷，中途一个小时休息，我不放心，给她买了点心、小吃。待我开门进家，家里空无一人，她不辞而别，门上贴着留言：想知道什么问我爹！无称呼无落款。再看桌上的作业，整整一天，一字未写。

我改卷去了。

改卷期间，无论她打多少个电话给我，不接。

改完卷回家已是十点过，进门她兴奋地给我一份母亲节礼物：一串白珠手链，价格不菲（对于女儿用自己的零花钱来说）。看得出，买这份礼物她很用心。

我很高兴地戴上手链，给她一个微笑，问了些买礼物的细节。

随即，我把她叫到书房，把她今天的不是一一道出，她一言不语；我要求她停下写作业的笔到我身边来（我是想好要罚她做200个深蹲的），她不动。

我重复多遍，她依然不动。

我转身回卧室读书，不再理她。

在我看来，今天她欠我一个道歉，200个深蹲。

母亲节的礼物我很喜欢，但是，她的态度我不喜欢。这两者不能相抵消。

作为母亲，这个节日可以没有礼物，但是，不能没有礼数。

生日杂叙

2015－7－7　23：27

7月7日：小暑，卢沟桥事变。可它还是我的生日。

今天的生日还另有特别：在火车上过。

一大早叫女儿起床赶回程的火车，她照样赖床。我火急火燎，她只酣睡如猪。我正无奈时，她突然从床上一跃而起，蒙眬中一把抱住我说：妈妈，生日快乐！

就这样，我的本次生日开场了。

上火车打开手机，各种祝福经短信、微信、QQ、电话从四面八方涌来：亲人、同学、同事、学生，每多一个祝福就叠加一层快乐。

火车上读书。书是国学大师张中行写的散文集《清风明月》。张中行此人我是从董桥的书里见过，他的书也是极偶然从姐姐那里得来。此行带上完全因为它只有盈掌大小，方便携带。书已读了过半，张老的学识丰厚，引经据典自是不说。但是他的笔触及叙述形式，我不大喜欢。不知何故，文字里少了些许自信，中规中矩。或许是因为年岁的缘故，我看书越发偏执，越读越窄。

尽管这样，书还是读的；车还是在跑的。

中年乘火车的心境已经可以不关窗外了，完全沉浸入自己酿的景致，字里字外，只关自己，不关山水，景动心不动。这便是中年了。

两餐均在火车上吃。两菜一汤，与父亲女儿边吃边聊，父亲喝着小酒剥着带壳的蒜蓉花生，他完全没有想起我生日的事，我和女儿达成默契决定不告诉他，只是与他说着他感兴趣的话题。火车上的菜并不可口，但是这样的三个人即三代人从容地坐着聊，闲着吃，听父亲讲60年前他乘火车的故事，滋味自在饭菜之外。

这“哐呲哐呲”的火车，送走父亲的大半生，卸走我的满满青春，如今又载着女儿的年少青青，一路向前，依然“狂吃狂吃”。

这个生日完全没有预料到会发生在火车上，是为了圆一个更远更远的梦，这个梦与爸爸、女儿和我有关，三代人同一个梦——英国行，意义迥然不同！

因此，这个生日，不点蜡烛，不吃蛋糕，意义尽在远方！

鞋子特大号

——幽默是挫折中优雅的礼貌

2015－12－2　23：24

“我不是我们班最高的女生，但却是我们班鞋子最大号的女生。今天的演出鞋子他们都说大得像船，然而我穿在脚上刚刚合适。”

这是女儿今天发的一条“说说”。下午她放学回家拿回一双黑色的“一二·九”演出布鞋，她调侃地告诉我：“妈妈，我是我们班脚最大的女生！同学们都笑我的鞋子大得像船，可是我穿着刚刚好！”听完我们俩都笑不止。我过去给她一个拥抱，说：“好！妈妈送你一首歌。”她很惊讶地问：“什么歌？”我说：“周杰伦的《鞋子特大号》。”女儿更乐了：“这歌好！走！我们马上就去搜来听。”

其实，这首歌我不喜欢，一是节奏太 Rock；二是我嫌这首歌无论是歌名还是歌词都没有他的《青花瓷》那样有意味有词味。但是，今天女儿的这双鞋子让我一下子想起它，名字很吻合。

虽然这只是一条“说说”，是一首歌，但是，在女儿的成长历程中却是一个很大的变化。女儿可以这样调侃地来对待自己不是缺点的缺点，泰然同学的取笑。这是一种态度，这种态度让她可以正视自己，而且能找到自己恰当的点站稳！这正是她的成长。

记得女儿在小学时常因为自己在班上是个子最高的那个而烦恼，为此不知哭了多少回。今天却不一样了！她是笑的，她是幽默的，她是乐尚的，她还是自信的！她知道：那虽然是最大号的，但它是最适合自己的！

正如周杰伦这首歌中一句词：幽默是挫折中优雅的礼貌！今天女儿做到了！她幽了自己一默，坚持了一种自己内心的优雅。那点挫折在幽默中成了一点优雅。

鞋子特大号，内心的强大和优雅也私人定制一个特大号。